Kadokawa Fantastic Novels
作者†秋
Illustration†
しずまよしのり
魔王學院的不適任者10
〈下〉
MAOH GAKUIN NO FUTEKIGOUSHA
～史上最強的魔王始祖，
轉生就讀子孫們的學校～

Keyword

MAOH GAKUIN NO FUTEKIGOUSHA

七魔皇老

阿諾斯在兩千年前為了將能成為轉生容器的血族留存到後世，以自身的血創造出來的七名魔族。曾一時接受勇者加隆的提議，選擇與阿諾斯敵對。

四邪王族

於「神話時代」聲名遠播，擁有異名的四名魔族的總稱。他們分別是「熾死王」、「冥王」、「詛王」，以及「緋碑王」。勢力僅次於阿諾斯，過去曾多次交戰。

亞傑希翁

有別於魔族之國迪魯海德，是人類們居住的大陸。由多個國家組成的聯合國，在「神話時代」擁立人類勇者，與魔族展開激烈的大戰。

神龍國吉歐路達盧

存在於地底世界的三大國之一，由以教皇為頂點的吉歐路達盧教團所統治。曾將對神的信仰作為國策，並對神族視為敵人的阿諾斯不具有好感。

王龍國阿蓋哈

存在於地底世界的三大國之一，由預言者的劍帝所治理的騎士之國。因為相信預言，曾短暫與無法接受預言的阿諾斯分道揚鑣。

霸龍國蓋迪希歐拉

存在於地底世界的三大國之一，信奉不順從之神的神祕國家。曾因為自稱魔王之父的男人，以及被他視為傀儡的霸王指示下，攻擊過阿諾斯。

魔王學院的不適任者

MAOH GAKUIN NO FUTEKIGOUSHA

~史上最強的魔王始祖，
轉生就讀子孫們的學校~

10
〈下〉

作者†秋
Illustration†
しずまよしのり

Kadokawa Fantastic Novels

魔王學院的不適任者

登場人物介紹

雷伊・格蘭茲多利

過去曾多次與魔王展開死鬥的勇者轉生後的姿態。

米莎・雷谷利亞

大精靈蕾諾與魔王的右臂辛兩人之間誕下的半靈半魔少女。

辛・雷谷利亞

兩千年前以「暴虐魔王」的右臂隨侍在側的魔族最強劍士。

伊莎貝拉

生下轉生後的阿諾斯。雖有嚴重的妄想癖，卻是個溫柔且堅強的母親。

格斯塔

個性冒失但非常體貼，是阿諾斯轉生後的父親。

耶魯多梅朵・帝提強

君臨「神話時代」的大魔族，通稱「熾死王」。

【勇者學院】

建於蓋拉帝提，培育勇者的學院裡的教師與學生。

【地底勢力】

在亞傑希翁與迪魯海德的地下深處，存在於巨大空洞裡的三大國的居民們。

Maoh Gakuin no Futekigousha
Characters introduction

【魔王學院】

阿諾斯・波魯迪戈烏多

泰然且狂妄，具備絕對的力量與自信，人稱「暴虐魔王」而恐懼的男人轉生後的姿態。

米夏・涅庫羅

阿諾斯的同學，沉默寡言且個性老實，是他轉生後最初交到的朋友。

莎夏・涅庫羅

充滿了自信且略帶攻擊性的少女，但很重視妹妹與夥伴，是米夏的雙胞胎姊姊。

艾蓮歐諾露・碧安卡

充滿母性、很會照顧人，是阿諾斯的部下之一。

潔西雅・碧安卡

由「根源母胎」產下的一萬名潔西雅當中最為年輕的個體。

安妮斯歐娜

在神界之門對面等待阿諾斯他們的神祕少女。

【七魔皇老】

兩千年前阿諾斯在轉生前用自己的血創造出來的七名魔族。

【阿諾斯粉絲社】

由醉心於阿諾斯並追隨著他的人們組成的愛與瘋狂的集團。

§ 30 【界門】

我一面以「滅紫魔眼」瞪視潛藏在光的深淵裡的那傢伙，一面用右手把他硬扯出來。耀眼光芒縱向裂開，從縫隙間溢出更加輝煌的閃光；與此同時，一樣東西顯現出來。

那是光的齒輪。發出令人毛骨悚然的「嘎吱……嘎吱……」聲響轉動，互相齧合的無數齒輪，竟是那傢伙的手、腳、身體，以及頭部。應該是格雷哈姆改造的選定審判，將埋在眾神體內的齒輪聚集起來，經由「母胎轉生」產生出這個集合體的吧。

「總算見到面了哪，艾庫艾斯。想不到你就連模樣，都真的是齒輪機關啊。」

聽到我這麼說，人形齒輪就開口說：

「——我應該說過了，世界的異物啊——」

齒輪一面「喀答喀答」地轉動，一面發出混著雜訊的人聲。

「門——絕望之門，即將開啟。汝等所取得的和平，支付代價的時刻已然到來。」

「哦？」

儘管被我抓著腦袋，雙手雙腳無力地垂下，他依舊亮著令人毛骨悚然的齒輪神眼。

「你以為自己在誰的面前？」

我在右手染上黑色的「根源死殺」，就這樣用力掐住齒輪脖子，那個地方便發出「嘎吱嘎吱」的擠壓聲。緊接著，我掐住脖子的手感消失，他就像穿身而過似的出現在我的背後。

「唔嗯，我應該抓住你了。」

我以染成滅紫色的魔眼瞥向艾庫艾斯。

「那是狂亂神亞甘佐的權能吧。」

由於竄改現象，使得因果失常了。在那場選定審判毀滅的眾神之力，恐怕全都寄宿到他身上了。而且看來就連控制，都能隨心所欲的樣子。

「世界與異物的戰鬥，至此已經結束了。」

艾庫艾斯併攏雙腳，將雙手伸直。那副模樣彷彿就像個十字架。

「齒輪一直都在轉動。那個渺小的齒輪，推動稍微大一點的齒輪，而那個齒輪會推動更大的齒輪。接連轉動的無數命運，最終將會讓名為絕望的轉輪轉動，而那或許將會碾碎地上的生命。」

艾庫艾斯的齒輪發出「嘎吱嘎吱」的聲響轉動。接著他說：

「汝是卡住齒輪的異物。然而，由於汝相當渺小，無法阻止開始轉動的絕望。」

「沙沙沙」的雜訊聲響起。

「看看地上吧。看看汝的國家，作為其中心的密德海斯。」

艾庫艾斯的背後充滿光芒，從中出現巨大的齒輪。經由「遠隔透視」的魔法，上頭顯示出迪魯海德的風景，那裡是密德海斯的南方。本來應該綠意盎然的那塊大地在中途乾枯，化為一片沙漠，而且還不是普通的沙漠。那片沙漠不僅是白色的，甚至白到異常。火星紛飛、白焰竄升的那道光景，讓我覺得似曾相識。

「是枯焉沙漠啊。」

「界門開啟，如今地上與神界已連為一體。這是因為樹理四神毀滅，並與世界的意志同化了。」

能在終焉沙漠裡看到無數齒輪，它們就跟艾庫艾斯一樣形成人形。齒輪發出「嘎吱嘎吱」的轉動聲響後，漸漸改變模樣。

綁著纏頭巾、披著披風的神——終焉神安納海姆出現。假如毀滅的神會聚集到艾庫艾斯身上，那麼安納海姆本人的意志大概早就淪為那傢伙的爪牙了吧。那是名副其實的齒輪機關人偶。

終焉神背後出現劍兵神與術兵神等神的軍隊。

「去吧，讓魔族們沒於終焉。」

「遵命。」

在安納海姆的命令之下，軍神佩爾佩德羅率領的神的軍隊開始發動攻擊。雖然是相當龐大的兵力，但這種程度是攻陷不了密德海斯的。也就是說——

「——界門不只一道。」

彷彿看穿我的想法一樣，艾庫艾斯說。又一個齒輪出現在艾庫艾斯背後，與方才的齒輪齧合在一起。這次「遠隔透視」上顯示出的，是密德海斯東側的景象。

那裡有一道三角錐的門。只看其中一面的話，就跟在三角錐神殿上的那道頑強大門一樣。那個地點是草原——可是在下一瞬間，就像被顏料塗改了一樣，草原漸漸化為一座蒼鬱的森林。綠葉畫出螺旋的那個神域是深層森羅。人形齒輪才剛出現，就化身為深化神迪爾弗雷德。神門在祂的前方開啟，神兵們陸陸續續朝著森林前進。

「這是為了殲滅——恭順秩序，帶來戰火。」

再次有齒輪出現在艾庫艾斯背後，同時開始轉動。顯示在「遠隔透視」上的同樣是密德海斯，但這次是西側的風景。當三角錐門一出現，那裡就冒出一棵大樹。隨著大樹轉眼間成長茁壯，漸漸地土化為水、草化為珊瑚、動物化為魚，大地化成了大海。

那個神域是大樹母海。如同方才人形齒輪出現，齒輪這次化身為誕生神溫澤爾，無數的神族士兵自海底浮了上來。

「好了，去吧，我可愛的孩子們。去讓戰火吞噬世界，將魔族根絕。」

艾庫艾斯背後接著出現第四個齒輪，「遠隔透視」顯現出的場所是天空。那是密德海斯的上空。三角錐門出現，無數的枝葉宛如王冠一般覆蓋住整面天空。

那是轉變之空樹冠天球。人形齒輪出現，化身成為轉變神蓋提納羅斯。大量的神兵同樣從神門裡出現，並且搭乘上翠綠之風。

「哈哈哈，歌唱吧，跳舞吧。我來將戰火的聲音傳達給魔族之國了喲～」

朝著包圍起來的密德海斯，眾神們開始進軍。駐紮的魔王軍儘管兵數眾多，各個也都是相應的高手，仍不到能與樹理四神全員為對手的程度。外加上神的軍隊數量超乎以往，作為部隊長的軍神佩爾佩德羅就有四位。

他也打從最初就不認為能靠「終滅日蝕」毀滅地上嗎……也就是就算失敗，只要能將雷伊、米莎與尼基特等人引來，讓密德海斯的守備變得薄弱就好。

『咯、咯、咯，看來你很難得地被擺了一道呢，暴虐魔王。』

耶魯多梅朵的聲音經由魔法線傳了過來。

『儘管我也想趕緊回去營救首都密德海斯的危機，看樣子「轉移（gatomu）」與「飛行（furesu）」都被封鎖了喔。』

是樹冠天球與深層森羅的秩序嗎……這個封鎖恐怕遍及整個迪魯海德。縱然能藉由遠離出現的神域，使得封鎖的影響力減弱、產生一點漏洞，但無法直接轉移到密德海斯。

『還有「意念通訊（leaksu）」也是啊。雖說只要連上魔法線，就勉強還傳達得到的樣子，然而從勇者學院也聯繫不上的情況看來，受到妨礙的範圍相當廣泛。』

耶魯多梅朵說。有關「意念通訊」，恐怕是受到了大樹母海秩序的影響吧。只要「意念通訊」的行進方向有那片海洋在，就會遭到截斷吧。

既然如此，那麼在枯焉沙漠的影響下，恢復魔法應該也無法好好發揮作用才對。就算能夠施展，也只會是聊以慰藉的程度吧。

為了討伐神軍而派遣到迪魯海德各地的士兵無法回來，應該就是艾庫艾斯想要達成的狀況。樹理四神無法離開眾神的蒼穹，想當然耳也不可能讓神域移動——為了要讓我產生這種既定印象。

「築城主（Guardian）的魔王城建造已準備完畢！梅魯黑斯大人，請進行指揮！」

「唔嗯。」

察覺到敵人進軍的魔王軍迅速出擊，在敵方部隊最接近城市的南方展開布陣。那是由七魔皇老的梅魯黑斯、艾維斯、蓋伊歐斯、伊多魯，以及魔皇艾里奧所率領的密德海斯部隊。

能聽到齒輪「嘎吱嘎吱」轉動的聲音，不好的預感一直在腦中揮之不去。在化為白色沙漠的位置上，有一股熟悉的魔力。

「能以目視確認到敵方前衛部隊！那……那是……！」

艾里奧部隊裡擅長遠望的士兵大叫起來。

「怎麼了？快報告！」

「是、是尼基特大人！尼基特大人、迪比多拉大人與蘆雪大人他們，率、率領著魔族部隊朝這裡進軍！」

「……你……說什麼…………！」

雜訊「沙」的一聲響起，終焉神的聲音響徹開來。

「終焉的沙漠裡沒有轉變，毀滅的屍骸會化為僕從——骸傀儡。」

以尼基特、迪比多拉與蘆雪為首，他們部隊的魔族身上全都纏繞著白色火星。從終滅之光下守護住地上的他們，在瀕臨毀滅時寄託最後的希望，施展了「轉生」的魔法。可是，安納海姆的權能阻礙了「轉生」。祂將他們的根源保留在終焉，沒有轉生地化為自己的傀儡。

「魔族的意志，在我安納海姆面前不過是一粒沙。進軍吧，屍骸兵。你們想守護的那個國家，就由你們親手攻陷吧。」

尼基特他們朝著密德海斯不斷進軍。他們是兩千年前的魔族，因此速度很快。大概眨眼間就會與密德海斯部隊相接吧。

「梅魯黑斯大人，請指示！」

「……他們已是死者。讓他們澈底死去，或許是最起碼的餞別吧……」

梅魯黑斯窺看骸傀儡的深淵，領悟到尼基特他們早已不在人世。

「艾維斯、蓋伊歐斯、伊多魯，你們同老身一起。就由我們來壓制尼基特、迪比多拉與蘆雪吧。密德海斯部隊去應付剩下的骸傀儡與神的軍隊，而且沒必要打倒他們。只要爭取到時間，援軍應該就會從迪魯海德各地趕來。」

「遵命！」

艾里奧就像要鼓舞部下們一般大聲回應。

「我方部隊在這裡布下防衛戰線，一兵一卒都不准放進城內！這裡是密德海斯，我等始祖所追求的和平象徵！」

「創造建築（airisu）」的魔法發動，魔王城當場被陸陸續續建造出來。防衛線一布建完成，「獄炎殲滅砲（jio gureizu）」就彷彿開戰信號似的一齊射出，在擊中逼近的敵方部隊後，引起盛大的爆炸。

但對方也沒有一直默默挨打。尼基特一面以手中的魔劍斬斷襲來的漆黑太陽，一面筆直地朝密德海斯部隊逼近。蘆雪與迪比多拉也尾隨在後。

「『風滅斬烈盡（riga shureido）』。」

洶湧的疾風之刃揚起沙塵，斬向密德海斯部隊的魔王城。然而，其攻擊途中就像被次元

吞噬一樣消失無蹤。那是「次元牢獄」的魔法。蘆雪停下腳步警戒四周。

「你們賭上性命，守護了這個迪魯海德。這份懊悔、這份憤怒，老身痛切明白。此乃嘲笑你們榮耀的不敬之舉，乃絕對無法原諒的行為。」

白鬚老人就像要擋住去路一般出現在蘆雪前面，那個人是經由「次元牢獄」移動過來的梅魯黑斯。扛著大劍的大漢蓋伊歐斯與留著長髮的雙劍士伊多魯，站在尼基特的面前。迪比多拉則與擁有骷髏身軀的不死者艾維斯對峙。

「請安心吧，蘆雪大人。你們將不會踏入密德海斯半步，而是在此安息長眠。」

§ 31 【在被奪走的世界裡，魔王孤身一人】

刀劍聲與爆炸聲不絕於耳地響徹開來。其發出的間隔漸漸縮短，激烈度不斷增加。

戰鬥展開了。七魔皇老對上尼基特他們，密德海斯部隊對上兩千年前的部下，雙方以劍交鋒，互相發出魔法砲擊。人數占優勢的密德海斯部隊以「創造建築」構築的魔王城為據點，藉由地形效果增強能力。與此同時，他們還經由梅魯黑斯的「魔王軍」分配到魔力，使得能力獲得提升。

另一方面，尼基特他們的部隊則是精銳中的精銳。他們憑藉一騎當千的實力驅散防衛密德海斯的士兵，要將魔王城攻陷。

「「『風滅』——」」

魔力粒子捲起漩渦，風同時從劍與杖柄上猛烈颳出。

「「——『斬烈盡』！」」

來自左右的兩道疾風相撞，將周圍的大氣撕裂開來。要是不小心踏入暴風區，就會被當場切碎，連一塊肉片也不會留下地化為烏有吧。施放魔法的術者，是被譽為風之能手的蘆雪，以及七魔皇老最強的梅魯黑斯·博藍。

「不愧是暴虐魔王創造的七魔皇老，居然能一面施展『魔王軍』，一面施放出如此強大的『風滅斬烈盡』。」

蘆雪這麼說的同時，將劍尖指向梅魯黑斯。

「——是稱作骸傀儡嗎？或許是要讓過去的夥伴做出與生前相同的言行，藉此來削弱對方的戰意吧。」

梅魯黑斯一面舉起權杖一面說：

「真是了無新意的手法。在阿伯斯·迪魯黑比亞的時候，這招可曾管用過嗎？」

黑色閃電聚集在權杖上。一面響徹「劈啪劈啪」的激烈雷鳴，梅魯黑斯一面發出「魔黑雷帝」。

「『風壁流道(shieria)』！」

蘆雪前方出現帶有魔力的風壁，製造出氣流。漆黑閃電就像被「風壁流道」引開一樣，偏離了她的身體。蹬地衝出、一口氣接近梅魯黑斯的蘆雪劈下魔劍，梅魯黑斯則以權杖擋下了這一擊。

「一起被操控的人，口氣還真是大啊。」

「看來記憶也保留下來的樣子呢。還真是可憐啊。」

「聽你在胡扯！」

要比力氣的話，除了本身的力量差距外，還因為魔王（King）職階弱化的梅魯黑斯占下風，使得他被打飛了。儘管退了開來，梅魯黑斯還是重新穩住姿勢。

「正因為遭人操控過，老身才明白。反抗吾君的恥辱，即使毀滅了也一樣讓人難以忍受。那位大人應該會笑著原諒我們吧。所以我們才更加無法原諒自己。」

梅魯黑斯一面亮起魔眼（眼睛），一面窺看蘆雪的深淵。

「真正的妳想要儘早毀滅。」

他的權杖畫出魔法陣，從砲門射出「獄炎殲滅砲」。蘆雪不是將魔法斬斷，就是側身避開，眼看著不斷逼近。

「『風滅斬烈盡』。」

「『次元牢獄』。」

梅魯黑斯以「次元牢獄」吞沒蘆雪發出的疾風之刃。

「就還給妳吧。」

一道魔法門出現，從中射出蘆雪的「風滅斬烈盡」。那裡就像陷阱一樣，到處都是「次元牢獄」。這是因為正常的空間裡參雜著異空間，而且還在持續移動著。「次元牢獄」會將穿過異空間的一切事物吞沒、儲藏，然後吐出。比起魔劍大會那時，梅魯黑斯的魔法控制變得更加精密了。

「嘖……！」

即使反魔法被切碎、渾身傷得鮮血淋漓，蘆雪還是不以為意地衝了過去。她衝進捲起漩渦的「風滅斬烈盡」中心，想要闖越過去；梅魯黑斯則將權杖朝向無處可逃的她。

「『魔黑雷帝』。」

蘆雪在將魔劍刺向梅魯黑斯發出的漆黑閃電後，以「風壁流道」撥開攻擊。被改變軌道的「魔黑雷帝」撞上捲起漩渦的「風滅斬烈盡」，一面發出「滋滋滋滋滋」的轟鳴，一面互相抵消了。

「……唔唔……！」

由於迸開的雷光，梅魯黑斯瞬間看丟了蘆雪。她跳了起來，宛如一陣風似的以魔劍貫穿梅魯黑斯的身體。

「……唔……啊……」

大量鮮血溢出，沿著魔劍淌下。

「結束了。」

蘆雪將魔劍更加深入地刺進梅魯黑斯的體內。他口吐鮮血，手中的權杖落在地上。

「……是啊，這樣就……」

魔法門一出現在蘆雪背後，漆黑極光就將她包覆起來。

「……結束了，蘆雪大人……！」

「你以為能封住我嗎！」

蘆雪使勁將魔劍刺向漆黑極光。才剛碰觸到那個魔法，包覆著她魔力的劍身，就輕易粉碎了。

「……什麼……！這個……是……？該……不會……？」

蘆雪一臉驚愕地窺看那道魔力的深淵。

「是的。此乃老身自兩千年前儲藏至今的『四界牆壁（beno iebun）』，以及在魔劍大會時惶恐收下的阿諾斯大人的魔力。」

漆黑極光就像凝縮一般，不停地擠壓著蘆雪。魔劍粉碎，身上的反魔法與魔法屏障也粉碎四散，她的身體開始變得破爛不堪。經由能阻擋神的秩序的「四界牆壁」，骸傀儡的權能被逐漸抵消。

「可……惡……不對……！不對，不對，不是這樣的……」

儘管就像在困惑一樣，她還是喊了他的名字。

「梅魯……黑斯……？」

一滴淚水從她眼中淌落。她以硬擠出來的聲音說：

「……拜託……你……毀……滅我……吧……我不想傷害……這座城市……」

梅魯黑斯恭敬地點了點頭。

「我答應妳。至少在最後，請妳以吾君之力長眠——」

正要給她最後一擊的梅魯黑斯當場倒下。他在一瞬之間被人繞到背後，斬斷了根源。

「……尼基特…………」

尼基特站在趴伏在地的梅魯黑斯前方。環顧四周可以發現，蓋伊歐斯與伊多魯也同樣被斬斷根源，趴伏在地。艾維斯則跪在地上，被迪比多拉逼入絕境。

能聽到巨大聲響。這是因為密德海斯部隊建造的一座魔王城崩塌了。

「艾里奧大人……負傷了……！快去支援！」

「該死，不行啊！恢復魔法沒有效！再這樣下去的話……！」

「別慌！我們現在要是畏懼的話，就正中敵人的下懷啊！」

密德海斯部隊還沒有喪失戰意。話雖如此，要是梅魯黑斯、蓋伊歐斯、伊多魯、艾維斯，還有魔皇艾里奧都負傷的話，指揮系統將會全面瓦解。戰力是對方壓倒性地占優勢，除了神的軍隊外，還有終焉神安納海姆在後方待命。既然其他樹理四神也在進軍，就無法將其他部隊派來這裡。

因為無法施展「飛行」與「轉移」，所以也無法期待密德海斯之外的援軍能立刻趕到。儘管援軍正火速趕來，可是應該撐不到那時候。在他們趕來之前，密德海斯會先一步被戰火吞沒吧。既然如此，該阻止的就是——

「汝的結論很正確。」

齒輪機關的神說道。在艾庫艾斯的背後，有四個齒輪在轉動，並從中顯示出密德海斯的狀況。我經由艾蓮歐諾露與安妮斯歐娜連結的所有魔眼（視野）掌握地上的狀況，同時瞪著眼前的這傢伙。

「圍繞住密德海斯的四道界門，讓位在眾神的蒼穹的樹理迴庭園降臨到地上。只要關上那道門，應該就能從戰火中拯救迪魯海德。」

樹理四神本來是坐鎮在達・庫・卡達德的神。只要關上界門，祂們就無法待在地上。

「然後，世界的異物啊。汝還隱藏著即使身在此處，也有辦法將出現在地上的界門堵住的手段。」

艾庫艾斯就像早已看穿我的底牌一般說：

「過去將世界分為四塊的牆壁──『四界牆壁』的魔法術式，如今仍刻印在地上。」

這並不值得驚訝。倘若是眾神，這點小事老早就看穿了吧。作為埋在神族體內的齒輪集合體，他不可能沒發現到。也能說他就是為此，才會去攻打啟動魔法陣所在的密德海斯──為了將危急時的最後一道保險破壞。

『米夏、莎夏。』

我以「意念通訊」呼喚她們。

齒輪發出「嘎吱嘎吱」的聲響轉動。

──住手，不要再破壞了……

能聽到莎夏絕望的聲音。

——是我創造的。這個邁向毀滅的世界，是我……

米夏的悲嘆聲滿溢而出。

「唔嗯，還在抵抗啊？」

一面響起「嘰、嘰嘰」不順暢的齒輪轉動聲，艾庫艾斯一面發出充滿雜訊的聲音。

「即使期待她們也是枉然，世界的意志是無法違抗的。不是所有人都跟你一樣，不適任者。絕望的轉輪早已開始轉動。」

艾庫艾斯的神眼（眼睛）散發出詭譎的光芒。

「兩千年前，創造神米里狄亞、大精靈蕾諾、勇者加隆、化為魔王城德魯佐蓋多的破壞神阿貝魯猊攸，以及靈神人劍伊凡斯瑪那。即使聚集了如此龐大的魔力，要建造那道牆壁也仍然需要汝的性命作為代價。」

雷伊、米夏、莎夏，以及蕾諾。只是想說他已經將我的同伴一一除掉了吧。

「那又怎麼了？」

「如今，汝沒有他們任何一個人的魔力。就只有你自己，就只是孤身一人——與兩千年前不同。」

他輕輕抬起手說。

「只有我就夠了——要毀滅你的話。」

「假如你覺得只要毀滅我就能拯救世界，那麼就試試看吧。」

齒輪發出「嘎吱嘎吱」的聲響轉動，艾庫艾斯就像要交出性命一樣解開自己的反魔法。

「下不了手嗎？因為汝知道，要是毀滅掉多神集合體的我，世界就會失去秩序、在眨眼間崩壞。汝想要拯救世界，然而那個必須拯救的世界，就是我。」

「我會拯救世界，然後毀滅你。」

「迪魯海德會在那之前毀滅。」

「沙、沙沙——」的雜訊伴隨這句話同時傳開。

「這就是世界，暴虐魔王。不論是誰，都被奪走了寶貴的事物。想要一個溫柔世界的米里狄亞，被奪走了那個心願；希望能看到世界在笑的阿貝魯猊攸，被奪走了那雙平穩的神眼（眼睛）。即使是不適任者的汝，也沒有例外。」

那張齒輪的臉孔，看起來彷彿在嘲笑我。

「儘管擁有能毀滅一切的力量，但暴虐魔王啊，汝所想要的，卻是平穩的和平。汝越是發揮那股力量，汝的願望就離汝越遠。汝唯獨無法守護住汝真正想要守護的事物，這就是世界（我）的意志。」

耳邊能聽到「嘩啦嘩啦」，什麼東西崩塌下來的聲音。顯示在齒輪的「遠隔透視」上，又有一座魔王城崩塌了。

「來吧，快施展『四界牆壁』吧。與兩千年前不同，汝的同伴並不在此。不過，只要汝捨棄來世的力量，就能堵上界門。我說得沒錯吧？」

我只是默默注視著他。

「兩千年前我奪走了記憶，這次就奪走汝的那股力量吧。在不知是兩千年後，還是三千年後，等待再次轉生之汝的將會是地獄，而不是和平。失去力量的汝，將只能在那個地獄裡悲嘆不已。下次汝就連要抵達我面前，都辦不到。」

帶著令人毛骨悚然的聲音，艾庫艾斯的齒輪轉動著。

「汝將會緩慢地、一點一滴地被奪走一切。」

轟隆一陣巨響，在密德海斯南方，第三座魔王城崩塌了。

「……撐、撐不下去了！」

「艾里奧大人，先撤退吧！」

「要撤退到哪裡去！沒有援軍，而我們的身後是人民百姓。密德海斯是魔王大人託付給我的城市，現在要是貪生怕死逃走，我就再也沒有臉去見他了！」

密德海斯部隊正一分一秒地陷入絕境。會從毀滅之人開始，經由終焉神的秩序化為骸傀儡，襲擊過去的同伴。那簡直就是人間煉獄。

消耗戰應該只會一味地讓對方的戰力增強吧。至少，要是辛與耶魯多梅朵趕上了，一切倒還不會那麼糟，看來到此為止了。再繼續下去，將會迫使無法戰鬥的民眾傷亡。

不能讓活在和平時代的他們受到這種痛楚。

「唔嗯，沒辦法，就如你所願吧。」

我向齒輪機關的集合神說：

「來世的力量與此世的生命就送給你吧。不過——」

我在右手染上黑色的「根源死殺」。要做的事情非常簡單。在貫穿根源的同時，利用瀕臨毀滅的力量啟動留在密德海斯的術式，藉此展開「四界牆壁」。過去將世界分為四塊的牆壁，將會解放其真正的力量，封閉界門。只要將與神界的聯繫完全截斷，樹理四神應該就會消失。

然後——

「我不會將和平交給你。要看見地獄的人是你啊，艾庫艾斯——」

就在我這麼說、準備要將「根源死殺」的指尖刺向自己身體的瞬間——

「……唔哇哇哇哇哇…………」

遠方響起一道愚蠢的叫聲。

「唔啊啊啊啊啊啊啊啊啊啊啊啊啊啊啊啊啊！」

唔嗯？怎麼了？

聽起來像是從齒輪的「遠隔透視」上傳來的，不過這是——？

聖水砲彈突然自上空朝著就像在布設防衛線一樣搭建的魔王城前方落下，總數為十八發。這些聖水砲彈一擊中地面，宛如要保護密德海斯部隊與魔王城一般構築出結界。

那是長距離結界魔法「聖刻十八星」。不對，還不只這樣。在結界之中，隨著濛濛細雨與水沫散去，降落在那裡的人影與巨大城堡便一一現身。

那是亞魯特萊茵斯卡城。而在城門之前，有著身穿深紅色制服的勇者學院學生們。他們沒有施展「飛行」或是「轉移」，而是以「聖刻十八星」將城堡發射到這裡來了。

「……啊～不過，這下搞砸了呢。居然為了幫助迪魯海德用掉這張底牌，大人物們會很生氣喔。」

萊歐斯扛著聖炎熾劍卡流馮多，如此說道。

「好啦。如果只是生氣，那倒還好，就我所見，這好說也是要上法庭的啊。」

雷多利亞諾一面舉著聖海護劍貝因拉梅提，一面輕輕摸著眼鏡架。

「煩惱這些幹嘛，我們甚至無法保證能活著回去不是嗎？」

海涅一面用雙手拿著大聖土劍賽連歐與大聖地劍傑雷，一面瞪著眼前的骸傀儡。他們一改方才的輕佻，散發出浩然氣勢，雷多利亞諾大聲喊道：

「致密德海斯部隊，我們是勇者學院亞魯特萊茵斯卡。為了回報吾師艾米莉亞．路德威爾，以及暴虐魔王阿諾斯．波魯迪戈烏多的恩情，前來支援貴軍！」

§ 32 【覆蓋天空的齒輪】

萊歐斯全身噴出聖炎，同時緊握聖劍。

「上吧，雷多利亞諾！」

「好！」

從聳立在那裡的城堡——亞魯特萊茵斯卡上頭，聖水有如濛濛細雨一般灑落。雷多利亞諾摘下眼鏡，高舉起貝因拉梅提。

「密德海斯部隊退下吧。魔族要是進到結界裡，會很危險喔。」

海涅的聖劍劈開大地，畫起土魔法陣；與之相同，萊歐斯是火，雷多利亞諾是水。不足的風魔法陣，則由勇者學院的學生們補上。地、水、火與風，四種屬性的結界，以要將尼基特等人的部隊關在裡頭的形式展開。

「「「『四屬結界封滅陣（deijirimento）』。」」」

這是跟過去在學院對抗測驗裡使用的「四屬結界封（deijieria）」有著相同效果的結界。這個魔法能削減魔族的力量，同時弱化他們的魔力。而且，其術式或許比當時艾蓮歐諾露所展開的結界，還要更上級。

在「四屬結界封滅陣」的內側，倘若是尋常魔族，不用交戰就能讓他們喪失戰力吧。就和雷多利亞諾他們說得一樣，勇議會大概會很生氣吧。這不論怎麼想，都是預想到可能與魔族交戰，而學會的魔法。相較於迪魯海德，戰力壓倒性不足的亞傑希翁，就算想追求防衛力也不足為奇；保有力量是很重要的事情。儘管希望這是為了能不用交戰而取得的力量，姑且不論上頭的人，至少不需要擔心他們會拿來那麼做。

「失禮了。雖是以寡敵眾——」

雷多利亞諾站在尼基特的面前。在他身旁，海涅與萊歐斯舉起聖劍。

「但兩千年前的魔族各個都是怪物，就讓我們不擇手段贏得勝利吧。」

前傑魯凱加隆的學生們，前去支援被迪比多拉逼入險境的艾維斯。尼基特以中段姿勢舉起魔劍，同時亮起魔眼（目光）。他大概在打量三名勇者、王城亞魯特萊茵斯卡，以及勇者學院學生們的戰力吧。在雙方對視之中，貓頭鷹使魔停在雷多利亞諾的肩膀上。

『致勇者學院亞魯特萊茵斯卡，感謝你們的援助，但戰局極為不利。』

那是魔皇艾里奧傳來的「意念通訊」。他大概在貓頭鷹身上連著魔法線吧。

『就算擊退骸傀儡兵團，對方也還保有神的軍隊。而指揮祂們的，是魔力比尼基特大人還要強大的神。』

『是的，我們知道這一點。很遺憾，假如要憑實力，我們一點勝算也沒有。可是，就算是我們，也還是有唯一的勝機。』

『那是？』

『藉由「聖刻十八星」，將聖水魔法線與蓋拉帝提連在一起。這本來是我們用來守護廣大亞傑希翁的手段。只要能收到本國傳來的「聖域（asuku）」，就能張設對我們更加有利的結界。』

『……這樣就能毀滅神嗎？』

『不，就算竭盡我們人類的意念，能與神族匹敵的時間，頂多只有一秒吧。但是在這一秒內，應該能在祂們阻礙「轉移」的結界上鑿穿一個小洞。』

艾里奧就像呻吟似的嘆了口氣。

『……只要能施展「轉移」，迪魯海德的援軍確實就會趕來，但僅有一秒的話，就連要以「意念通訊」通知的時間都……』

『不，會來的。』

雷多利亞諾明確地斷言：

『絕對會來的——如果是他的部下。雖然對我們來說是太過短暫的時間，對他們而言是過於充足的可趁之機吧。』

沉默一瞬後，率先做出決斷的是尼基特。

「全隊將城堡攻陷，那是敵人的要點。」

骸傀儡的士兵們無視「四屬結界封滅陣」，朝著勇者學院的城堡——亞魯特萊茵斯卡衝鋒。就像要再疊上一層結界一樣，儘管打算經由在局部展開的集團魔法施展的「四屬結界封」封住骸傀儡的行動，卻被他們憑著魔力突破了。

剎時間，警戒著這一頭的雷多利亞諾瞪大眼睛。這是因為方才還在遠處的尼基特，突然出現在他的眼前。對奔如雷霆的魔劍產生反應的不是他，而是聖劍貝因拉梅提。就像要呼應雷多利亞諾的勇氣一般，聖劍構築出水之結界，擋住迅雷不及掩耳的斬擊。遲了一步的雷多利亞諾，以劍身接下尼基特的這一劍。

『我們會盡全力掩護勇者學院，快構築結界吧！』

「「了解！」」

萊歐斯與海涅異口同聲回應艾里奧的通訊，並且左右夾擊尼基特。包覆火焰的卡流馮多與撼動大地的賽連歐、傑雷同時劈下。

「呃……！」

「……這傢伙……！」

雷多利亞諾、萊歐斯與海涅的身體被同時斬傷。三對一、施展「四屬結界封滅陣」，以及有聖劍的加護。即使擁有這些優勢，尼基特的力量也仍舊是壓倒性的。

——你難道以為會發生奇蹟嗎？

混著雜訊的聲音響起。

「……該……死的……！迪魯海德到底有多少怪物啊……！」

萊歐斯發出的神聖爆炸火焰，尼基特輕而易舉就斬斷了；從背後逼近的海涅聖劍，他則頭也不回地用魔劍打掉。然後，尼基特貫穿雷多利亞諾的結界，將魔劍刺進他的腹部。

「……贏不了，是打從最初就知道的事……要是能再爭取一點時間……」

——你們難道以為會有希望嗎？

齒輪發出「嘎吱嘎吱」的聲響轉動。

「艾米莉亞……快點……！再這樣下去，亞魯特萊茵斯卡會……！」

海涅的「意念通訊」沿著以「聖刻十八星」創造出來的魔法線，傳送到蓋拉帝提。

然而，仍然沒有回應。

——你們就看好吧。世界（我）不希望這樣。

在這瞬間——閃耀黑炎猛烈竄起，宛如爆炸般迸開。被黑炎籠罩的不是他們，而是映出他們的「遠隔透視」齒輪。

「唔嗯。」

在我下方有座三角錐神殿。撞進那座神殿的外牆裡，齒輪機關的集合神艾庫艾斯被埋在瓦礫之下。雖然是在他向地上搭話的途中炸飛的，但那道聲音沒有停止的跡象，甚至沒有絲毫的顫抖。

「哎，也是呢。」

眾神皆是「全能煌輝」艾庫艾斯所伸出的手——儘管這似乎是龍人們想出來的概念，看來他成為了相同的存在哪。派去迪魯海德的樹理四神與那道聲音，全是他以看不見的齒輪連結起來的手足。就算稍微痛扁他一頓，他也不痛不癢。

想要阻止他，照理說只要停下他本體的齒輪就好——

「要試試看嗎？這就等同要讓世界停止轉動。」

應該埋在瓦礫底下的艾庫艾斯，如今卻飄在空中，轉移到我的身後。明明趁他沒纏繞反魔法時，疊上「根源死殺」、「魔黑雷帝」與「焦死燒滅燦火焚炎（abuiasutanjiara）」將他轟飛出去，他的神體卻連一道擦傷都沒有。

縱然不覺得他會比那座三角錐神殿的門來得脆弱，居然連沒怎麼防禦時都只有這樣，要是不認真毀滅他，就連攻擊都對他不管用吧。

「『獄炎鎖縛魔法陣（zora e deifuto）』。」

黑色火焰化為獄炎鎖，綁向艾庫艾斯的齒輪機關身體。

「『四界牆壁』。」

再讓黑色極光纏繞上去，封住他的秩序。

「『時間操作（rebaido）』。」

並且以我所知的一切眾神——艾庫艾斯的那個起源施展魔法，讓他的時間停止，然後以染成滅紫色的魔眼（眼睛）狠狠地瞪著他。

「事到如今還在掙扎什麼？」

「嘎吱」一聲，在艾庫艾斯身體的齒輪微微轉動後，鎖鍊就輕易碎裂，「四界牆壁」飛散消失。他沒有施展魔法，也沒有用上神的權能。只憑一個齒輪，就將「獄炎鎖縛魔法陣」、「四界牆壁」、「時間操作」與「滅紫魔眼」彈開了。

「汝是無法束縛世界，也無法封印世界的。所以，汝應該決定好要捨棄自身的生命與力量了才對。是希望蒙蔽了汝的魔眼（眼睛）嗎？」

艾庫艾斯筆直逼近。在用左手接住他刺來的右手指尖的瞬間，我被他從頭上打飛了。那是狂亂神亞甘佐的權能。藉由竄改現象的無秩序打擊，使得身體被打向地面。我護住身體倒下，瞪著空中的艾庫艾斯。

「倘若要期待那群人類，汝將會再度認識到他們的渺小。」

在艾庫艾斯的一個齒輪轉動後，火焰就在眼前捲起漩渦。是什麼神的權能呢？神聖光芒聚集在那裡，火焰變成大砲般的形狀。

神之烈火朝我噴出。我以「滅紫魔眼」瞪向烈火，再以「破滅魔眼」使得威力衰減。接著又以「焦死燒滅燦火焚炎」的指尖捏碎那道神之烈火，使其化為灰燼。可是，他的魔力就像無窮無盡一樣，在空中排開一列火焰大砲，讓數千道神之烈火朝著大地噴出。

「『四界牆壁』。」

我廣範圍地展開闇色極光，將那些神炎悉數逐一封殺。這個蒼穹的深淵之底怎麼也無法說很堅固，要是在被奪走火露、正在逐漸崩塌的達・庫・卡達德裡打得太過誇張，說不定會破壞掉神域，讓秩序受到傷害。

這樣就算不會對身為秩序本身的艾庫艾斯造成多大的影響，因為「不笑世界的終結（ein ejaru nabuerubua）」而瀕臨崩潰的世界，卻很有可能因此受到致命傷。

「『灰燼紫滅雷火電界（rabuia gigu gabuerizudo）』。」

我使勁將紫電凝縮，連結起十個魔法陣後發出。發射到空中的壓倒性破壞紫電，憑藉著毀滅之力抵消掉落下的大量神炎。

他澈底地要逼我落於守勢。假如毀滅艾庫艾斯，世界就會毀滅。倘若這個蒼穹之底被破壞，秩序就會崩潰，依舊會導致許多人死亡。要是讓迪魯海德遭到侵略，魔族人民就會慘遭蹂躪吧。

只要我還想獨自守護這一切，要毀滅他就確實不是一件易事。

「就看好吧，世界的異物啊。如今，新的絕望開始轉動。」

儘管一面在胡亂地發射神炎，艾庫艾斯的神體還是一面畫出十字。他的背後出現第五個齒輪。

顯示在「遠隔透視」上的景象，是蓋拉帝提──圓桌議場。艾米莉亞與勇議會的議員們就在那裡。

他們正隔著窗戶仰望天空。視線的前方，是日蝕已進展到一半的「破滅太陽」。那顆太陽彷彿右眼一樣，一張巨大的臉孔──齒輪機關的臉──出現在空中。

而且，突然又出現了一個巨大齒輪。不對，這與其說是出現，不如說是天空變成齒輪會比較正確。齒輪的身軀彷彿要覆蓋世界一般在天空展開。

然後，那傢伙說：

『向支配亞傑希翁的渺小人類們宣告：我乃這個世界的意志。』

§ 33　【血之契約】

響著令人毛骨悚然的「嘎吱……嘎吱……」齒輪聲。

勇議會的議員們注視著飄浮在空中的巨大齒輪怪物，臉色發白地傾聽那傢伙的話語。

『汝等違背世界的秩序，派遣勇者加隆來到我的跟前。』

艾庫艾斯的聲音撼動大氣，在亞傑希翁的大地上響徹開來。就像被這道聲音撼動一樣，議員們全身顫抖不已。

『看吧，這塊逐漸崩潰的大地。這就是汝等犯下暴行的結果。』

激烈的地震發生，議員們立刻緊緊抱在建築物上。在終滅之光的照射下，世界的大地被分割成四塊。這四塊大地伴隨著不時發生的激烈地震，正一點一點地分離開來。

『勇者加隆在世界（我）的眨眼之下遭到光芒灼燒，墜落到地上了。汝等的英雄已不在人世，刻在大地上的十字傷痕持續擴大，最終世界將會完全分為四塊，崩塌毀滅吧。』

有如撕裂大氣般令人毛骨悚然的聲音，在亞傑希翁全境響徹開來。

『此乃汝等與世界之敵暴虐魔王為伍所給予的懲罰。』

聲音化為暴風，激烈撼動地上一切的建築物，幾乎所有勇議會的人都害怕得瑟縮起來。即使感受不到「破滅太陽」的魔力，將世界分為四塊的終滅之光也才剛在他們眼前清清楚楚地展現威力。亞傑希翁至今也仍舊持續著斷斷續續的地震，大地的崩潰毫無平息的跡象。就算是無法窺看深淵的他們，此時也一樣不容拒絕地體會到敵人的強大。

『想活下去嗎，世界的子民啊！』

混著雜訊的聲音響起。

『想拯救自己的朋友、戀人，以及家人嗎？』

——彷彿要伸出救贖之手一樣。

『過去汝等的祖先基於正義之名對抗邪惡的魔王。在神話時代，世界與人類一同追求著正確的秩序。』

彷彿這是最後的機會一樣，艾庫艾斯說：

『只要誠心悔改，我就原諒你們的罪過。如今再一次服從於我——服從世界的意志吧，渺小的人類啊。獻上「聖域」的祈禱——以那份愛與溫柔，毀滅反抗世界的邪惡國度，討伐愚蠢的不適任者——暴虐魔王。只要選擇正確的道路，汝等人類就能生存下去。』

在世界邁向滅亡時，這說不定是一句誘人的耳語。只要選擇正確的道路，便能得救。只要行使正義，不論面臨何種危機，道路都會開啟。不論哪個時代，人們都是這樣祈求、想要如此相信。

蓋拉帝提的人們大多茫然地眺望著天空。大概是因為思考跟不上突然發生的事態吧。

『做出決斷吧，統治亞傑希翁的弱小議員們啊。此乃世界與汝等人類，以至於子子孫孫，永遠無法違背的契約——「全世契約（zogunakuto）」。』

空中畫出巨大的「全世契約」魔法陣。那大概是連今後出生的子孫們，都要強制遵守同一道契約魔法的術式吧。只要在上頭簽字，人類這個種族就要為了打倒魔族，永永遠遠地向世界獻上「聖域」。

『期限只到時鐘的指針轉完一圈為止。只要獻上祈禱、締結「全世契約」，你們人類就能獲救。成為勇者，展示正義吧。』

「全世契約」的魔法陣上出現時鐘，指針開始轉動。大概不需要幾分鐘，就會轉完一圈吧。以決定國家命運的決斷來說，期限太過短暫了。

「只要祈禱……」

一名議員喃喃說道。

「就能……得救嗎……」

「愛與溫柔，會拯救我們……」

激烈的一聲「咚！」響徹開來，議員們一齊轉頭看去。是艾米莉亞將雙手拍在圓桌上。

「在戰爭期間，你們在說什麼夢話啊？」

她帶著怒火厲聲說：

「請思考一下狀況。那就只是敵人，而屈服於敵人的威脅是怎麼回事？如今在迪魯海德，勇者學院正在和神的軍隊交戰啊！我們該做的事，是要儘快告知人民目前的狀況，將『聖域』送到他們身邊！」

「可是，雖說是敵人……」

洛伊德偷偷看了一眼窗外，那裡有著規模太過懸殊的存在。大概是因為至今一點也感受不到的魔力在眼前具體化，使他被對方的存在壓倒，感到畏懼了吧。他或許總算理解到，自己等人招惹到不該招惹的對象了。

而且還是在最糟的時機。

「你以為那真的是世界的意志嗎？說什麼迪魯海德是邪惡國度，由那種東西決定這種事，是在開什麼玩笑啊！」

「……妳說得沒錯。但最起碼，他看來確實擁有足以毀滅世界的力量啊……」

議員中的一人，羅格朗王西瓦爾說。

「所以就要屈服嗎？」

「並不是要屈服。」

統治博特魯斯的恩里克回答：

「只不過，我們無論如何都要守護國家。要與能將世界分為四塊的超然存在為敵……」

「將世界分為四塊？不是吧？那個可不是威脅啊。那道光想要讓我們滅亡，才發射過來的。而阻止那道光的是誰？」

艾米莉亞就像在逼問似的說：

「是勇者加隆與迪魯海德吧？他們守護了地上，守護了亞傑希翁。你要被守護的我們聽從攻擊我們的怪物指示，前去毀滅守護我們的迪魯海德嗎？世上哪裡會有這麼愚蠢的事！」

恩里克緘默不語。於是，這次改由內布拉希里爾王卡泰納斯開口說：

「人情義理確實很重要，對此我也很過意不去。可是有時或許不得不去服從更為強大的一方，以及不得不去答應無法接受的要求。」

「請不要搞錯了。」

艾米莉亞不客氣地厲聲說：

「那顆太陽發出來的魔法砲擊——假如發射的人是暴虐魔王，世界早就毀滅，誰也阻止不了喔。哪怕是那個齒輪怪物也一樣。」

對於全身散發出魔力的艾米莉亞，卡泰納斯感到膽怯。她以那雙魔眼（眼睛）瞪視著議場上的議員們。

「力量最為可怕的對象，是暴虐魔王阿諾斯．波魯迪戈烏多統治的迪魯海德。因為那個齒輪怪物沒辦法獨自打倒魔王，所以才會威脅我們協助他吧。假如魔王有那個意思，亞傑希翁早在兩千年前就毀滅，我們現在甚至無法在這裡爭論。」

她就像在追究似的說：

「沒有毀滅的他，以及沒辦法毀滅的那個齒輪；不做任何要求、希望和平的他，以及視他為邪惡的魔王、威脅我們去毀滅他的那個怪物。究竟是誰要來得更加邪惡，然後是誰要來得更加可怕，你們難道就沒有腦袋去思考嗎？」

看著西瓦爾、卡泰納斯、恩里克、洛伊德，以及所有議員的臉，艾米莉亞向他們訴說：

「為什麼儘管擁有能支配我們的力量，他卻沒有這麼做？為什麼儘管擁有強大的力量，他卻選擇進行困難的對話？他的理想，難道你們就連一點也無法理解嗎？」

議員們無法回答。

「全世契約」的時鐘指針持續前進，已經快要轉半圈了。

「兩千年前，他在世界建造牆壁，藉由將魔族與人類隔開，建立了和平。不同種族的我們只要斷絕往來，就不會引發衝突。然而，這並不是真正的和平。」

細心地、拚命地，艾米莉亞向他們拋出話語：

「違反他的心願，過去的大勇者傑魯凱在勇者學院埋入了惡意的種子。這所造成的結果，就是那場迪魯海德與亞傑希翁的戰爭。那是將全亞傑希翁的人類推入絕望黑暗之中的深邃黑暗。儘管如此，他也不打算放棄要與人類互相理解。」

議員們各個都露出沉重的表情。

「……的確，事情說不定就如妳說得一樣……」

卡泰納斯緩緩開口。

「只不過，艾米莉亞學院長。為了亞傑希翁，妳能攻擊魔族，攻擊自己的同胞嗎？」

在這麼問之後，卡泰納斯滔滔不絕地說：

「妳可是流著魔族的血；我們人類則沒辦法信任暴虐魔王到那種程度。就連要將國家的未來託付……給妳……？」

卡泰納斯瞪圓了眼。在他眼前，鮮血如注地滴落。

「艾米莉亞學院長……！」

「快……快去止血……！」

艾米莉亞用小刀割開自己的右手腕，以血染紅了那張圓桌。

「要去掉多少血，我才能變得不是魔族呢？」

「……妳在說什麼傻話啊！就算這麼做……」

「不會變喲。哪怕我流光血，就這樣死去、轉生，這次作為人類誕生，我都還是魔族。我是魔族這件事，與血沒有關係吧？」

艾米莉亞將圓桌漸漸染紅，並且問道：

「哪怕是人類，不也是這樣嗎？」

卡泰納斯緘默下來。他一言不發，也無言以對，就只是直直地注視著艾米莉亞的臉。

「真是無聊。是想說血怎麼了嗎？不是我的意思，也不是我的心，甚至跟我是人類還是魔族都沒有關係。這種東西無法決定任何事，是無法決定任何事的啊！」

她滔滔流下的血，就像在將艾米莉亞心中最後的芥蒂捨棄一樣。在還是魔族時，她作為皇族，秉持著擁有高貴血統之人的榮耀過著人生。在被強迫轉生後，作為混血過著悲慘的生活。然後在遙遠的異國之地，一下子被當成人類看待，一下子又因為不是人類而遭到歧視。

這一切的日子，如今向她指出一個明確的事實。

「……那麼……」

卡泰納斯總算將心中的小小問題說出口。

「……是由什麼來決定的……？」

「我……我所知道的，就只有一件事……」

艾米莉亞帶著不斷失血的慘白臉孔畫出魔法陣——「遠隔透視」。顯示在上頭的，是蓋拉帝提人民的身影。

他們在祈禱。

「去吧……將我們的……意念……」

「將我們的……祈禱……傳達給他們……」

「收下吧，勇者學院的各位！」

「我們在等著喔！」

「要活著回來啊！」

「……喂！這樣一點也不夠啊！現在不是被那頭怪物嚇到的時候！快去通知更多人！」

「可是，光靠口頭傳達……要是能用魔法轉播……！」

「你這蠢蛋，是在說什麼喪氣話啊！就算再怎麼強，雷多利亞諾他們也還是孩子喔！得將我們的聲音傳達過去啊！」

「就是說啊！我們一定會得救！因為艾米莉亞學院長和勇者學院的大夥，都在為我們而努力啊！」

一部分明白狀況的蓋拉帝提民眾在到處奔走，將勇者學院的學生們已前往戰地之事一一轉達給其他人類。

一點一滴地，蓋拉帝提各地開始漸漸亮起「聖域」光芒。

「看清楚了嗎，他們的身影？聽清楚了嗎，內布拉希里爾王？他們的聲音一直都沒有變喲。早在勇議會創建之前，就一直沒有變過……」

朝著倒抽一口氣的卡泰納斯，艾米莉亞就像在請求他似的說：

「正是生活在亞傑希翁的民眾們，在背後支持不論身處什麼樣的黑暗之中，都能帶著勇氣挺身而出的年輕人。」

艾米莉亞在心中強烈地祈求。於是，她身上聚集起「聖域」光芒。這是因為她的心意被轉化為魔力了。

「能將真正的心意疊在這個『聖域』之上的，正是我們人類，卡泰納斯。請你——」

艾米莉亞將魔力送入自己流到圓桌上的血。血形成魔法陣，發動「契約」。

「請你相信我吧。假如迪魯海德向亞傑希翁發動侵略戰爭，哪怕對方是暴虐魔王，我也會以此身為盾、以此心為劍地挺身奮戰，來守護勇者學院的學生們、生活在蓋拉帝提的民眾，以及這個國——」

「契約」上寫的內容，就跟艾米莉亞現在的發言一樣。

「我愛著亞傑希翁，而這就是證明。」

像要蓋下血印一樣，艾米莉亞將沾滿鮮血的指尖伸向魔法契約，卻被從旁伸出的手攔了下來。抓住艾米莉亞手腕的，是羅格朗王西瓦爾。

「要是訂下這種契約，妳將無法再度踏上祖國的土地。」

「……我已有覺悟……」

艾米莉亞的眼中充滿決心。也許就是這道眼神，在最後推了西瓦爾的內心一把。

他靜靜地搖了搖頭。

「我很能理解愛鄉之情。假如讓妳這麼做，我就不配當人了。縱然是為了亞傑希翁，我也難以攻擊羅格朗啊。」

西瓦爾的身體籠罩「聖域」光芒，彷彿心與艾米莉亞重疊一樣。

他向議員們說：

「各位，我們是對腐敗的蓋拉帝提政治感到厭惡，才設立了這個勇議會。然而實際運作之後，卻盡是一些不如人意的事。以要為了理想拋頭顱灑熱血來說，我說不定太老了。回過頭想想，我自己說出許多貪生怕死的話語。」

他將視線望向窗外，能看到「聖域」光芒在蓋拉帝提各地擴散開來。

「我還真是個膽小鬼啊。」

西瓦爾回頭望去，像是要激勵議員們似的握緊拳頭。然後，他宛如訴求般大喊：

「現在要是不戰鬥，就什麼都無法改變！說要為了人民挺身而出的，不正是我們嗎！這座城市的人們相信勇者會勝利，希望他們勝利！哪怕那個浮現在空中的怪物真的是世界的意志，一旦向他屈服了，我們就跟傑魯凱與歷代的蓋拉帝提王是一丘之貉啊！」

西瓦爾拔出短劍，割開自己的手掌。然後他用自己的鮮血，在圓桌蓋上自己的手印。

「蓋拉帝提的人民希望拯救迪魯海德，祈求亞魯特萊茵斯卡的勝利。那麼我們作為勇議會，就該代為人民實現願望，我有說錯嗎？」

於是，博特魯斯王恩里克也同樣用短劍割開手掌，把手放在圓桌上。

「我也同意兩位的意見。」

風向變了。

「我也是。」

「必須戰鬥。」

議員們異口同聲地接連說道，並在割開手掌後，把手放在圓桌上。儘管沒伴隨魔力，是一點效力也沒有的血之「契約」，每當有人蓋下血印，他們的心就以「聖域」光芒一一連接起來。

待洛伊德會長蓋下血印後，就只剩下卡泰納斯一人。議員們正要逼他表達意見，艾米莉亞就伸手制止了他們。

她正對著他開口說：

「卡泰納斯，我很能理解你不想認同我的心情。要是你對我有所不滿——」

「我要為至今以來的無禮向妳道歉，艾米莉亞學院長。」

卡泰納斯就像要打斷艾米莉亞發言似的說。然後，他跟艾米莉亞一樣以短劍割開手腕，大量的鮮血「咕嘟咕嘟」地流到圓桌上。

「……請讓我同樣作為人類，與妳一起並肩作戰……」

艾米莉亞點了點頭。

「要贏啊！」

「洛伊德會長，已經做好魔法轉播的準備了！」

一名士兵這樣報告。艾米莉亞立刻施展「意念通訊」，她的聲音會經由通訊用的魔法具傳達到亞傑希翁全境吧。

「致亞傑希翁的人民，我是勇者學院的艾米莉亞。亞傑希翁如今正面臨前所未有的危機；可是，勇者們與我們同在。他們如今已懷著赴死的覺悟前赴戰場，還請為他們聲援。請大家給予他們能度過這場生死危機，克敵制勝的勇氣吧。」

「聖域」光芒不僅在蓋拉帝提，還開始在亞傑希翁全境閃爍起來。這些光經由蓋拉帝提鋪設、通往各地的水道，眼看著開始聚集到聖明湖。在和平盛世不斷增加的亞傑希翁人口，他們團結一心的「聖域」光輝，比起兩千年前勇者加隆背負的沉重期待還要耀眼。

「全世契約」的時鐘指針回到原位。

勇議會會長洛伊德說：

「向世界的意志宣告。」

他以毅然的態度，威風凜凜地說：

「我們有答案了。人類不會重蹈覆轍。亞傑希翁軍出擊！去守護迪魯海德，守護我們的友邦吧！」

§ 34 【與迪魯海德同在】

尼基特的身體宛如閃光般加速。那道劍光以萊歐斯、雷多利亞諾，以及海涅三人的魔眼（眼睛）所無法捕捉，甚至以聖海護劍貝因拉梅提也來不及反應的速度一閃而過。

「……呃……啊……」

三名勇者無力地跪倒在地。他們在一瞬之間，心臟被一劍刺穿了。在「四屬結界封滅陣」裡，勇者們會不停受到恢復魔法所治療，可是傷勢沒有恢復的跡象。在枯焉沙漠裡，一切都會邁向終焉。是那個秩序在阻礙治療，要將他們導向終焉。

或許領悟到他們已無法動彈了吧，尼基特將目光移向亞魯特萊茵斯卡城。大概是判斷應該要先攻打與蓋拉帝提連著魔法線的這裡吧。

「全隊準備發射『獄炎殲滅砲』。我會以劍在那座城堡的結界上打出缺口，就朝那裡發射進去。」

尼基特在魔劍上注入龐大魔力。

「別想得逞！準備發射『獄炎殲滅砲』！」

聽從艾里奧的號令，在亞魯特萊茵斯卡後方鋪設防衛線的所有魔王城一齊畫出魔法陣，並突然從中冒出漆黑太陽。

其目標對準了尼基特、迪比多拉，以及蘆雪的部隊。

「一齊掃射——」

正當艾里奧要下令砲擊時，魔王城突然晃動、下沉。周圍一帶化為巨大的流沙地獄，建築起來的城堡全都遭到流沙吞沒，崩塌了下來。

「這是怎麼了……！快報告！發生什麼事了！」

「沙漠擴大，地面全都變成沙了！是、是被吞沒下去了！」

「快用『創造建築』伸出固定樁！下頭應該有牢固的地基！」

「遵、遵命！」

在艾里奧的指示之下，崩塌的魔王城以「創造建築」從下方伸出固定樁，對抗流沙地獄。然而，在下一瞬間，那些固定樁被折斷了。

「——不論怎麼苦苦掙扎——」

那傢伙從流沙地獄下方出現。纏頭巾的神朝附近的魔王城固定樁刺出手指後，固定樁就應聲粉碎。

「在我安納海姆眼前都是渺小的一粒沙。」

「……是、是敵方的神……！根據耶魯多梅朵大人傳來的情報，恐怕是終焉神安納海姆！祂朝這裡接近過來了！」

現身的安納海姆蹬著沙地衝出。有如箭矢般飛來的祂一一貫穿並排的魔王城腹部，眨眼間就讓這些城堡盡數崩塌。

「防、防衛線……被突破了……！」

「居然一擊就粉碎防衛線……祂……祂是怪物嗎……！」

「祂、祂折返了！」

「什麼！」

再度蹬地衝回來的安納海姆，這次一拳打在魔王城上，使得城堡往隔壁撞去。猛烈倒下的魔王城撞倒另一座魔王城，而被撞倒的魔王城則將一旁的城堡撞倒。彷彿骨牌一樣，防衛線的魔王城一座接著一座崩塌倒下。

「……神、神的軍隊逼近……我、我們被包圍了……數量約為八千……！」

「再這樣下去的話……！」

「確認到敵方的魔法砲擊！不行啊！這樣亞魯特萊茵斯卡會……！」

尼基特他們的部隊一齊射出「獄炎殲滅砲」，勇者學院的城堡亞魯特萊茵斯卡漆黑地燃燒起來。結界被打出缺口、失去防護的城堡，眼看著外牆不斷剝落、崩塌下來。

「第二發。全隊，準備發射『獄炎殲滅砲』——」

正當尼基特要下令的瞬間，光之砲彈擊中了他。可是這一發沒能貫穿他的反魔法，尼基特毫髮無傷。他回頭看去，視線前方是把聖劍當作拐杖，搖搖晃晃撐起身體的三名勇者。

「……喂，這邊還沒結束啊……」

萊歐斯說。勇者學院的學生們將意念團結一心的「聖域」籠罩在他們三人身上，藉此讓早已瀕死的身體勉強動了起來。

『……只有一瞬也無妨，請停住他的動作，海涅。我要使用那一招……』

雷多利亞諾以「意念通訊」說。

『萊歐斯，你去城裡。』

『你在說什麼蠢話，事到如今誰會逃走啊！』

『說蠢話的是誰啊？我們之中要是沒有人留下來，就無法將蓋拉帝提傳來的意念轉化為「聖域」。』

海涅在這麼說後，將大聖土劍賽連歐插在沙漠上。

『快去吧！』

聖劍的魔力傳到地底，沙地眼看逐漸凝固起來，這一帶化為土壤大地。尼基特提高警覺，用魔眼（眼睛）凝視。下一瞬間，地面宛如被挖起似的翻開，將尼基特的身體抛上天空。

對面也一樣受到樹冠天球的影響，因此無法施展「飛行」。接著，海涅將第二把聖劍插進大地。在地底伸長、分裂成四十四把劍刃的傑雷與賽連歐突破大地，一齊襲向尼基特。只要被劍刃貫穿，就會形成聖痕，而且對魔族會更有效果。

可是，儘管處於無法站穩的半空中，尼基特還是用魔劍擋下一切攻擊，將傑雷與賽連歐的劍刃一一斬斷。

雷多利亞諾與萊歐斯用盡最後的力量，蹬地衝出。萊歐斯朝向亞魯特萊茵斯卡，雷多利亞諾則朝著尼基特衝去。

「『聖海守護結界（besutoreto）』！」

雷多利亞諾在全身纏繞上魔法結界。

「『聖海守護屏障（regaindorea）』！」

接著他再疊上一道魔法屏障。

「『聖海守護咒壁（riadoanzemura）』！」

然後再對魔法屏障疊上隔絕魔性的神聖詛咒。在將四十四把劍刃統統斬斷後，尼基特落回地面。趁著這個時機，雷多利亞諾刺出貝因拉梅提。

「太慢了。」

尼基特偏頭避開這一劍，反過來將魔劍刺進雷多利亞諾的腹部。不過，他卻笑了。

「……守護……吧，聖海護劍……自古守護生命之劍，貝因拉梅提。將汝之力、汝之意志，在此展現吧……！」

他將聖劍的力量完全解放，讓層層疊起的魔法屏障之力增幅數十倍。然後，不只將自己，而是連同尼基特一起包覆在那道屏障之中。雷多利亞諾的左胸上畫著魔法陣。

「萊歐斯、海涅，你們真的是糟糕透頂的壞朋友。」

尼基特斬斷雷多利亞諾的右手。可是，貝因拉梅提就像在呼應勇氣一樣，自行將劍尖對準了雷多利亞諾的心臟。

「是我最棒的……」

貝因拉梅提刺穿魔法陣的中心。雷多利亞諾身上溢出龐大光芒，根源所擁有好幾世代的未來可能性——那股魔力如今在此統統解放出來。

「……『根源光滅爆(gabueru)』……」

根源爆炸的光芒在結界內部膨脹開來，然後——倏地消失無蹤。雷多利亞諾就這樣像是用盡力量一樣地向前倒去。

他的根源沒有消失。因為「根源光滅爆」並沒有發動。

「……為……什麼…………」

「真遺憾呢。在枯焉沙漠裡，終結掌握在終焉神安納海姆的股掌之上。就連毀滅的時刻，你們都無法自由掌控。」

尼基特揮出魔劍斬斷結界。他無視耗盡魔力的雷多利亞諾，追向要逃進城裡的萊歐斯。

「別想過……」

海涅將「聖域熾光砲(teo toraiasu)」集中在右手上，擋在尼基特面前，可是他沒能發出魔法，就被砍倒在地上。

「……該……死…………」

海涅倒下了。

「……混帳啊……！」

即使戰鬥，也沒有萬分之一的勝算。萊歐斯頭也不回，全力朝著亞魯特萊茵斯卡城跑去。然而，尼基特僅僅一秒就來到他身旁。

「永別了，勇者。」

魔劍朝著萊歐斯的肩膀劈下，鮮血猛烈溢出。萊歐斯的腳陷入地面之中，讓他站穩了身子。就連在兩千年前的魔族中，尼基特的實力都是屈指可數，那具瀕死的身體不可能承受得了他的一劍。

然而，他聽到了。在他的耳中，確實聽到了那道聲音。

『加油。』

『加油，勇者學院。』

是蓋拉帝提的民眾……

不對，是全亞傑希翁人類的呼聲……

『加油，萊歐斯、海涅、雷多利亞諾。』

經由「聖刻十八星」連接的魔法線，傳到了這裡。

『……為我們拯救世界吧……！』

『我們的勇者！』

萊歐斯的身上聚集起「聖域」。全亞傑希翁人類的意念在此時合而為一，轉變成龐大的魔力。

「……就知道會來……絕對會……！」

尼基特一度抽回魔劍，再次朝萊歐斯的心臟刺出。儘管被宛如疾風般的突刺貫穿，他還是以凝聚「聖域」的左手抓住劍身。萊歐斯的身上雖然溢出鮮血，光芒卻止住了血。

「別掙扎了。就算得到再多魔力，憑你的本事也毫無勝算。」

「假如是一對一的話呢。」

這句話讓尼基特的眉頭挑了一下。

「我知道喔……你也是同樣的心情吧……？」

光芒從尼基特的身體溢出，轉變成萊歐斯的魔力。兩人的內心以「聖域」確實地連結在一起。

「你想想啊……很奇怪不是嗎？兩千年前的魔族，怎麼可能沒辦法秒殺我們啊……！我說得沒錯吧？你也在為了我們一同奮戰。就讓我見識你的意念吧！我們不是敵人！請將力量借給我吧！」

萊歐斯使勁地推回魔劍。然後，尼基特手上的力道就在這一瞬間突然放鬆。

「……就是……現在……！」

尼基特大喊。他的身體無法動彈。不對，是自己停住了。

「幫我守護迪魯海德吧！勇者啊……！」

萊歐斯將「聖域」光芒集中在聖劍卡流馮多上，使勁地刺出一劍。

「『聖域熾光砲』——！」

宛如洪水的光之砲彈吞沒尼基特的身體，消散而去。在毀滅之前，他露出平靜的笑容。

「……哈啊……唔……哈啊……」

萊歐斯無力地跪倒在地。就算有魔力供給，瀕死的他也幾乎沒剩下多少體力。

「還沒結束，還沒……」

萊歐斯一面搖搖晃晃地拖著身體，一面接近亞魯特萊茵斯卡城，然後把手放上去。在他送出魔力後，那個立體魔法陣就啟動了。從亞傑希翁聚集過來的「聖域」魔力，眼看著注入到魔法陣上。

足以連結天地的光柱，從那座城堡上竄起。靠著勉強保有的意識，他咬緊牙關，施展出最後的魔法。

「『聖域勇者城結界（teo arukuranisuka）』。」

光之傘展開。像是要籠罩密德海斯一帶般的閃耀聖域，這些光治療著負傷士兵的傷勢。愛與溫柔的「聖域」凌駕於枯焉沙漠的秩序之上。

可是，這些光也是倏忽即逝。一如雷多利亞諾的估算，即使聚集全亞傑希翁的意念，也只能形成這道結界一秒左右。只見「聖域勇者城結界」漸漸縮小，最後完全消失了。

縱然魔力還有剩，他應該是第一次控制這麼大規模的「聖域」吧。萊歐斯沒辦法再繼續運用這股太過強大的力量，他就像耗盡全部精力一樣，在「聖域勇者城結界」發動之後當場倒下，失去了意識。

「不論怎麼苦苦掙扎，能逃離終焉的生命一個也不存在。」

將魔王城全部粉碎的安納海姆，此時就站在魔皇艾里奧的眼前。艾里奧失去防衛要點的城堡，恐怕是心腹的部下們，就像要以身為盾似的持著魔劍擋在他前方。

「艾里奧大人，這裡就交給我們，請您撤離吧。」

「勇者學院讓結界發動成功了。援軍絕對會──」

這樣說道的魔族士兵，被安納海姆的手刀刺穿心臟。

「援軍不會來的。看好將世界分為四塊的那道日蝕吧。世界的意志希望迪魯海德崩壞以及不適任者毀滅，這點已經傳達給各個國家了。不會有愚者想要與世界為敵的。」

安納海姆將魔族士兵盡數撂倒，朝艾里奧拋去。

「最多只有不自量力的人類喔。」

終焉神從鞘中拔出枯焉刀谷傑拉米。

「動手，佩爾佩德羅。」

祂將枯焉刀高舉向天。將密德海斯部隊團團包圍的神的軍隊，整齊劃一地擺出攻擊態勢。術兵神畫出魔法陣，弓兵神將箭矢搭上神弓，劍兵神與槍兵神則做好衝鋒的準備。要是被多達八千的神的軍隊襲擊，如今的密德海斯部隊將會在眨眼間慘遭殲滅吧。

「這就是你們的終結。在世界上孤立無援，沒於終焉吧，迪魯海德的魔族們。」

艾里奧朝安納海姆畫出砲擊用的魔法陣，然而祂在這之前就來到艾里奧面前，艾里奧只能臉色蒼白地注視那把刀。毀滅根源的枯焉刀谷傑拉米毫不留情地劈下。這如同發動攻擊的信號一樣，神的軍隊發出神聖的魔力。

響起一道「轟隆隆隆隆隆隆隆」的巨響，弓兵神與術兵神就像被炸飛一樣飛上天空。神的軍隊展開的包圍網彷彿破了一個大洞似的，在角落長出一棵巨大的大樹。

那棵樹甚至突破雲霄越長越高。仔細一看，會發現大樹上有個入口，看起來就像建築物一樣。

某處存在這種傳聞。那是大精靈之森裡的古老大樹，高聳入雲的巨大大樹內部成為了學舍。那棵大樹具有意志，只要踏入內部，就會教導你許多事情。那位不擅長畫圖、偶爾還會發脾氣的老爺爺，他的名字就叫做──教育大樹艾尼悠尼安。

「他們才不是孤立無援。」

聲音響起。

「這才不是終結喲。」

──充滿慈愛的溫柔聲音。艾尼悠尼安大樹周圍瀰漫起霧，從霧中現身的，是八頭水龍里尼悠、喜歡惡作劇的妖精蒂蒂、看不見的隱狼杰奴盧、拿著小槌的風與雷的精靈基加底亞斯、治癒螢賽涅提羅，以及根據傳聞與傳承誕生的無數精靈們。

率領他們的，是位身穿翡翠色禮服的女性。她的背上長著結晶般的六片翅膀，還有一頭如清澄湖水的秀髮，以及一雙閃耀琥珀光澤的眼瞳。

「蒂蒂、里尼悠、基加底亞斯、賽涅提羅、杰奴盧。大夥們，要上了喲。」

她正是一切精靈的母親——大精靈蕾諾。聽從她的話語，精靈們朝神的軍隊一齊進擊。

「阿哈魯特海倫會與迪魯海德同在。我絕對不會讓祢們傷害，拯救了我與我女兒的魔王的國家——我最喜歡之人所生長的這個地方。」

他們接連發揮不可思議的力量，不斷將眾神玩弄在股掌之間。雖然是擁有以多勝少秩序的神的軍隊，但是根據傳聞與傳承而生的精靈總數根本無窮無盡。阿哈魯特海倫的精靈，全都為了迪魯海德聚集到這裡來了。

「……囂張的傢伙……」

看到精靈們的援軍與眼前的人物，安納海姆蹙起眉頭。劈下的谷傑拉米，連同右手一起被砍飛了。

魔王的右臂——辛・雷谷利亞擋在終焉神面前，手上拿著流崩劍阿特科阿斯塔。

「……辛大人……」

艾里奧不禁喊道。

「我來遲了，之後就交給我。」

辛面不改色，以殺氣騰騰的魔眼（眼神）瞪著安納海姆。

「終焉神安納海姆，不對，在操控那具神體的是艾庫艾斯嗎？」

一步——辛以毫無破綻的步法逼近。大概是感覺到深不可測的力量吧，安納海姆當場跳開，撿起掉在地上的谷傑拉米。

「不過就是世界的意志，竟敢擅闖吾君的領土。就讓你親自體會什麼叫後悔吧。」

§ 35 【開創的未來】

密德海斯上空——

風激烈地颳著，捲起的暴風以轉變神蓋提納羅斯為中心，漸漸地增強風勢。祂只要吹笛，風就會吹起，天空中響徹令人毛骨悚然的曲子。蓋提納羅斯一面演奏這種暴風，一面注視下方。

一群精靈與本來布下井然有序陣形的神的軍隊爆發衝突，將祂們驅散。軍神佩爾佩德羅對大精靈蕾諾束手無策，在精靈們引發極其難以理解的現象魔法之下，軍隊轉眼間就被撕裂開來。

作為戰力要點的安納海姆也一直在與辛互瞪，無法動彈。魔皇艾里奧趁著這個時候重整部隊，在後方再度建起魔王城，開始構築新的防衛線。

「哈哈哈，祢要耗到什麼時候啊，安納海姆？動作再不快點，我就全部收下了喲～我已經吹膩這首曲子了呢。」

蓋提納羅斯像要坐在風上一樣地坐下，將神笛抵在嘴邊。

「變換吧、替換吧。來吧，交換吧。宛如夜晚一般，有時彷彿陰晴不定的秋季天空。」

轉變神笛伊迪多羅艾德開始響起雷鳴般的音色。彷彿在將至今的演奏累積的魔力一口氣釋放出來一樣，蓋堤納羅斯周圍捲起的暴風，開始變化為蒼綠之雷。

下一瞬間，蒼綠閃電朝著浮在空中的神的軍隊劈下。全身帶電的眾神逐漸改變模樣，神體化為雷電本身，開始「劈啪劈啪」地朝周圍放電。神的軍隊無法憑自身的力量在樹冠天球飛行，因此蓋堤納羅斯將祂們轉變成自身秩序的僕從。

「好啦～準備好了嗎，雷人偶？飛不起來的那些傢伙，無法阻止來自空中的入侵呢～我們的目標是不適任者的雙親喲。他們好像是沒有力量的人類，所以只要趕快殺掉，他就會放棄掙扎，想用『四界牆壁』堵住界門了吧～」

化為雷電的神——雷人偶瞪著下方的密德海斯。以轉變神權能強化的那些魔法人偶，儘管失去本來的秩序，卻擁有比神的軍隊還要強上數倍的魔力。假如突然發動攻擊，密德海斯的魔法屏障將會被輕易貫穿，眨眼間就將城市破壞掉吧。

「上吧～這就宛如晴天霹靂一般。要讓他們見識見識絕望。」

轉變神蓋堤納羅斯再度將伊迪多羅艾德湊到嘴邊，吹奏起有如雷鳴般的曲調。蒼綠雷光閃耀，閃電朝著密德海斯接連落下。

「「龍技——」」

白影於天際飛舞。哪怕是在禁止「飛行」的樹冠天球，也有生物能自由飛舞。也就是兩頭展翅的龍。

「——『靈峰龍壓壞劍（geddeoruba）』！」

「——『風龍真空斬』！」

讓人聯想到靈峰的巨龍衝鋒，與宛如疾風之龍展翅般非比尋常的劍技，將落下的雷人偶斬斷。宛如在追隨這兩頭龍一樣，好幾頭來自密德海斯的龍飛到空中來。白色異龍與騎乘牠們的阿蓋哈龍騎士團展開巨大的翅膀，劃破暴風而去。

領頭之人是擁有龍騎士稱號的希爾維亞與奈特。跟在兩人後方的，則是副官戈多與希爾維亞的父親里卡多。以及——

「了・去了，了・去了，了・去了……♪」

男中音響徹天際的同時，騎著特大異龍的那個男人揮出右手。形成龍顎的「龍之逆磷」才剛閃耀起深灰色的光芒，就將浮在空中的雷人偶吞掉一半。

「什……麼……！」

「了・去了，了・去了，了・去了嗚嗚～……♪」

再揮一拳，無畏的「龍之逆磷」拳頭就咬住蓋提納羅斯。

「……這、這傢伙……！」

曲調自伊迪多羅艾德響起，颳起的強風將「龍之逆磷」甩掉。蓋提納羅斯忿忿瞪著侵入自身神域的那個龍人。

「哈～你的歌雖然也挺不錯的呢。」

他是個穿著深紅色騎士服與鎧甲的壯漢，有一頭留得有點長的頭髮，與修得整齊帥氣的鬍子。能從他身上感受到，活過悠久歲月之人特有的穩重。

「魔王讚美歌，還真是讓人受不了啊。」

男人露出豪放的笑容。

「……我不知道你是誰啦。但如果你想妨礙，我可不會手下留情喲——」

「哎，別急啊，轉變神。沒有比不知彼此的名字與志向就開打，還要來得空虛的事。首先就讓我報上名來吧。」

男人朝著愣住的蓋堤納羅斯說：

「我是阿蓋哈的劍帝——迪德里希．克雷岑．阿蓋哈。而他們正是我國所引以為傲，地底最強的龍騎士團。」

龍騎士團在胸口中央豎起劍敬禮。

蓋堤納羅斯用鼻子嗤笑一聲。

「阿蓋哈？哦～靠神活下來的地底人民，要來反抗我們嗎？」

「這句話祢該去問戈盧羅亞那那傢伙吧？阿蓋哈的神一直都存在於此。」

迪德里希握起拳頭，捶向自己的胸膛。

「我們每一個人的生命光輝，正是所謂的神之光。既然如此，縱使與神族為敵也不足為懼，只要以全心全力去做該做的事就好。」

劍帝威風凜凜地說。以此為號令，龍騎士團舉起劍。

「轉變神，幫我向艾庫艾斯轉達吧。」

迪德里希以響徹樹冠天球天空的宏亮聲音說：

「神的秩序為我們帶來恩惠與恩澤。然而，顛覆阿蓋哈的預言、為我們開創未來的，是來自地上的偉大魔王——阿諾斯・波魯迪戈烏多。」

迪德里希雙手握拳，全身冒出魔力粒子。伴隨著堅定的意志，他散發出深灰色的磷光。

「基於道義，我們阿蓋哈要與迪魯海德命運與共。哪怕要與世界的意志為敵，毀滅的宿命將會襲向我們，也要命劍一願開創我們的未來。」

不論是奈特、希爾維亞、里卡多、戈多，還是龍騎士團的眾人，他們全都擺出和迪德里希一樣的表情，注視著敵對的眾神。他們毫無畏懼，只有堅定的決心。

「這是要回報在那個災厄之日，向我們伸出援手的魔王恩情。對吧？」

宛如在呼應劍帝的發言，龍騎士團團長奈特發出魔力。經由子龍特有的「龍鬥纏鱗（gaddezu）」，他在背上纏繞靈峰之龍。

「準備龍砲！」

「「「遵命！」」」

白龍張開嘴，從中溢出鮮紅火焰。

「發射！」

根據奈特的指示，龍嘴噴吐出灼熱龍息。浮在空中的雷人偶就算散開，也還是有好幾個人偶被捲入火焰。

「阿蓋哈龍騎士團要死守這片空域，一兵一卒都不准放進密德海斯！」

「「「收到！」」」

宛如雷霆的曲調響起。與此同時，雷人偶朝龍騎士團襲擊而去。面對從四面八方以雷速飛來的人偶們，龍騎士團以身為子龍的奈特和希爾維亞為中心應戰。希爾維亞的劍以超乎雷電的劍速擊退敵人，奈特則以足以破山的廣範圍劍擊打穿敵方陣形。

「真是愚蠢的回答呢。阿蓋哈的龍人們難道瞎了嗎？你們知道那是什麼嗎？」

轉變神蓋堤納羅斯一面與迪德里希對峙，一面指著廣闊的大地。

由於「不笑世界的終結」，大地分裂成四塊。那道裂痕很深，甚至達到了地底，而且至今也還在持續擴大，使得世界逐漸分裂開來。要是再這樣置之不理，最終將會完全碎裂，不僅是地上，就連地底也會崩壞吧。

「我們是『全能煌輝』發出的微光。僅僅微光，世界就變成這副模樣。就算戰鬥也沒用，你們難道就不懂這點小事嗎？」

「好啦，這不試試看又怎麼會知道呢？而且說到底，魔王可是能獨自舉起天蓋的男人。這也很讓人難以選擇呢。」

迪德里希乘的白龍大大地拍打翅膀，朝著蓋堤納羅斯衝去。

「倘若不是世界瀕臨毀滅的危機，就怎麼樣也無法報恩不是嗎！」

「天空陰晴不定，宛若人心。」

翠綠之風徐徐吹起，讓這片空域的所有氣流產生變化。一接觸到這股徐風，白龍就突然減速，蓋堤納羅斯輕鬆地從上方飛越過去。

「你難道以為只要有翅膀，就能自由飛行嗎？在這片轉變之空，能不受任何人拘束的，就只有我啊。」

神笛演奏出的曲子，轉變為令人驚恐的曲調。

「歌唱吧。詠唱吧。啊啊，謳唱吧。宛如風一般，有時彷彿晴天霹靂。轉變神笛伊迪多羅艾德。」

迪德里希騎乘的巨大白龍失去升力，不論怎麼拍打翅膀，用來飛行的氣流與魔力場都全部像是化為負重一樣，開始朝著密德海斯摔落。龍騎士團也是同樣的狀況，他們跟著異龍一起向下墜落。

「哈哈哈！好啦～假如有龍從這麼高的地方摔下，密德海斯會變得怎麼樣呢？」

就像在誇耀勝利一樣，蓋堤納羅斯演奏起曲子。落下的速度越來越快，密德海斯眼看越來越近。

「很遺憾～你們沒辦法開創未來。」

在這一瞬間——某樣東西從蓋堤納羅斯的神眼（眼睛）前橫越過去。閃亮飛散的碎片——水晶碎片宛如閃亮的沙暴一般覆蓋起轉變之空。有如秩序與秩序在互相鬥爭一般，樹冠天球出現另一個神域。

「……誰會摔下去啊！給我飛——……！」

希爾維亞大大展開「龍鬥纏鱗」的翅膀，將龍騎士團全隊朝空中拉抬上去。他們手裡全都在不知不覺中握著坎達奎索魯提之劍。

「這是？未來神的……至高世界——？」

蓋提納羅斯一臉疑惑地說，同時搖了搖頭。

「這不可能。就算說只要有一個能飛的未來，那個未來就會實現，但不可能有能在這個樹冠天球裡飛行的未來……」

「娜芙妲要否定——」

天空扭曲，一名有一頭及肩的藍色秀髮、穿著藍綠色長袍的少女冒了出來。她的右眼是發出紅光的迪德里希龍眼，左眼則閃耀著自己的藍色神眼(眼睛)。

「未來沒有任何事是決定好的。伴隨著娜芙妲的愛，那裡展開無限的可能，人們將會懷著希望，掌握住更好的未來。龍騎士團啊，你們無須害怕。」

未來神靜謐的聲音響徹樹冠天球。

「只要你們的希望還在閃耀，娜芙妲就會實現那個未來。讓我們一同去掌握吧——我們阿蓋哈的未來。」

娜芙妲腳下出現水晶鐘塔。出現在那片空域裡的鐘塔共有十二座，就像要創造踏腳處一樣，這些鐘塔架起好幾座水晶橋。

「處以理想世界的開庭。」

§ 36 【全能神的教理】

密德海斯東部，深層森羅——

在蒼鬱的螺旋森林裡，神的軍隊井然有序地進軍。迎擊的密德海斯部隊，建起好幾座魔王城布下防衛線。他們以集團魔法發射「獄炎殲滅砲」牽制神的軍隊，但術兵神的結界眨眼間就將砲擊化為石頭，無法阻止祂們前進。

「索隆大人、艾魯朵拉大人！神族士兵從正面衝來了！數量約有五百！」

指揮東部密德海斯部隊的，是七魔皇老的索隆·安卡托與艾魯朵拉·災亞。他們收到部下的報告，凝視起魔眼（眼睛）分析戰局。

「要以區區五百人突破中央嗎……你怎麼看，艾魯朵拉？」

「假如是偵察，不會動得這麼醒目。大概是誘餌吧。」

艾魯朵拉畫起魔法陣，顯示出地圖與敵我雙方的配置。

「派出二千名士兵，盡全力打擊這個部隊。在讓對方以為我們上當後，故意在北側陣形露出破綻。祂們的主力部隊應該會出現在那裡，我們以加魯傑的部隊加以殲滅。」

加魯傑是兩千年前的魔族。儘管他們的戰鬥能力遠遠高於索隆與艾魯朵拉，由於缺乏指揮能力，因此負責在前線打倒敵人。

「了解。通告全隊！」

索隆立刻向東邊部隊發出「意念通訊」。這五百名敵方部隊，以手持神劍的劍兵神加姆岡德、手持神槍的槍兵神修尼魯德站在前排，沒有使任何手段地衝了過來。就算是神族，就算以多制少的軍神佩爾佩德羅的秩序發揮了效果，對上做好萬全準備迎擊的密德海斯部隊也不太可能強行突破。

「出擊！包圍祂們！」

正當神的軍隊接近前方的魔王城時，魔族士兵陸續從周圍的城堡出現。他們的人數是神的軍隊的四倍，並以四人一組的分隊與一位神交戰。分隊長的尼基特等人全是兩千年前的魔族鍛鍊出來的精銳，因此應該能充分爭取時間吧。

依照索隆與艾魯朵拉的命令，以要將企圖突破中央的神的軍隊引來的形式，減少防衛線北側的兵力。

「好，儘管來吧。看我將祢們一網打盡。」

『我就問你吧，七魔皇老。』

索隆與艾魯朵拉的臉色凝重。那是深化神迪爾弗雷德傳來的「意念通訊」。受到大樹母海出現的影響，照理說不靠魔法線的「意念通訊」應該無法使用，看來祂不受影響的樣子。

『螺旋乃深化，秩序是森林。走在螺旋森林裡的旅人當要在此停留休息時，應該要做何選擇？也就是說，他該前進、後退，還是停留？』

對於無法理解的問題，艾魯朵拉蹙起眉頭。在使了個眼色後，索隆回答：

「想休息的話，就該停留吧。祢想使我們動搖嗎，深化神迪爾弗雷德？」

『否也。假如停留，就會遠離深化。要在螺旋森林裡前進，才有可能一直留在原地。』

迪爾弗雷德說出答案。就在下一瞬間，索隆他們顯示出來的魔王城前景象變了。不論是神的軍隊，還是自軍的身影，全都在瞬間消失無蹤。

「怎麼會……！」

索隆與艾魯朵拉立刻離開王座之間，以肉眼確認城外的狀況。周遭是一片蒼鬱的森林。理應布在密德海斯前的防衛線，在轉眼間被傳送到其他地方。

『這裡是第三魔王城！我們在不知不覺中遭到敵方包圍了！』

『這裡是第四魔王城！我們同樣在前方確認到敵影，數量約為兩千！請派遣援軍！』

『這裡是第十一魔王城！我們與友軍被隔絕開來了！』

『這裡是第二中隊！我們被強制轉移位置了！這整座森林看起來都與異空間連接在一起的樣子！』

『這裡是第七魔王城！目前的位置不明！只看得到森林！』

經由連上的魔法線，陸陸續續收到各部隊傳來的「意念通訊」。

「……我們布設防衛線的位置，應該確實在神域的外側……」

「……意思是森林擴大了嗎……」

「維持防衛線的部隊請回答！神的軍隊怎麼了！」

索隆這樣問。然而，他得到的答覆只有一片寂靜。

「……該……不會…………？」

索隆與艾魯朵拉在腳上注入魔力跳起，從樹上朝著密德海斯的方向望去。

原本以魔王城布下堅固防衛線的位置，如今已經空無一物，就連一名魔族士兵都沒有。

透過在密德海斯外牆上待命的使魔魔眼（眼睛）看去，能看見神的軍隊在忽然空下的廣大土地上從容進軍。

「打從最初就要以那五百名士兵突破嗎！」

「通告全體部隊！以返回防衛線為最優先事項！祂們要侵入密德海斯了！」

上空是樹冠天球，沒辦法施展「飛行」，於是索隆展開背上的蝙蝠翅膀低空飛行。只要以自己的翅膀飛行，而且不提升高度的話，樹冠天球的影響就很小。然而，樹葉才在眼前一晃，下一瞬間他就站在地面上了。

魔王城就在眼前，身旁則站著艾魯朵拉。那是他方才起飛的位置。

『旅人皆知曉螺旋森林——』

深化神的聲音自蒼鬱森林的深淵中響起。索隆與艾魯朵拉奔跑起來，其他魔族也為了要守護密德海斯而在森林裡到處奔跑；或是在樹木之間跳躍，想要返回原本的位置。

『此處的葉片乃深邃的迷惘與膚淺的覺悟。不知盡頭、不知盡頭，你還不知盡頭。』

然而遙不可及。以距離來說應該沒有多遠，卻被不斷變化的異空間移動位置，使他們無法抵達。

『森羅的迷途之人永恆陷入的，會是思考的終點嗎？從未脫離，螺旋迷宮。』

就像不斷迷失方向的旅人一樣，他們無法脫離這座螺旋的迷宮。不論怎麼奔跑，都只會在同一個地方不停打轉。

「怎麼會……！再這樣下去的話……！」

「就連要戰鬥都做不到嗎……！」

正當魔族們焦躁不已時，五百名神兵要不了多久就能在眼前看到密德海斯的外牆。然後，為了打破緊閉的城門，祂們加速往前衝。

祂們朝著外牆城門劈下神劍、刺出神槍。要是城門遭到突破，沿著密德海斯城牆覆蓋的魔法屏障與反魔法效力將會減半吧。無數的神矢飛來，接連刺穿城門。能聽到魔法屏障受到擠壓的「咯吱」聲響，反魔法發出「劈啪劈啪」的聲音消散而去。

「撬開它。」

聽從這句話的指示，神的軍隊展現井然有序的行動，朝著外牆城門擺出箭矢陣。走在最前頭的，是穿著赤銅色全身鎧甲的神族——軍神佩爾佩德羅。祂的手上握著一把閃耀著赤銅光芒的神劍。

「『一點攻城秩序陣(ritsuerunesuto)』。」

五百名士兵發出神聖光芒，將神之魔力集中到佩爾佩德羅的神劍上。那應該是將士兵之力集中在一點上，用來粉碎城堡或堡壘的陣形魔法吧。

「時刻已至。就遭戰火吞沒、陷落吧，不適任者的首都啊！」

就像射出巨大箭矢一樣，神的軍隊衝鋒。佩爾佩德羅的神劍嗡嗡作響，貫穿密德海斯的城門。在五百名神族分量的攻擊之前，張設著堅固魔法屏障的城門被脆弱地擊破，餘波甚至還炸飛附近的防壁。

「上吧！就這樣去蹂躪這座城市吧，神兵們。去教導打破秩序的愚蠢魔族們，何謂世界的正確——」

那裡響著微弱的「嗡嗡」聲。傳到神族們耳裡的是歌聲。而且不是一、兩人的程度，而是有數千，不對，是上萬的人們，沒有走調也沒有錯拍地高歌著。音韻魔法陣構築在打破城門的眾神腳下。

「——啊啊，當時神如是說。要愛汝的鄰人，要愛鄰人的鄰人。愛會傳遞信仰，信仰會傳遞愛。再編書第一樂章，〈聖歌唱炎(ranrezu)〉。」

伴隨著歌聲，淨化之火從地底燃燒起來。過去從地底首都射向迪魯海德的巨大唱炎，融化天蓋、打通洞穴，甚至貫穿構築在密德海斯地下的結界。那道火焰眨眼間便吞沒五百名神，使祂們燃燒起來。

「……這是……怎麼會……」

佩爾佩德羅遭到淨化之火吞噬，難掩驚愕之情。

「……這首歌是……唱炎……咦……！為、為什麼…………？」

由於「一點攻城秩序陣」，佩爾佩德羅部隊將全部精力都放在攻擊上。祂們毫無辦法地被攻其不備的唱炎燃燒，漸漸化為灰燼。

「……吉歐路達盧……神的信徒們……居然會……反抗我等艾庫艾斯…………」

佩爾佩德羅連同赤銅色的鎧甲一起燃燒殆盡，當場倒下。數十頭巨龍從唱炎打通的大地中飛出，牠們的背上載著吉歐路達盧教團的信徒們。

陸續從地底飛上來的他們，人數約不下數個大隊。領頭之中有一名身穿莊嚴法衣、長相中性的男人。他將那張美麗臉孔朝向密德海斯的外牆，這時作為魔眼(眼睛)躲在那裡的一隻貓頭鷹飛來，停在了男人的手腕上。使魔與主人已以魔法線連結，因此他說：

「致密德海斯的七魔皇老，我是吉歐路達盧的教皇戈盧羅亞那·德羅·吉歐路達盧。我們教團要以神的名義，於今日在此回報暴虐魔王賜予的慈愛。」

『……這裡是七魔皇老索隆·安卡托，感謝吉歐路達盧的援軍。敵人是深化神迪爾弗雷德，還請小心。這座神域連結著異空間，化為迷宮——』

索隆的「意念通訊」突然中斷。

『我就問你吧，吉歐路達盧的教皇。』

就像介入魔法通訊一樣，能聽到迪爾弗雷德的聲音。

『「全能煌輝」艾庫艾斯的聲音，你應該恭聽過了。』

戈盧羅亞那不發一語，默默傾聽著祂的問題。

『為何要以奸計陷害信徒，使他們與應該要獻上信仰的神為敵？』

迪爾弗雷德的「意念通訊」在森林裡響徹開來。吉歐路達盧教團是以信仰維持士氣，進行聖戰的神之使徒。假如教皇無法正確回答這個問題，他們應該會失去戰鬥意義，很快便會無法戰鬥吧。

擁有能窺看深淵的神眼（眼睛），迪爾弗雷德理解到這個問題比什麼都還要能射穿吉歐路達盧的要害，令他們分崩離析。

戈盧羅亞那彷彿在講道一樣，靜靜地闔上雙眼說：

「男人問：『如果有自稱神之人，阻擋在我等信徒的前進道路上，請問該如何是好？』

天答道：『要擊退他。假如該人是自稱神的愚者，你就是作為神的使徒，對他降下天罰吧。假如該人確實為神，那麼祂將會饒恕你。』神會饒恕犯錯之人。而獲得饒恕，正是我等信徒的職責。」

信徒們全都跪下，閉眼傾聽戈盧羅亞那的說法。展示信仰的那首歌響徹得越來越遠，構築起音韻魔法陣。

「深化神迪爾弗雷德，換我反問祢吧。假如說祢們真的是『全能煌輝』艾庫艾斯，那麼為何要做出讓我等敵對的行動？又是為何要使我等背負嫌疑呢？」

戈盧羅亞那一面詢問迪爾弗雷德，一面向信徒們講道解惑。

「艾庫艾斯會自稱自己是艾庫艾斯嗎？不，祂無須這麼做。倘若艾庫艾斯在我們面前現身，我們將會無庸置疑、發自內心地理解到祂就是艾庫艾斯吧。」

戈盧羅亞那祈禱般握起雙手。

「倘若祢們真是全能，還請立刻結束這場讓親愛鄰人受到戰火吞沒的悲劇，為我們帶來歡笑吧。」

『神的秩序啟示了迪魯海德的滅亡。』

對於迪爾弗雷德的回答，戈盧羅亞那緩緩地搖了搖頭。

「哪裡會有至今連一個國家都毀滅不了的全能神啊？艾庫艾斯無須希望、無須請求，也無須威脅。假如祂如此決定，就只要如此實現就好。那位神會向信徒請求什麼嗎？祂只會給予而已。」

聽著戈盧羅亞那的說法，信徒們恭敬地垂頭獻上祈禱。教皇靜靜地睜開眼說出結語：

「汝，莫用言語妄稱全能。」

§ 37 【憎恨眾神之人】

密德海斯西側，大樹母海——

平原深深下沉化為一片汪洋，洶湧的海嘯湧向密德海斯。

「起始的一滴，終將化為池塘，形成萬物之母的大海吧。我溫柔的孩子，請醒來吧。誕生命盾阿芙羅海倫。」

伴隨誕生神的聲音，生命之母的大海孕育起生命。神的軍隊從海底陸續誕生，乘著湧來的海嘯，在密德海斯部隊布下防衛線的位置登陸。而神矢與魔法砲擊，早已大量傾注而下。

弓兵神艾米修烏斯與術兵神多爾佐克的大部隊憑著數量優勢，正打算從遠距離打破魔法屏障。並排建起的魔王城儘管勉強撐住這一波怒濤般的集中砲火，每當海嘯湧來，敵人的數量就會隨之增加。魔法屏障嘎吱作響，反魔法發出哀嚎，眼看就要決堤的樣子。

「魔法屏障的損壞率已達百分之四十七！」

「魔力供給趕不上消耗！再這樣下去……！」

魔王城裡，七魔皇老梅都因．卡沙聽著部下的報告蹙起眉頭。

「梅都因大人，即使嬰城固守，也毫無勝算。」

伴隨著這句話前來的，是個長相精悍的男人。那個人帶著褐色的肌膚與金色的魔眼，後梳的頭髮在背後綁成一束。他是以前打倒七魔皇老梅魯黑斯、向我挑戰鬥智的熾死王參謀——齊格．奧茲瑪。儘管一度讓他轉生成貓頭鷹了，在將耶魯多梅朵納為部下後，就幫他恢復原狀了。

「我們應該要主動出擊。」

「……有勝算嗎？」

「請交給我們。」

齊格背後有一批魔族部隊。走向前來之人，是將黑髮綁成馬尾的剛劍琳卡．賽歐烏魯尼斯。她是在阿伯斯．迪魯黑比亞的事件中，與米夏、莎夏交手過的混沌世代之一，冥王的部下。而另一人，則是矮小的少年——扎布羅．桂茲。他同樣是在當時遭艾蓮歐諾露擊敗的緋碑王基里希利斯副官。

在那個部隊裡的人，全都是兩千年前的魔族。他們盡是些以四邪王族的部下為中心，在現今紀律嚴明的密德海斯部隊中相當特立獨行的傢伙；平時過著隨心所欲的生活，對工作不太熱心。由於多半都被要求要安分守己，因此就只是乖乖待著的人也很多。

「嘻嘻！神似乎能成為不錯的研究材料呢。」

扎布羅以下流的語調說：

「你覺得封入神的秩序的碑石如何啊？只要經由緋碑王大人的手，似乎就能輕而易舉地辦到呢。」

於是，琳卡以迅雷不及掩耳的速度拔出魔劍——自在劍賈門斯特。能自由自在改變形狀的那把劍伸長劍尖，她將劍對準了扎布羅的喉嚨。

「現在是我們迪魯海德的重要時刻。假如你只想顧著搞什麼令人作嘔的魔法研究，打亂部隊的步調的話，我就先在這裡殺了你。」

「嘻嘻嘻！冥王的走狗說要殺了老夫？妳的主人冥王怎麼了啊？該不會被這個陣仗嚇到，落荒而逃了吧？」

琳卡受到扎布羅的挑釁，眼光銳利地瞪向他。

「給我把話收回去。吾君才沒有逃。」

「那麼在這個什麼迪魯海德的重要時刻，為什麼他一直沒現身啊？」

「是因為某種深思遠慮。他與你那個名副其實淪為熾死王走狗的主人不同。」

琳卡這句話，使得扎布羅憤恨地朝她瞪去。

「那就只是中了卑鄙的手段啊。緋碑王大人是不屈不撓的人。越是在泥漿裡打滾，就越是閃耀的泥中之王啊！即使處於汙泥之中，他也很快就會復活。」

「真沒想到就連你這般醜惡的老不死，也有忠誠心。但關鍵的主人，卻是那個呢。是蠢人之間很合得來嗎？」

「嘻嘻嘻！」扎布羅的笑聲響起。琳卡與他的視線交錯，兩人之間殺氣騰騰。突然間，自在劍賈門斯特劃破扎布羅的臉頰，從魔法陣中射出的小石子飛向琳卡的臉。她用右手接住了那塊小石子。

就在雙方再度互瞪的瞬間，魔王城發出「嘎嘎嘎嘎嘎」的聲響搖晃起來。這是因為神族們的魔法砲擊，再度打破了一層魔法屏障。

「哎呀哎呀，真是吵得讓人受不了呢。」

「就是說啊。」

扎布羅消去魔法陣，琳卡收回魔劍，兩人同時轉身離開。

「妳就看好吧。待老夫收拾掉那些神，再來好好地跟妳一決高下。」

「可別逃啊。」

「小丫頭，妳當是在跟誰說話啊？」

兩人率領各自的部隊，朝魔王城外離去。

「……沒問題吧？」

七魔皇老梅都因一臉凝重地問。

「只不過是稍微玩玩罷了。儘管當中也有個性不合的人在，他們都很清楚現在不是魔族之間內鬥的時候，應該不用擔心他們會從背後攻擊隊友。」

齊格一副毫無問題的模樣說。梅都因沉思起來，數秒後，他一副迫不得已的樣子說：

「……好吧，就交給你了。現在能依靠的，只有擁有大戰經驗的各位了……」

「遵命。」

齊格轉身離開，帶領自己的部隊一起前往魔王城外。魔法屏障外側滿是湧來的海嘯與神的軍隊，只要是誕生神的神域裡，敵人大抵都會一直源源不絕地誕生吧，而且祂們還擁有以多勝少的秩序。隨著時間過去，密德海斯部隊會變得越來越不利。

「看到了、看到了。到處都是擁有可怕魔力的神啊。」

扎布羅以雙手畫出多重魔法陣。在將那個眼看著不斷擴大的魔法陣往頭上高舉後，魔法陣就在遙遠的高空中畫出廣大的圓。

一塊巨大碑石突然從那個圓裡冒出，周圍還伴隨著許多小型碑石。數百，不對，是不下數千。

「『魔王軍』。」

齊格朝出城的所有魔族畫出魔法陣，連上「魔王軍」的魔法線。這是為了要在封鎖「意念通訊」的大樹母海裡指揮士兵。

「出擊！扎布羅、琳卡，你們是作戰的關鍵，別大意了啊。」

「我知道。」

在簡短回答後，琳卡率先衝出。

「你當是在跟誰說話啊，小子？好啦，把魔力交出來吧。」

齊格經由「魔王軍」魔法線送來的魔力，扎布羅立刻就注入所畫出的魔法陣中。

「這群該死的神，就讓祢們瞧瞧老夫的厲害吧。」

浮在上空的緋紅碑石開始墜落，猛烈地傾注而下。碑石的目標不是神的軍隊，而是朝著大海砸去，一面濺起激烈的水花，一面插在淺灘與海底。

「就堂堂正正地對決吧！」

琳卡率領魔族士兵，在海浪拍打的淺灘上奔馳。她的手上握著自在劍賈門斯特，並讓這把劍透明化，以「隱匿魔力（najira）」藏起魔力，眨眼間變成一把無法以神眼（眼睛）看見的魔劍。魔族們依照齊格的指示，對上行動井然有序的神的軍隊，以勢均力敵的人數與祂們的一個部隊交戰。

「得手了！」

自在劍賈門斯特輕而易舉便砍下劍兵神的腦袋。不愧是兩千年前的魔族，本事比過去跟米夏、莎夏交手時還要強上許多。大概是因為將繼承暴虐魔王之血的那副身體的力量，充分發揮出來了吧。

「下一個！」

每當琳卡揮劍，就有神倒下。

「下一個！」

她的實力自然不在話下，但指揮部隊的齊格也很高超。他將人數占壓倒性優勢的神的軍隊誘導到人數會在局部地區勢均力敵的地方，迫使祂們與琳卡進行一對一的戰鬥。

只要琳卡打倒一位神，那裡就是她的部隊占人數優勢，就這樣使得敵人的數量眼看著逐漸減少，該說他真不愧是熾死王的參謀吧。只不過，光是這樣還不夠。要維持以全力進行的戰鬥行動，體力與魔力都有極限。很顯然，在將不斷誕生的神的軍隊統統打倒之前，魔族們就會先精疲力盡，而齊格不可能沒計算到這一點。

「嘻嘻！是時候了呢。是叫做枯焉沙漠的骸傀儡嗎？將毀滅之人化為僕從還真是有趣的魔法，老夫就原封不動地還給祢們吧。」

插在大樹母海上的數千枚碑石朦朧地發出紫光，同時伸出魔法線。碑石與碑石之間以紫線相連，在大樹母海的一角畫出巨大魔法陣。

「『腐死鬼兵隊（goagurumu）』。」

在扎布羅發動魔法的瞬間，一具神體緩緩起身。遭琳卡斬殺的劍兵神加姆岡德、槍兵神修尼魯德，以及術兵神多爾佐克慢慢站起。祂們鎧甲腐爛，雙眼發出不祥紅光，頭上長出兩根令人毛骨悚然的角。而最大的變化，則是本來就很強大的神，如今發出更為強大的魔力。

「……唔唔唔唔……」

「……嘎啊啊啊……！」

「……唔啊啊啊啊……！」

化為腐死鬼兵（ghoul）的神一面發出呻吟，一面襲向過去的同伴——神的軍隊。然後從被腐死鬼兵打倒、反魔法減弱的神族開始，接二連三化為腐死鬼兵，一個接著一個淪為忠實服從扎布羅命令的魔法人偶。

「嘻嘻嘻！想生多少就儘管生吧。祢們生得越多，老夫就能獲得越多強大的士兵啊！」

戰鬥到根源腐爛、毀滅為止的腐死鬼兵越是打倒敵人，齊格他們的兵力就越是以幾何級數增長，逐漸凌駕在神的軍隊之上。不論怎麼源源不絕地誕生生命，其速度還是有極限。

一旦製造出一定數量的腐死鬼兵，將神兵化為腐死鬼兵的速度，就會超過神兵誕生的速度。如此一來，就會是齊格他們的勝利吧。

「跟我前進！去討伐產生這個神域的神！」

形勢一逆轉，琳卡就帶領魔族與腐死鬼兵跳進水中。經由「水中活動」的魔法，他們游得比魚還快地來到大樹前方。待在那裡的是誕生神溫澤爾，魔族們將祂團團包圍。

琳卡不敢大意地舉起自在劍賈門斯特。

「祢就是誕生神溫澤爾吧？」

溫澤爾舉起盾牌——誕生命盾阿芙羅海倫。那面盾牌才剛發出耀眼光芒，大量剛誕生的神兵就從大樹中衝出。

聽從齊格的命令，魔族部隊與腐死鬼兵不慌不忙地將那些神兵一一打倒。

「受死吧！」

在讓看不見的自在劍伸長變大後，琳卡一劍砍向溫澤爾。誕生神以阿芙羅海倫輕易擋下這一劍，但自在劍賈門斯特就連數量都自由自在。為了不讓祂察覺，同時從反方向揮來的那一劍，橫掃過溫澤爾毫無防備的身軀。儘管血流不止，誕生神還是直直注視著琳卡。

不，不對。祂是在看琳卡的背後。可是，那裡什麼也沒有。

「最後一擊。」

在將龐大魔力注入「武裝強化」的魔法之中後，琳卡以增強威力的自在劍砍向誕生神。她的目標是拿著阿芙羅海倫的那隻手。就算只有一瞬間，只要讓祂放開那面盾牌，就能帶著同歸於盡的覺悟，讓腐死鬼兵們一口氣衝過去。這是知道樹理四神難以毀滅的齊格想出來的策略。琳卡全神貫注揮出的一劍，漂亮地斬斷了溫澤爾的右手，紺碧之盾脫離祂的指尖。

「就是現——」

然而喊到一半的琳卡，卻瞪圓了魔眼。在就連一瞬都不到的時間內，溫澤爾的身體變得透明，忽然間消失無蹤。而就像要代替祂似的，淡淡光芒開始往溫澤爾方才注視的位置——照理說應該沒有任何人的琳卡背後聚集而去。

大概是感覺到殺氣了吧，她轉頭看去。彷彿秩序翻轉一樣，一名穿著紅色織衣的女性出現在那裡，綁起的黑紅色長髮隨著海流飄蕩，令人毛骨悚然地搖曳著。祂翻轉成墮胎神安德路克了。

出現在那裡的紅線畫起魔法陣，從中央露出一把帶有雙頭蛇造型的巨大剪線剪。

「扎布羅！」

「老夫知道！」

化為腐死鬼兵的神兵們朝安德路克一齊襲擊過去。

「不被期望的嬰孩啊——」

安德路克冷冷發出優美的嗓音。

「就以蛇牙咬住墮除——」

「鏘」的一聲響起金屬聲。

「恩格雅洪奴。」

「什麼——！」

扎布羅瞪大魔眼。腐死鬼兵們的神體一塊塊崩落起來，轉眼就毀滅了。

「怎……麼……會……！老、老夫的腐死鬼兵……」

「倘若母親的羊水染紅，撕裂的胎兒將會溺死吧。」

大量鮮血從腐死鬼兵不斷崩落的身體溢出，將大樹母海染得紅濁。

「別想得逞！」

琳卡以大上段姿勢將自在劍高舉過頭，狠狠劈下。然而，墮胎神安德路克彷彿溶入紅水之中消失無蹤，那把魔劍在水中劃過。

「齊格！」

琳卡大喊，齊格轉向背後。蛇墮胎鉗子正從那裡逼近而來。

「墮胎啊，恩格雅洪奴！」

齊格退開，迅速躲過了神剪。然而，安德路克的目標並不是他，而是與魔族士兵們連結的「魔王軍」魔法線。「鏘」的一聲，那條魔法線被蛇墮胎鉗子剪斷。於是，就像條件成立了一樣，海水越發深紅地混濁起來。

『……怎……麼……了……「水中活動」……』

『……這是……………』

『魔法變得無效………不對，不只是這樣………就連……游泳都………』

魔族們不斷沉入紅海之中。由於墮胎神顯現，大樹母海的秩序改變了。他們彷彿在母親的羊水裡被切斷臍帶的胎兒一樣，不斷地沉沒下去。

「嘻嘻嘻，在妾身的海裡，一切的魔法都會遭到墮胎，就連要游水都無法啊。你們就等同是脆弱的嬰孩，是不可能勝過妾身的。」

安德路克從海中瞪著地上。祂的視線狠狠刺在為了守護密德海斯而林立的魔王城上。

「毀滅吧。」

海面洶湧起伏，深紅海嘯湧向魔王城。至今守護城堡的反魔法與魔法屏障被輕易墮胎，海嘯一下子就逼近到城堡前。以魔法維持的魔王城，將會束手無策地被那道深紅海嘯沖走吧。洶湧怒濤毫不留情地逼近——在抵達之前戛然而止。

「……什麼？」

墮胎神挑了一下眉頭。是凍住了。應該會將魔法墮胎的海嘯，因為某人的力量凍結了。

沒錯，藉由神的權能。

「白雪積累，充滿光明。」

那裡在眨眼間化為一片雪景。在大樹母海積累的雪——白銀結晶凍住洶湧起伏的海面，封住了海嘯。一片雪月花翩翩飄落，化為擁有白銀秀髮與金色神眼（眼睛）的透明少女。

「墮胎之神啊，我是亞露卡娜，魔王之妹，以及蓋迪希歐拉的不順從之神。作為將過去遭神背叛之人們的憤怒背負於一身的背理神，我要和密德海斯的魔族們一同並肩作戰。」

祂雙手朝天，莊嚴地跪下。伴隨雪花飄落在那裡的，是彷彿和冰龍同化一般的蓋迪希歐拉禁兵們。

「蓋迪希歐拉憎恨眾神，她們充滿憤怒。縱然平時互不侵犯，倘若要從我們身上奪走更多事物，就絕對不會原諒祢們吧。」

§ 38 【背理六花】

亞露卡娜靜靜踏出一步，把手伸出。

「大海凍結，冰雪融化。」

以雪月花凍住的海面，就像薄冰一樣「劈里」一聲粉碎，當場開出一道圓形洞穴。

「禁兵的孩子們，先去救助魔族士兵。」

亞露卡娜這麼說完，縱身跳入染紅的大樹母海。

「謹遵我等背理神的諭令。」

「我們不會讓神族稱心如意的！」

禁兵不論是誰，都是在地底遭到神或信仰背叛的人們。如同過去的人類與魔族，她們無法拋開對神的憎恨。

就連亞露卡娜在過去也是受到憎恨所困的一人。在神與信仰的擺布之下，背叛成為了她的日常。正因為如此，亞露卡娜才會作為背理神返回蓋迪希歐拉。為了以祂那小小的背，背負她們的憎恨。

於是，神的軍隊開始在地底各處襲擊龍人們。不難想像亞露卡娜會集結禁兵，守護住蓋迪希歐拉。禁兵陸陸續續跳進深紅色的混濁大樹母海之中，她們在背上展開冰翼，前去救助沉入海底的齊格等人。

「嘻嘻嘻！」

潛入海中的亞露卡娜眼前隱約閃過一道人影，墮胎神安德路克從紅濁的水中冒了出來。

「妳們這是飛蛾撲火。在妾身的大樹母海裡，妳們是不可能自由游水的。」

祂身上一發出紅色魔力，深紅海水彷彿絲線似的纏繞起禁兵們的身體。能看到海中所有的魚都突然無力，漸漸往海底沉去。就像在樹冠天球無法飛行一樣，在這片墮胎之海裡也無法游泳吧。

「假使沉沒了，即是墮胎啊！」

碧雅芙蕾亞如今已不在，禁兵們體內沒有寄生的霸龍；代替碧雅芙蕾亞賜予她們力量的則是亞露卡娜。神的權能——雪月花，以此創造的龍翼、爪子、尾巴與鱗片等部位，在禁兵們體內直接創造出氧氣。雖然這和魔法不同，不會遭到墮胎，就算是這樣，也還是無法在這片紅海裡游到最後的樣子。

宛如被墮胎的羊水纏住般，被奪走自由的禁兵們沉沒下去。

「無人能在大樹母海裡勝過妾身。在樹冠天球是轉變神，深層森羅是深化神，枯焉沙漠則是以終焉神為秩序。只有半吊子神力的妳們，是無法反抗我們的。」

亞露卡娜張開嘴。祂伴隨著呼氣吐出雪月花，創造出的聲音在水中響徹開來。

「會是半吊子嗎？」

安德路克像蛇一樣咧嘴笑起。

「教皇戈盧羅亞那只有痕跡神留下的痕跡書；未來神娜芙妲將能看見未來的神眼（眼睛）讓給劍帝，變成不完整的神；還有淪為什麼魔王部下所有物的魔劍神黑吉安德。你們連個正常的神域都造不出來，全是半吊子的神啊。就乖乖服從我們，邁向毀滅就好。」

「樹理迴庭園，是由四個神域組成的一個巨大神域。」

亞露卡娜一面慢慢沉入海底一面說：

「這是因為魔力在這四個神域之間循環，墮胎神——祢才會擁有如此強大的力量。樹理四神全是如此。」

「那又如何？」

「只要將其中一個樹理迴庭園毀滅，其他神域的力量就會跟著減弱吧。」

安德路克發出「嘻嘻嘻！」的聲音，將亞露卡娜的話一笑置之。

「至於祢，就只是彌補秩序的代行者啊。祢難道看不見那個嗎？」

安德路克把臉抬了起來。即使從視野不清的紅海裡，也依舊能看到閃耀著不祥光芒的黑色日蝕。儘管憑藉靈神人劍的力量倒回一半左右，如今「終滅日蝕」再度一點一點地重疊起來。這是打算趁伊凡斯瑪那不在雷伊手上的現在引發變得完全的「終滅日蝕」，將地上一掃而空嗎？

「在創造神復活的現在，已不需要代行者了。祢所擁有的最大權能，不論是『創造之月』還是『破滅太陽』，全都是妾身們的同伴。說什麼背理神，還真是誇大其辭呢。」

安德路克讓剪刀發出「鏗鏘」的聲音合起，將蛇墮胎鉗子指向亞露卡娜。

「祢現在還剩下多少秩序啊？就憑祢手上發出的那一點點雪，頂多就是將墮胎之海的海面凍住吧？」

亞露卡娜不發一語，直直注視著墮胎神。祂沒有要動的意思，也沒有要發動攻擊的跡象。在朝著紅濁的海中凝視魔眼（眼睛）後，祂突然驚覺到一件事。那就是恩格雅洪奴上頭的蛇形裝飾消失了。

「總算注意到啦？」

安德路克咧嘴露出瞧不起人的笑容。下一瞬間，亞露卡娜的靜謐表情就變得一臉痛苦。趁著對話時躲進紅濁海水裡的黑紅色雙頭蛇，一口咬住了祂的肚臍。而雙頭蛇的另一頭，則咬在安德路克的下腹上。那是為了將亞露卡娜墮胎的臍帶。

「好啦，恢復吧！不被期望的生命啊，回歸吧！」

神的臍帶所送來的魔力，讓亞露卡娜漸漸恢復成胎兒。祂將雪月花纏繞在身上，以創造之力阻止自己身體的變化。

「沒用的、沒用的。不被期望的胎兒啊，就以神剪拔除墮掉——」

蛇墮胎鉗子有如蛇張嘴般「鏘」的一聲打開，鋒利刀刃抵在神的臍帶上。

「是墮胎啊，恩格雅洪奴。」

宛如蛇咬向獵物一樣，那把剪刀「鏘」的一聲猛烈合上。

「…………什麼…………！」

安德路克忍不住愣然喊道。神的臍帶沒被剪斷，反倒是蛇墮胎鉗子咬下去的刀刃生銹，一塊塊崩落了。

「……這是……怎麼回事……？」

「祢肯定也被騙了吧，墮胎之神。不對，世界的意志。」

亞露卡娜直直注視著墮胎神。祂靜靜闔上眼，等到再度睜開時，那雙魔眼（眼睛）上就出現弧狀的「破滅太陽」與新月模樣的亞蒂艾路托諾亞，一齊畫出二合一的圓。「背理魔眼」的真正力量顯示在那裡。

「選定審判被那個虛無之子澈底扭曲，如今秩序的平衡已完全失常。即使破壞神與創造神復活，只是身為祂們代行者的我，所擁有的權能卻依舊不變。豈只如此，力量甚至還增強了。他大概想嘲笑這個世界吧。」

亞露卡娜靜靜地抬起右手與左手，翻掌朝天。

「春陽飛雪，六花融世。」

燃燒的冰花從祂的雙手飛揚起來。

「春景六花。」

有如太陽般輝煌閃耀，彷彿月光般冰冷閃爍，那些冰凍之花在熊熊燃燒。這些花接二連三聚集到亞露卡娜背後，既像月亮，又像太陽，創造出不是任何一邊的物體。

「……那是……什麼？是……秩序嗎………？」

安德路克愣然注視著春景六花創造出來的物體。那是凍燃的六片花瓣。

其上頭確實擁有神的秩序。神的權能發揮著力量。

「……不可……能……這種……！」

祂瞪大神眼搖了搖頭。作為形成秩序根本的樹理四神，祂如今卻在眼前目睹到不可能存在的神力。

「一定有什麼地方弄錯了……！不可能會有這種秩序……！」

「月不升，日將沉，無神之國春陽照。」

亞露卡娜以靜謐之聲吟唱。

「『背理六花』里拜伊赫魯奧爾塔。」

熊熊燃燒的冰花同時發出冷氣與熱氣，本來相反的冰與火就連一點抵抗都沒有地共存著。墮胎之海在這股矛盾的力量下，凍結的同時還燃燒著。大樹母海的秩序眼看開始失常，原先沉在海底無法動彈的禁兵們照到「背理六花」後再度動了起來，接連救出魔族士兵們。

「……為何……？為何能在妾身的海裡游水……？不被期望的嬰孩要墮胎啊！應該要墮胎啊啊啊啊！」

安德路克讓蛇墮胎鉗子發出光芒，同時大聲吼叫。在龐大魔力迸散開來後，大樹母海出現無數的紅線，但令人難以置信的是，那些紅線纏繞在神域主人的墮胎神身上。

「呀……！這……這是……怎麼回事……？」

「里拜伊赫魯奧爾塔照耀的領域是背理之國。在這裡的一切事物都會被秩序背叛。」

安德路克瞪大神眼大叫：

「不可能！祢是說妾身被墮胎背叛了嗎？神是秩序本身啊！祢以為會有自己被自己背叛

這種事嗎！」

為了擺脫束縛，安德路克的神體化為紅線，眼看著分解開來。祂的神體才剛消失，下一瞬間墮胎神就出現在亞露卡娜的正後方。

「不被期望的嬰孩啊，就以蛇牙咬住墮除——」

「鏘」的一聲響起金屬聲。

「恩格雅洪奴。」

蛇墮胎鉗子對準亞露卡娜的脖子，刀刃銳利交錯。

「……什麼……啊呃……！」

安德路克瞠圓神眼（眼睛）。剪向脖子的剪刀，刀刃反而折斷了。

「背理劍里拜因基魯瑪。」

春景六花聚集起來，過去亞希鐵稱為全能者之劍的里拜因基魯瑪出現在祂手上。當時祂被封住記憶，封住作為代行者的權能。以前還需要理滅劍之類的物品作為材料，但現在可不同了。

祂已經取回記憶，取回作為代行者的一切權能，取回了那把神劍。然後，藉由被扭曲的選定審判的進展，拼上了最後一塊拼圖。這就是亞露卡娜作為背理神的真正力量——

「此身已化為永久不滅的神體。」

「祢這個怪物！吞噬吧啊啊……！」

安德路克將右手化為紅線之蛇，咬向亞露卡娜。但是在永久不滅的神體之前，咬來的墮胎之蛇單方面地消散了。

「秩序是敵不過我的。」

亞露卡娜靜靜地將里拜因基魯瑪拔出劍鞘。白銀劍身露出，閃耀著美麗光澤。照理說只要拔劍，背理劍就會毀滅持有者，祂卻沒有受到這個效力影響。這是因為「背理六花」里拜伊赫魯奧爾塔，就連背理劍的拔劍者必滅這個秩序都背理了。

「秩序會扭曲、背理。我乃逆天背理的不順從之神。」

亞露卡娜將連結自己與安德路克的神的臍帶，自行以里拜因基魯瑪斬斷了。

「…………呀…………呃…………啊…………怎…………」

墮胎神安德路克緩緩搖晃。渾身無力的祂，沉入墮胎之海裡。

「……不……可……能……妾身……居然……被……墮胎……了……」

聲音消散，安德路克漸漸消失在深紅色的海底裡。墮胎的秩序背理後，安德路克與亞露卡娜的立場就反轉了，所以墮胎神便遭到墮胎了。

這是合乎背理神之名，專門針對神的可怕權能。或許這就是格雷哈姆為了毀滅以選定審判生出的艾庫艾斯，而事前準備好的手段。由於艾庫艾斯顯現、破壞神與創造神復活，祂作為背理神的力量完全覺醒了。

實在難以認為這是偶然。倘若是能讓秩序背理的里拜伊赫魯奧爾塔，應該就有可能讓秩序集合體的艾庫艾斯喪失力量才對。艾庫艾斯的一切力量都會成為背理神的所有物吧。

然而——

「月已升，日將沉，無神之國迎冬至。」

亞露卡娜將背理劍里拜因基魯瑪收回鞘中。於是，「背理六花」里拜伊赫魯奧爾塔宛如花朵凋落一般倏地消滅了。

祂放鬆力道，讓身體在海裡飄蕩。由於力量太過龐大，哪怕是祂作為代行者的身軀，魔力也一下子就耗盡。祂的身體與根源疲弊，儘管毫髮無傷地獲勝，也還是變得殘破不堪。

考慮到在蓋迪希歐拉的經歷，在格雷哈姆的計畫裡，他原本打算安排我當上代行者，讓我取得亞露卡娜的力量嗎？還是說他最終想要自己取得呢？縱使真相不明，不管怎麼說，他都認為這個背理的權能，正是唯一能打倒統合了神力的艾庫艾斯的手段吧。倘若是在維持著「背理六花」里拜伊赫魯奧爾塔的期間內，就算毀滅艾庫艾斯，世界也不會毀滅。

「……我大概想要守護吧……」

亞露卡娜喃喃低語。

祂注視著空中的日蝕，以無法使力的身體說：

「想要守護地上——這次我想要守護哥哥最重要的事物。」

§ 39　【那一天的預言已經過去】

密德海斯上空，樹冠天球——

奔如雷霆的雷人偶遭到坎達奎索魯提之劍斬斷。

神的軍隊加上蓋堤納羅斯的權能轉變而成的雷人偶，個體力量遠遠超乎原本的劍兵神與術兵神。其數量是龍騎士團的二十倍以上，而且還能在樹冠天球裡自由地飛行。然而，希爾維亞與奈特憑靠龍技，輕而易舉地凌駕在神之上。他們是遠比一般龍人還要強大的子龍，甚至在我們拜訪阿蓋哈時的餘興節目上，與雷伊、米莎展開一場勢均力敵的對決。

像是要襲擊龍騎士團似的，天氣不斷變化。儘管在轉變之空裡得一直應付會隨著蓋堤納羅斯一時興起變化的不安定環境，但他們還有確實的踏腳處。

高聳入雲的十二座鐘塔架著無數的水晶橋，那是未來神娜芙妲的理想世界。手持坎達奎索魯提之劍的阿蓋哈騎士們受到這個能實現理想的神域恩惠，一一將雷人偶剷除。

「——這有時彷彿烈火一般。轉變神笛伊迪多羅艾德。」

神笛演奏的曲子在轉變為烈火燃燒般的曲調後，蓋堤納羅斯的周圍就聚集起火焰。

「瞧～是炎熱神沃爾德拜傑的權能喲。炎熱神砲巴爾德戈澤。」

火焰聚集起神聖光芒，變成有如大砲般的形狀。大量猛火朝著迪德里希發出。

「娜芙妲要局限。」

祂這麼說之後，聚集在迪德里希拳頭上的深灰色磷光就增強了光輝。

「唔啊啊！」

劍帝朝著正面襲來的神之炎砲揮出一拳。火焰被一分為二，這一拳的風壓劃破了蓋堤納羅斯的臉頰。迪德里希從水晶橋上跳了起來，揍向轉變神。

空中戰到底是蓋堤納羅斯占上風，祂就像被風引導一般翩翩避開這一拳。雖說施加了理想世界，但能施展「飛行」的時間很短，而且還發揮不出多少速度。儘管自己用腳跳起來還比較快，這樣要捉到能在空中自由飛行的蓋堤納羅斯想必極為困難吧。

「你很擅長火焰嗎？那麼，這樣又如何啊？冰雪神弗洛伊茲雅典的權能，冰凍雪雲亞涅亞特亞特涅。」

蓋堤納羅斯宛如歌唱般說道。天空轉變，冰雲覆蓋住周圍一帶。猛烈落下的無數冰雹，敲打著迪德里希的身體。這些冰雹以十六顆畫出一個魔法陣，讓迪德里希與娜芙妲的身體逐漸凍結起來。以要用拳頭打碎來說，冰雹的數量太多了。

「這還真是讓人受不了啊……！」

迪德里希在鼓起全身肌肉後，覆蓋在身上的冰就出現裂痕。魔力粒子在他背後猛烈升起，他的「龍鬥纏鱗」形成雙翼彷彿長劍一般銳利的龍，震飛身上的冰。迪德里希注視著上空的雪雲，「咚」的一聲瞪著水晶橋一躍而上。有如箭矢般跳上空中的他，身體眼看離雪雲越來越近。

「哈哈哈！雲可是會飄走、變化的東西喲。」

笛聲一響，冰凍雪雲亞涅亞特亞特涅就以和迪德里希相同的速度上升。迪德里希無法施展「飛行」追上，在空中也無法加快速度。

「娜芙妲要局限。」

好似搶先一步抵達未來般，娜芙妲出現在跳起的迪德里希身旁。

「請。」

「真是太好了。」

迪德里希把腳踏上娜芙姐伸出的雙手。就在他蹬著雙手跳起的同時，為了讓跳躍力發揮到最大，娜芙姐將迪德里希往空中拋去。有如光之砲彈般加速的迪德里希抵達冰凍雪雲，揮出「龍之逆磷」的正拳。劍帝哼著歌喊道：

「喝！」

冰之雪雲粉碎，上頭的魔力被劍帝的拳頭吸收過去。然後在翻身踢碎雪雲的同時，迪德里希利用這股反作用力襲向蓋堤納羅斯。

「哈哈哈！就放馬過來啊！」

神笛再度轉調，演奏出讓人聯想到終焉的悲傷曲子。出現在蓋堤納羅斯前方的，是一百把枯焉刀谷傑拉米。

「在空中你是避不開的喲。」

谷傑拉米筆直射了出去。面對能穿透萬物、只會斬斷根源的必殺之刃，迪德里希從正面握緊雙拳。

「不論怎麼苦苦掙扎，都是一粒沙喲。」

「娜芙姐要局限。」

深灰色磷光聚集在擁有劍翼的龍身上。在並用「龍鬥纏鱗」與「龍之逆磷」後，迪德里希揮出併起的雙拳。

「嗚唔無唔啊啊啊，喔喔喔喔喔喔……！」

會穿透根源以外事物的谷傑拉米，一接觸到迪德里希就被吸收進去，盡數消失。

「怎麼會……！」

或許作夢都沒想過一百把谷傑拉米會從正面遭到突破吧，蓋堤納羅斯當場瞪大了眼。緊接著，劍帝的拳頭就落在祂的臉上，將祂狠狠地打飛了出去。

「咳哈啊啊啊……！」

落下的轉變神，發出「轟隆隆隆隆」巨響的同時陷進水晶鐘塔裡。

「不論是火、是冰，還是劍都一樣，轉變神。我什麼都能吃啊。」

經由娜芙妲的神域，迪德里希的「龍之逆磷」無限地接近著他的理想。姑且不論真正的谷傑拉米，朝迪德里希投出的，是以蓋堤納羅斯的魔力創造出來的刀。縱然秩序與威力皆不遜於真品，終究還是仿冒品。只要更加地窺看深淵，就知道本質是轉變神的魔力。對於能直接吞噬魔力的迪德里希來說，不論祂發出什麼樣的攻擊，都不足以成為弱點。倒不如說，那樣做只會提高迪德里希的魔力。

「好啦，差不多該結束了吧。我可沒空只顧著祢一個，還得去阻止世界崩壞，阻止那個日蝕才行呢。」

迪德里希握起拳頭。他蹬橋一跳、在讓轉變神進到攻擊範圍內後，揮出「龍之逆磷」的拳頭。

蓋堤納羅斯把伊迪多羅艾德抵在嘴邊，演奏起新的曲子。

「這是沒用的。」

就像在說祂不論是發出火焰、洪水、雷電，還是任何攻擊，都會加以粉碎、吞噬一樣，劍帝毫不遲疑地將正拳打進蓋堤納羅斯的腹部。一道巨響響起，蓋堤納羅斯背後的鐘塔被轟飛。假如是直擊，祂不可能平安無事。然而，迪德里希的眼神凝重起來。

「就算是什麼都能吃的拳頭，也只要不被打中就好了不是嗎～？」

蓋堤納羅斯翩翩飛舞，輕而易舉地從迪德里希身旁脫離。

此時響起會讓人聯想到時鐘指針的「滴答滴答、滴答滴答」曲調。四十六顆未來世水晶坎達奎索魯提出現在蓋堤納羅斯的眼前。

「我發現你的弱點——未來神娜芙妲的權能——了喲～當然，我指的是祂失去那雙神眼（眼睛）之前、能看見完整未來的坎達奎索魯提。」

兩顆坎達奎索魯提被吸進蓋堤納羅斯的雙眼裡。祂以那雙未來神的神眼（眼睛）俯瞰迪德里希。

「很遺憾～這雙神眼（眼睛）裡顯示著你的敗北喲。」

「……那不是祢所能負荷的秩序啊……」

浮著的一顆未來世水晶變化成長槍，朝迪德里希落下。就算揮出「龍之逆鱗」的拳頭，未來也會遭到局限，抵達他沒能吃掉這把長槍的未來。坎達奎索魯提之槍貫穿了他的身體。

「……唔呃……！」

「處以串燒之刑。開玩笑的～瞧，跟未來一樣喲～哪裡是我無法負荷的秩序啊？」

儘管未來遭到局限、根源受到重創，迪德里希還是露出無畏的笑容。

「只是看見的未來實現了就歡天喜地的話，祢還不懂啊。」

「哦～區區龍人在自以為了不起什麼啊？看招～」

飄浮在轉變神眼前的四十四顆未來世水晶全都變成了長槍。在被這些長槍尖對準的瞬間，迪德里希說：

「『附身召喚（azeputo）』‧『選定神（娜芙妲）』。」

娜芙妲豎起坎達奎索魯提之劍，舉到胸前敬禮。祂將劍留下，有如水晶般粉碎四散。

「哈哈哈！這個未來我也預見到了啊！」

就像要將粉碎四散的娜芙妲關住一般，一顆大型水晶球在不知不覺中覆蓋住這些碎片。

這是因為蓋堤納羅斯的未來世水晶搶先一步抵達未來了。

未來遭到局限，娜芙妲恢復成原本的神體。「附身召喚」則沒能完成，祂被關在水晶球之中。

「這是在白費工夫，祢應該是最清楚的吧，娜芙妲？即使嘴巴上說什麼理想不理想的，到頭來就只是變得看不見未來罷了。居然把不確定性說成是希望，哪有這麼蠢的事啊。」

迪德里希蹬橋一跳，朝著上空的轉變神衝去。雖然他使出這招「附身召喚」被封住時趁機攻擊的策略，但蓋堤納羅斯的神眼（眼睛）早就預見到了。宛如迎擊一般，四十四把坎達奎索魯提之槍朝迪德里希傾注而下。

「唔啊啊啊啊啊啊啊啊啊啊啊……！」

「龍鬥纏鱗」以至今最大的濃度浮現，飄浮在背後的劍翼之龍將兩片翅膀合起，成為一把大劍。「龍之逆鱗」聚集在劍上，閃耀著深灰色光芒。

「不再是預言者的你大概不懂，所以我就幫你預言吧～你們會在這裡毀滅，然後世界會被終滅之光灼燒。未來早就決定好了啊。」

坎達奎索魯提之槍果然穿過迪德里希的拳頭，接二連三刺在他身上。鮮血溢出，劍帝的魔力在空中潰散。

「不，轉變神。」

娜芙妲將坎達奎索魯提之劍從內側刺向水晶球。

「只要迪德里希與娜芙妲的雙眼（眼睛）還注視著希望，未來就絕對不是決定好的。」

娜芙妲理應遭到局限了，祂的劍卻粉碎了未來世水晶。

「這是魔王告訴我的阿蓋哈未來，以及這個世界的未來。」

蓋堤納羅斯驚愕地瞪圓神眼（眼睛）。應該能看見一切未來的神眼所沒看見的未來——過去的未來神娜芙妲沒能抵達的光景就在那裡。

娜芙妲有如水晶般粉碎。祂在迪德里希的周圍閃閃發光，同時附著在他身上。飄浮在背後的「龍鬥纏鱗」之龍染成金黃色，一把讓人聯想到龍的大劍握在劍帝手中。儘管被坎達奎索魯提之槍貫穿全身，迪德里希還是猛然加速，向蓋堤納羅斯逼近。

「無法改變的未來還有什麼意義啊，轉變神！」

未來世大劍坎達奎索魯提一劍劃破蓋堤納羅斯的神眼（眼睛）。

「啊……！這傢伙……不過就是打破了兩顆，替代品要多少有多少……！」

轉變神按著粉碎的神眼（眼睛），披著風逃向天空。剎時間，大劍朝著祂的頭頂劈下。

「……………嘎…………哈……………」

「實現的預言越多，就越是會感到空虛喔。所謂的預言啊——」

被劈成兩半的轉變神變回齒輪，解體散開。

迪德里希豪放地笑了笑。

「——在失誤的時候，才是最讓人受不了的啊。」

齒輪毀滅，在空中消散。迪德里希以他的神眼（眼睛）注視四周，樹冠天球沒有要消失的跡象。

「大概受到了三角錐門的影響吧……必須想辦法堵上那道門才行。」

『大樹母海也已經分出勝負的樣子。背理神耗盡魔力，根源受創，恐怕暫時無法動彈；那裡就由娜芙妲處理。』

水晶碎片從迪德里希身上溢出，再度恢復成娜芙妲的模樣。

「倘若是這樣就結束的對手，魔王也不會需要人手幫忙。別大意了。」

聽到這句提醒，娜芙妲淺淺露出微笑。

「在笑什麼啊，娜芙妲？」

「你這句話——」

娜芙妲飛上天空，一面緩緩地朝大樹母海飛去，一面轉向迪德里希。祂的臉上蕩漾著愛的笑容。

「比起能看見一切未來的那時候，還要讓娜芙妲感到可靠。」

§ 40　【沒有隔閡的世界】

聖歌在蒼鬱的森林裡響起。那個聲音、那個音調，以及那個節奏，構築起莊嚴的音韻魔法陣。

「——再編書第一樂章，〈聖歌唱炎〉。」

吉歐路達盧教團發出的唱炎燒燬數千樹木，襲向神的軍隊。可是與攻其不備的最初一擊不同，唱炎被術兵神多爾佐克的結界擋下，化為了石頭。

『你的回答是正確答案。』

深化神迪爾弗雷德的聲音響起。

『既然如此，就要深深窺看，教皇戈盧羅亞那，以及吉歐路達盧教團。在這座螺旋森林之中與我對峙，換言之，就只是在較量誰能更清楚地看見深淵。』

戈盧羅亞那警戒周圍。在燃燒花草樹木的火焰對面，能看到神的大軍正在逼近。在以魔眼計算魔力後，能發現眾神的數量約為六千。直到方才都毫無跡象的龐大兵力，將教團團團包圍。

螺旋森林裡到處都是異空間的道路，就連入口位置都一直不停地變化。不論纏繞多麼強的反魔法，一旦踏入其中，就會被強制轉移到森林的某處。然而，假使是能窺看森林深淵的深化神，就能自由自在地部署兵力。

『開始接近吧，劍兵神。只要拉近距離，吉歐路達盧教團便不堪一擊。』

劍兵神加姆岡德將劍朝向他們，迎面衝去。儘管教團也有諸如聖騎士等以劍和長槍武裝的士兵，和阿蓋哈的騎士與蓋迪希歐拉的禁兵相比，技術與能力都差了好幾倍。

他們的特長是以聖歌構築的音韻魔法陣，因此迪爾弗雷德判斷他們不擅長近距離戰鬥是正確的。可是——

「「「喝！」」」

就像在配合刺出的神劍，信徒們揮出整齊劃一的正拳。擔任前衛的八人，正是聖歌的專家——八歌賢人。他們的拳頭粉碎了神劍，憑著臂力將襲來的劍兵神打飛回去。

「來聖奉歌——來自異國的風，為我們帶來新的歌曲。」

「歌即鬥爭，鬥爭即歌。」

「要配合她們的歌做出舞蹈動作，必須有更強韌的肉體。」

「沒錯，因為這些歌曲，全都是讚揚魔王的歌。看起來更快、更強大的舞蹈，正是魔王的舞蹈動作。」

他們穿著藏青色法衣的肉體和過去不同，靠著肌肉大大地鼓起。

「「「為了跳出這段舞蹈，我們鍛鍊了肉體！」」」

八歌賢人與吉歐路海澤聖歌隊像在跳舞般迎向眾神的軍隊。

「——啊啊，我們吹起了嶄新的風。與素不相識的鄰人盡情跳舞，舞到天明。這份喜悅會化為力量，這份愛會令全身高漲吧。再編書第二樂章，〈炎舞剛體〉。」

音韻魔法陣響徹開來，八歌賢人他們被唱炎籠罩。〈炎舞剛體〉將他們鍛鍊出的肉體更加強化，就像在說這是火焰之舞一樣，八歌賢人華麗且強大地踏出舞步。

「「「喝！」」」

一大群人高歌的〈炎舞剛體〉之拳，對以多制少的秩序效果出群，神的軍隊在眨眼間就被火焰之舞所吞沒。這本來是為了跳魔王讚美歌一號、二號和三號所練就的舞蹈。也由於教皇戈盧羅亞那成為了信徒，魔王聖歌隊如今已是地底的歌姬，吉歐路達盧更是舉國支持著她們。而這個變化的副產品，便是這個舞蹈了。

『旅人皆知曉螺旋森林——』

深層森羅的深處迴蕩起深化神的聲音。由於八歌賢人與吉歐路海澤聖歌隊的身影忽然消失，被轉移到深層森羅的某處，因此教團的信徒們瞪大了眼。

『此處的葉片乃是深邃的迷惘與膚淺的覺悟。不知盡頭、不知盡頭，你還不知盡頭。』

每當迪爾弗雷德的聲音響起，吉歐路達盧教團就被分散轉移到廣大的森林之中。不論是音韻魔法陣所形成的反魔法還是唱炎，都無法擾亂這座森林的秩序。

『森羅的迷途之人，永恆陷入的會是思考的終點嗎？從未脫離，螺旋迷宮。』

於是，吉歐路達盧的信徒被接連傳走，等注意到時，還留在密德海斯城門前的，就只剩下教皇戈盧羅亞那一個人了。他的手上有痕跡神利巴爾修涅多留下的痕跡書，是那個秩序將他的痕跡留在那裡，藉由維持過去來防止他被強制轉移吧。

『數千之神即將襲向你。在你身後的是友邦首都密德海斯，我問你，教皇戈盧羅亞那。你要戰，還是要退？』

「唰」的一聲響起腳步聲，超過數千的神逼近到戈盧羅亞那眼前。假如撤退，祂們便會蹂躪密德海斯吧。

「深化神迪爾弗雷德，我沒有能窺看深淵的魔眼(眼睛)。不過，不論那裡是多麼讓人深邃迷惘的場所，我們都不會徬徨失措。」

能聽見歌聲。微弱的聲音漸漸增加，開始巨大且強力地響起。那是靜謐高雅的聲音。莊嚴的聖歌從螺旋森林的各個地方演奏起來。

「這首歌正是我們的指標。不論祢怎麼遮蔽我們的魔眼(眼睛)，憑藉同樣信神之人們的歌聲，我們只會一味地走在這條信仰之道上。」

儘管吉歐路達盧教團被分隔開來，歌還是會超越距離。即使相隔遙遠，不論被轉移到何處，他們都毫無偏差地高唱著聖歌，在密德海斯的城門前展開音韻魔法陣。

「就算看不見神，汝也無須恐懼，福音會在汝等每一個人身上響起。這些福音全是我等尊貴之神所伸出的手。就算看不見，縱使看不見，福音也會在每一個人身上響起。再編書第三樂章，〈獨歌復唱(rozesu)〉。」

「轟隆隆隆隆隆隆隆」的唱炎從神兵的腳下竄起，戈盧羅亞那眼前的士兵接二連三遭到「獨歌復唱」的火焰所吞噬。術兵神多爾佐克的結界之所以沒有發揮作用，是因為那些歌聲只針對一個人而響起。在劍兵神加姆岡德身上響起的音韻魔法陣與唱炎，術兵神多爾佐克聽不見也看不見。

在「獨歌復唱」之前，不論是誰都只能獨自面對。或許那就屬於這種術式吧，因此對神的軍隊具有極大的效果，眨眼間就將祂們化為灰燼。

『貫穿螺旋的乃是深淵之棘。』

迪爾弗雷德的聲音靜靜響起，一根小棘刺從森林深處飛來。音韻魔法陣構築的「聖歌唱炎」如牆壁般竄起；可是，深淵草棘一刺中火焰，彷彿貫穿了魔法陣的要害似的，輕易地將唱炎滅掉了。就在戈盧羅亞那跳著避開這一擊的瞬間，深淵草棘刺中了他的背。

「……唔……………啊……」

這是利用了深層森羅的異空間。從正面逼近的深淵草棘在被森林的異空間吞沒後，轉移到了戈盧羅亞那的背後。迪爾弗雷德大概窺看深淵，事前預測到事情會變成這樣了吧。

『第一根棘刺會讓魔力瓦解，第二根棘刺會讓生命瓦解，至於第三根棘刺，則會讓根源瓦解。儘管如此，既然受到枯焉沙漠的影響，第二根就會是終結。你毫無辦法能夠避開。即使想在投擲之前將我打倒，倘若無法窺看深層森羅的深淵，你就無法抵達此處。』

就如同迪爾弗雷德所言，深深刺入戈盧羅亞那根源裡的深淵草棘，將他魔力的流通管道完全截斷了。

『我問你，吉歐路達盧的教皇。你要對抗，還是要撤退？』

「即使沒有魔力，也依舊能夠唱歌。我並非神，只是傳教之人。就算少了我一人，我們的信仰也不會缺損。」

『否也。只要教皇倒下，吉歐路達盧就會分崩離析。你們獻上祈禱的神乃是幻想。認為那是實在的信仰，是因為有你的祈禱才得以維持。』

即使步履蹣跚，戈盧羅亞那還是緩緩踏出一步。

「向吉歐路達盧的虔誠信徒宣告：大家請唱歌吧。讓過去響徹我國的神龍歌聲，再度響起吧。」

遵從教皇的指示，螺旋森林裡響起歌聲。那道旋律構築出足以覆蓋住深層森羅的音韻魔法陣。

『要是還保留持續一千五百年祈禱的魔力尚且不論，臨陣磨槍的「神龍懷胎(pe he ro mu)」是無法抵達深層森羅的深淵的。』

能從深淵的深處，看到就像經過精雕細琢一樣纖細且銳利的魔力。

『你的答案錯了，向幻想之神祈禱的教皇啊。』

深淵草棘以迅雷不及掩耳的速度飛來，其數約為數萬。不，不對。是以驚人的速度在異空間裡不斷移動，留下足以看成是數萬根的殘影。描繪著不知該往上下左右哪一個方向避開才好的不可思議軌道，那根極小的棘刺，貫穿一步也無法動彈的戈盧羅亞那胸口。

他的生命逐漸消逝而去。縱然落在地面上的痕跡書勉強維持住他的生命，卻沒辦法維持太久。

「——啊啊，當時男人如是說：『在拿掉天蓋之前，先除去自己的境界。』」

戈盧羅亞那雖然無力地跪倒在地，還是交握起雙手，擺出祈禱般的姿勢。

「教皇只會不斷祈禱的話，神力就只是痕跡，只是過去的遺物。在從前人們累積下來的眾多答案之中，無法導出更正確的解答。」

他閉上眼、豎起耳，一心一意地獻上祈禱。

「『不去承認過錯、不去糾正錯誤，算什麼毫無隔閡的世界啊？你能斷言自己的想法、自己的思考之中，不存在著一千五百年祈禱的時間境界嗎？』」

教皇一面發出痛苦的喘息，一面懺悔似的說：

「教皇答道：『已經太遲了。』」

戈盧羅亞那緩緩地搖了搖頭。

「這正是過錯，正是最後的福音。於是，救濟開始了。男人將真正沒有隔閡的世界帶來此地。再編書第四樂章——〈神龍懷胎〉。」

痕跡書獨自翻開，純白光芒覆蓋住整個深層森羅。

純潔白皙的嶄新世界——在空無一物的那個地方，有著戈盧羅亞那與迪爾弗雷德。深化神瞪圓了祂的神眼（眼睛），而眾多信徒以圓形圍繞著兩人。

「……這是將螺旋森林吞沒了嗎……？」

迪爾弗雷德問。

「不，這裡是沒有隔閡的世界。神龍只將我們的心孕育在體內，設置了對話的場所。而那正是全新的『神龍懷胎』。」

戈盧羅亞那緩緩站起，與迪爾弗雷德面對面。儘管他的生命即將結束，心卻尚未死去。

「在這裡，祢我之間沒有境界。拒絕一切支配、退去一切職責，是能夠以自由的心進行對話的場所。」

戈盧羅亞那將指尖伸向迪爾弗雷德。

「我就揭露祢的真心，從偽神艾庫艾斯的支配下解放開來吧。」

纖細指尖碰觸到迪爾弗雷德。

「深化神，祢想要戰鬥嗎？」

「否也。我——」

迪爾弗雷德遭到光芒籠罩，輪廓扭曲起來。

「不是……深化神……」

伴隨著心跳聲，能聽見微弱的笛聲。翠綠之風從祂的神體中脫離，被光芒籠罩起來。深化神的身體扭曲變形，一點一點地產生變化。那個模樣，是一位熟識的神。在戈盧羅亞那眼前的，是吉歐路達盧的守護神——痕跡神利巴爾修涅多。

「……吾神……利巴爾修涅多……」

戈盧羅亞那靜靜跪下，恭敬地獻上祈禱。

「這是以轉變神的權能將您轉變了嗎？」

「然也。我痕跡的權能也被利用了。」

能重現過去痕跡的權能，以及能轉變成其他秩序的權能。只要擁有這兩種權能，就能創造出與深化神極其相似的神吧。

「教皇戈盧羅亞那，我就只是將痕跡刻劃在此身上的秩序。」

受光芒籠罩的神體靜靜地散去，痕跡神的身體開始消滅。

「然而，這是久遠以前，在遙遠的另一端發生的過去。」

利巴爾修涅多深思一般地說。祂在看著什麼。沒錯，在這裡、這個世界裡，不存在埋入祂體內的齒輪。

「在將痕跡刻畫於我這副身軀裡之前……在成為神之前，我或許也在某處擁有心。這個地方，好像讓我回想起什麼……」

本來一副嚴厲表情的利巴爾修涅多露出溫柔的笑容。那說不定才是祂原本的面貌。

「沒有心、就只是秩序的我……還真是不可思議。你們吉歐路達盧人民一千五百年的祈禱，能連結到這個沒有隔閡的世界，總覺得讓我很自豪。」

純白世界伴隨著這句話粉碎了。「神龍懷胎」結束，戈盧羅亞那的視野回到原本的深層森羅。

『——永別了，向我祈禱的最後的教皇啊。真虧你能看穿、貫徹信仰。艾庫艾斯是虛偽的神，而汝正是真正的信徒。答案一直都在你的信仰之中——』

大概是痕跡神的力量吧，痕跡書發出閃光後，刺在戈盧羅亞那根源上的深淵草棘便脫落了，緊接著，從深層森羅的深淵裡散發出來的強大魔力就消滅了。這或許是因為利巴爾修涅多經由「神龍懷胎」從艾庫艾斯的支配下獲得解放，在自己再度被操控之前自殺了吧。

「……唔……嘎……」

儘管神棘脫落，既然恢復魔法無法發揮作用，戈盧羅亞那就沒辦法好好行動。他一面爬行，一面看向密德海斯。

爆炸聲響徹開來，城市裡竄起火勢。

「來人啊……快到城裡去……那恐怕是……佯攻…………」

戈盧羅亞那喊道。他虛弱的喊聲傳不到遠離的信徒們耳裡。既然利巴爾修涅多假扮成深化神，那麼真正的迪爾弗雷德應該早就已經侵入密德海斯——

§ 41 【覺悟】

密德海斯市區——

喧囂聲響起。以最初發生在商店街的爆炸為開端，這裡被慘叫聲、怒吼聲、刀劍聲，以及爆炸聲所籠罩，彷彿整座城市都陷入恐慌一般。在密德海斯裡到處飛行的貓頭鷹使魔，將受害的情況一覽無遺。

耶魯多梅朵早在事前就將「魔王軍」的魔法線，連結在市內的貓頭鷹群與位在亞傑希翁的安妮斯歐娜身上，因此能將密德海斯以及周邊的視野與我的魔眼（眼睛）共享。

鐵匠・鑑定舖「太陽之風」那裡也有貓頭鷹停留。只要從窗戶往內窺看，就能看到爸爸和媽媽在一樓的店鋪部分互相依偎，靜靜地屏息躲藏。騷亂不論經過多久都沒有平息的跡象，甚至讓人覺得情況變得越來越激烈。

就像要守護兩人一樣，冥王伊杰司直直地站在店門前。他不改凝重的表情，將獨眼朝向門的對側。倘若是能操控貫穿次元魔槍的他，應該能大致掌握密德海斯現在的狀況吧。

「——神族們果然侵入到城市裡的樣子……」

伊杰司喃喃低語。接著，他身後的爸爸說：

「沒、沒事的，不需要擔心啦。密德海斯有阿諾斯的魔王軍在，而這個家裡也有那傢伙的結界嘛。」

「就、就是說啊……很快就會平息下來吧……」

媽媽說。

「比起那個，小諾他不會有事吧？」

伊杰司微微瞪圓他的獨眼。畢竟媽媽可是在密德海斯遭到敵兵入侵的這種狀況下，在擔心暴虐魔王的安危，會驚訝也是在所難免吧。

「師母，請您放心。哪怕世界毀滅，令郎也會活下來。」

「……可是……」

「有何不安嗎？」

媽媽帶著沉重的表情點點頭。

「小諾他呢，不是那種會在世界之後毀滅的孩子喲……如果世界會毀滅，他肯定會犧牲自己保護世界。畢竟他是個溫柔的孩子……」

這句話讓伊杰司沉默了一會兒。

「……余撤回前言。」

冥王放緩表情，換了一個說法。

「魔王不會做出會讓您感到傷心的事。假如是那個男人，會在保護好世界、保護好自己之後，一臉若無其事的表情回到這座城市裡。」

要讓媽媽安心似的，冥王說：

「所以，您只需要擔心，要怎麼活下去就好。」

「……也是呢。小諾這麼拚命地在努力，我必須帶著笑容迎接他才行呢。」

冥王在點頭同意後，再度將魔眼（眼睛）朝向門的對側。

「……不過，只有雜兵鬧得這麼引人注目，實在很奇怪。神族們的這個動向……目標是密德海斯城？不對，是魔王學院嗎……？」

冥王喃喃低語。現在魔王學院的校地上擺著複製城堡，代替被奪走的德魯佐蓋多。而城堡正下方的大地上則刻著一個發動術式，那是過去將地上分成四塊的「四界牆壁」。

「意思是說，祂們的目標是阿諾斯的同學們嗎？」

「不，關於這點還無法確定。但至少一定會被捲入戰鬥之中……」

冥王帶著嚴肅的表情說道。假如前往魔王學院的是深化神迪爾弗雷德，學生與教師們將毫無勝算。

接著，伊杰司從窗戶望向天空，「終滅日蝕」已進行到七成左右。當日全蝕再度發生時，艾庫艾斯就會發動某種攻擊嗎？這是不難想像的吧。

「師父，余有個提案。」

爸爸轉向他。

「有座魔王建造的地底城市，能請二位到那裡避難嗎？」

伊杰司在腳邊畫出魔法陣。地板變得透明，能看到通往地底城市的階梯。

「喔、喔。如果是這樣，把城裡的人們也一併帶去吧。我這就跑一趟，把人叫過來。」

可是冥王對爸爸的提議搖了搖頭。

「二位恐怕也被盯上了，還請儘量不要引人注目。」

媽媽一臉驚愕。

「為什麼會盯上我們？」

「眾所皆知，魔王如今正在神界和祂們的首領交戰。只要將二位作為人質，即使魔王再有優勢，也會不得不答應敵人的要求。」

兩人一臉認真地聽著伊杰司的說明。

「也就是我們被抓到的話，就會變成他的累贅嗎？」

冥王點頭回應。

「因此，請二位先去避難。」

「我知道了。」

爸爸轉頭看去，就見媽媽也用力點頭。受到深層森羅的影響，現在還無法施展「轉移」。儘管或許能藉由伊杰司的長槍讓他們超越次元，但那本來不是移動魔法，爸爸和媽媽的身體大概會無法承受。

媽媽踏向通往地底城市的階梯。就在這一瞬間，伊杰司的獨眼變得凝重起來。

「師母！」

一只神矢閃耀。弓兵神艾米修烏斯以神弓射出的箭矢，筆直瞄準媽媽的心臟。

伊杰司立刻衝到媽媽面前，用身體擋下這一箭，神矢貫穿了他的右胸。就像要追擊似的，自階梯下飛來的無數箭矢襲向冥王。

「……笑話……！」

伊杰司一把抓住刺在右胸上的箭矢，用力拔出。溢出的鮮血化為深紅長槍——紅血魔槍迪西多亞提姆。伊杰司轉動那把長槍，將射來的無數箭矢統統打掉。

「紅血魔槍祕奧之一——」

伊杰司靜靜低語，同時刺出長槍。恐怕在地底城市的眾神們，祂們的神體想必都被刺出了一個洞吧。

「『次元衝』。」

迪西多亞提姆發出魔力。在伊杰司的視線前方，位在遙遠另一端的弓兵神艾米修烏斯與術兵神多爾佐克，被吸入開在自己神體上的洞裡，然後消滅了。

「要是發出聲響，特地施展的隱蔽魔法也就糟蹋了喔。」

大概是以「幻影擬態(raineru)」與「隱匿魔力(najira)」隱藏起魔力與身影，偷偷接近到這裡來的吧；然而曾為幻名騎士團的伊杰司，是不可能看不穿這種把戲的。

「有受傷嗎？」

「……我、我沒事。伊杰司才是，你還好嗎？你被箭刺中了……」

「沒什麼，這種程度還算不上是傷喔。我要稍微流點血，狀況才會好。」

伊杰司只不過是為了使用迪西多亞提姆，才故意用身體接下那一箭，應該不成大礙。問題是地底城市。

「看來地下也落到祂們手中的樣子。假如是這樣，固守在這裡才是最安全的吧。」

「……喔、喔，是這樣啊……」

無法戰鬥的爸爸只能點頭。

「師父，請您放心。儘管之前沒機會和您說，余是兩千年前和暴虐魔王一同戰鬥過的四邪王族之一——冥王。雖然我打鐵的本事不如您，對於使用長槍的本領可是充滿自信。」

緊接著，媽媽就像注意到似的說：

「這麼說來，你和小諾聊過往事對吧？什麼兩千年前的蘑菇之類的……？」

伊杰司點了點頭。

「在他歸來之前，請讓余代為護衛二位。」

就在這時，家裡外頭傳來巨響。那就像結界破裂、建築物崩塌一般的那種聲音。

伊杰司眼神凝重地望向魔王學院的方向。他的眼中帶有些許糾結。

他必須守護好爸爸和媽媽的安全。然而，沒有他的協助，密德海斯真的支撐得下去嗎？

他也許產生了這種疑慮。由於勢力傾向擊退敵軍，以至於密德海斯城內的戰力貧乏。也能說艾庫艾斯要藉由守護爸爸和媽媽兩人這點，將冥王困在這裡。

他大概思考過：就算將魔王的雙親作為人質，也沒有意義的可能性吧。倘若能藉由展現盯上爸爸和媽媽的舉動，來削減冥王這個戰力，就能更輕鬆地占領城市。

「伊杰司。」

冥王轉頭看去，只見爸爸擺出一反常態的認真表情。

「去吧。」

「……什麼？」

對於突如其來的發言，冥王一臉疑惑。

「雖然時日尚淺，我可是你的師父。我知道喔。既然說是四邪王族，表示你還有三個夥伴。你想去幫助他們吧？」

伊杰司一語不發。由於爸爸太過自信滿滿，讓他實在難以回答吧。

「……他們全是些死也死不掉的傢伙喔……就連目前在不在這座城市裡都……」

「即使如此，你還是想為了這座城市挺身而戰吧？」

伊杰司帶著認真的表情看著爸爸。

「……為什麼……？」

「看你的表情就知道了。打從方才開始，你就一直很在意外頭的情況，一副坐立不安的樣子呢。」

大概是被說中了吧，伊杰司陷入沉默。

「據說兩千年前一直都在打仗呢。你是和阿諾斯一起並肩作戰，好不容易才贏得這個和平世界的吧。你大概無法原諒，擾亂這種和平的傢伙們吧。」

伊杰司是幻名騎士團最後的生存者。他們即使置身在戰亂的時代裡，也依舊祈求著和平，不為人知地持續奮戰。就連密德海斯城內都遭到侵略的這種事態，他不可能視若無睹。

「我們沒問題的。我還有這把阿諾斯送給我的劍呢。」

爸爸拿出萬雷劍給伊杰司看。媽媽來到兩人身旁溫柔地說：

「而且，小諾的密德海斯都變成這種狀況了，如果是伊杰司，肯定能幫助到許許多多的人吧？」

「可是，要是二位被當作人質……」

「伊杰司，我啊，沒有戰鬥的力量。」

爸爸開朗地說：

「不過呢，就算是這樣，我也是那傢伙的父親喔。打從那傢伙當上魔王開始，打從知道他是魔王時，我就做好覺悟了。」

爸爸用力握緊萬雷劍的劍柄說：

「我不會扯孩子後腿的，去保護阿諾斯的城市吧！等到必要時，我會讓你見識，何謂男子漢轟轟烈烈的死法，哈哈！」

一如往常，爸爸開玩笑般笑著。一如往常地笑著，爸爸做好了覺悟——在淪為人質之前，自行了斷的覺悟。媽媽就像要追隨爸爸一樣，帶著認真的表情點了點頭。

「去吧。雖然沒有力量，我們也會一起戰鬥。我們就一起保護這座城市，大家一起笑著迎接小諾回來吧！」

就像在說心中湧上某種感情一樣，伊杰司猛然倒抽一口氣。

「放心吧，我們沒問題的。別看我這樣，我過去可是幻名騎士團的團長，人稱滅殺劍王蓋鐵萊布特的男人喔？」

就像要推冥王一把似的，爸爸開玩笑地說。

「……是啊，也是呢……」

伊杰司筆直走向店門。迪西多亞提姆的長槍尖消失，電光一閃。

紅血魔槍祕奧之四——「血界門」。伊杰司流下的血圍繞著屋子，形成了四道血門。這四道門緩緩開啟。那是只要踏入鐵匠．鑑定鋪，就會被傳送到遠方的次元結界。

「你確實是幻名騎士團的團長。就算沒有力量，那份榮耀也比什麼都還要高尚。」

伊杰司開門走到屋外，然後轉身看向為他送別的爸爸和媽媽。

「一般神族無法踏入『血界門』的內側，而且也能抵禦箭矢與魔法，還請二位不要離開這裡。」

爸爸和媽媽點點頭。

「等你回來後，我會將祕傳傳授予你喔。」

「……可以嗎？祕傳已經……」

爸爸發出「嘖嘖嘖」的聲音左右擺動手指。

「我的祕傳可是要增加多少，就有多少啊。」

「我會做很多伊杰司最愛喝的番茄汁等你回來喔。」

伊杰司微微莞爾，同時點了點頭。然後，他當場跪下。

「團長、師母，我這就去守護這座城市。」

伊杰司颯爽轉身，手持長槍飛奔而出。背後傳來「很好，快去吧！」、「路上小心喔！」的聲音，他帶著充滿自信的表情跑走了。

§ 42　【強與弱】

駐守在密德海斯市區的魔族士兵，正為了應付侵入的神的軍隊東奔西走。儘管數量並不多，祂們會以「幻影擬態」與「隱匿魔力」隱藏身影，襲擊孤立的魔族。慘遭殺害的士兵則會因為終焉神安納海姆的權能，轉變為骸傀儡。而要是想打倒那些骸傀儡，同樣會被看不見的神趁機打倒。

為了與祂們對抗，以「聖刻十八星」從亞傑希翁飛來的亞傑希翁士兵們，利用從大陸各地聚集過來的「聖域」對家家戶戶張設結界。即使是隱藏起來的士兵，只要碰觸到結界，終究還是能辨別出來。他們優先保護手無寸鐵之力民眾的同時，忙著對應侵入的神兵。

而阿哈魯特海倫那邊，則有遊戲精靈波波隆前來支援。他們是會陪人一起玩捉迷藏、猜拳和辦家家酒等遊戲的精靈，世上存在和他們玩遊戲時無法作弊的傳聞。只要和波波隆玩起捉迷藏，「幻影擬態」與「隱匿魔力」就會變得無效。藉由阿哈魯特海倫、亞傑希翁，以及密德海斯士兵們的力量，勉強控制住無法戰鬥民眾們的傷亡人數。然而，在侵入密德海斯的眾神當中，存在他們無論如何都無法阻止的神。

「貫穿螺旋的乃是深淵之棘。」

那就是深化神迪爾弗雷德。祂只要一度射出那個極小棘刺，魔族們就會束手無策地倒下。深深刺入根源的深淵草棘，會切斷對身體的魔力供給，是只要刺中三次，就會使得根源瓦解的神棘。可是就算只射出一擊，也能讓人傷勢擴大，並且喪失性命吧。迪爾弗雷德已經瓦解魔王學院的結界，穿過了那道大門。

周圍倒著恐怕是與祂戰鬥過的教師與學生們，以及趕來救援的士兵們。

深化神將神眼（眼睛）望向校地內的各個角落。倘若是能深深窺看深淵的祂，應該能看出城堡底下刻著「四界牆壁」的魔法陣。術者以外的人要對魔法陣出手，就必須先破壞城堡才行。

「給我站住！」

聲音響起，迪爾弗雷德停下腳步。在魔王學院的校舍部分，擋在主要建築前方的是個長耳朵的魔族女人。她是擔任三年級生班導的教師梅諾。

「我是不會讓祢再繼續前進的。」

「否也。妳不可能阻止我。」

迪爾弗雷德將深化考杖向前傾。其前端不是朝向梅諾，而是對準了學院校舍。

「只要三根棘刺，這棟校舍就會崩塌。」

博斯圖姆畫出魔法陣，射出深淵草棘。這根棘刺才剛貫穿城堡，主要建築的一部分就伴隨著「嘩啦嘩啦」的巨響崩塌下來。

「『魔雷（demondo）』！」

梅諾迅速畫出魔法陣，竭盡魔力灌注進去。魔性之雷一面發出雷鳴，一面直擊了迪爾弗雷德，可是祂就像不以為意的樣子。憑梅諾的魔力，就連迪爾弗雷德的反魔法都傷害不了。

「要窺看深淵啊，旅人。妳做得到的，唯有逃走一途。」

深化考杖再度射出棘刺。即使梅諾展開反魔法防禦，還是被輕易貫穿，校舍同樣有一部分崩塌下來。

「妳那雙小手碰觸不到位在深淵的我。」

博斯圖姆再度射出渺小的棘刺，而第三根棘刺會讓校舍崩塌。對於無法阻止的那根棘刺，梅諾能採取的手段只有一個。她以自己的身體，不對，以自己的根源擋下了那根棘刺。

「……啊……唔……！」

雖說攻擊的目標是校舍，要是深淵草棘刺中根源，人就不可能平安無事。梅諾當場無力地跪下。

「我問妳，螺旋的旅人啊。」

迪爾弗雷德沒有立刻射出深淵草棘，而是詢問梅諾。

「假如戰鬥，就會滅絕；倘若逃跑，就能得救——這是唯一通往深化的道路。妳為何要挺身而戰？」

「祢是筆直來到這裡的吧。」

「然也。」

彷彿在回應問答，迪爾弗雷德答道。

「那個齒輪怪物的目標就是這裡吧？畢竟這裡可是暴虐魔王的城堡。祢的目標，應該是阿諾斯同學留下來的某種東西吧。」

「然也。魔眼（眼睛）雖然粗劣，但是個聰明的旅人呢。在這座城堡底下，刻著不適任者將世界分隔為四塊的牆壁——『四界牆壁』的魔法術式。」

梅諾眼神凝重地看著迪爾弗雷德。大概是在懷疑祂為何要表明自己的意圖吧。

「我要窺看那個魔法陣的深淵，改寫其中一部分——在上頭追加我的權能。過去帶來和平的『四界牆壁』，這次將會深化為襲向你們的絕望之牆。」

祂要利用將世界分為四塊的牆壁——那道全世界規模的「四界牆壁」嗎？假如這些牆壁全都向人類展露敵意，世界上就無處可逃了。

「……祢們的目的是什麼？」

梅諾像是要盡可能爭取時間一般詢問。

「我們要將反抗世界的意志的存在，停下世界的齒輪的異物——不適任者排除掉。擁有不滅根源的那個男人，存在唯一一個弱點。」

梅諾就像在思考似的沉默片刻，接著她說：

「……我可不這麼認為。」

「否也。不適任者的心很脆弱。即使根源不會毀滅，心也會受傷。只要目睹世界上的人們因為自己的術式逐漸毀滅的情況，儘管無傷，他也會受傷。」

迪爾弗雷德以手中的螺旋之杖畫出魔法陣。

「那就是不適任者的弱點。」

梅諾帶著強硬的眼神說：

「你錯了，那是他的強大啊。對他人的痛苦感同身受，這可不是弱者能做到的事。」

「深化是複雜離奇的螺旋。既然如此，那他就是因為強大而脆弱。」

在迪爾弗雷德說出這句話的同時，深淵草棘被射了出來。梅諾雖然想阻止這一擊，刺在根源上的棘刺卻不允許她這麼做。深淵草棘從已經無法隨意動彈的她身旁穿過，直線前進。

「——休想得逞——……呃……！」

從天而降的黑制服學生，用自己的根源擋下深淵草棘。男學生一下子就失去魔力與意識，當場倒下。迪爾弗雷德再度以螺旋之杖畫出魔法陣。

「還真是遺憾啊。」

人影陸陸續續從校舍窗戶跳下，白制服與黑制服的學生們阻擋在校舍前方。

「要是不將我們全員打倒，祢就無法破壞這棟校舍喔。」

「那個棘刺瞄準的是這裡吧？」

「哪怕我們再怎麼沒用，要用根源擋下筆直飛來的棘刺也是小事一樁。」

目睹到迪爾弗雷德壓倒性的力量，校舍裡的人幾乎都去逃難了。還留在這裡的，是魔王學院一年二班的學生們。在弄清迪爾弗雷德的深淵草棘要瞄準的部位後，如今他們就像要當校舍的擋箭牌一樣展開布陣。

「我問你們，旅人啊。」

迪爾弗雷德以螺旋之杖射出深淵草棘，力量的差距極為巨大。學生們一個一個就像按照順序一樣，以根源擋下祂的棘刺，接二連三倒下。

「是否恐懼著毀滅？」

「你這笨蛋——魔王比這還要可怕一億萬倍啊啊啊……！」

遭到棘刺擊中、嘶吼的拉蒙趴倒在地上。每過一秒，就有一人倒下。全員在這裡倒下，不過是時間上的問題。儘管是令人絕望的狀況，他們所有人的魔眼（眼睛）都沒有失去希望。他們在打著什麼主意；而迪爾弗雷德也注意到這點的樣子。

「存在不打算犧牲的人。」

迪爾弗雷德將至今都朝向建築物的博斯圖姆對準一名女學生。那個人是戴著盟珠戒指的娜亞。

「就是妳，召喚師的女子。妳打算召喚什麼？」

伴隨著這個提問，深淵草棘朝娜亞的根源射出。為了不讓娜亞是王牌這件事被發現而遠離她身旁的學生們，就連要反應都來不及。神棘毫不留情地朝她逼近。

就在這時，能聽見一道「咕嚕嚕」的叫聲。從聲音之龍變成實體的托摩古逸，出現在娜亞的眼前。小龍一衝向深淵草棘，牠的身體這次就化為熊熊燃燒的炎體。吞噬了魔導王波米拉斯的托摩古逸，將他的力量納為己有了。

「咕嚕——」

響起一道「嘎啊」的叫聲。深淵草棘竟連炎體也一樣輕易貫穿，刺進托摩古逸的根源。小龍落在地面上，娜亞則喊道：

「『附身召喚』——」

娜亞畫在盟珠戒指上的魔法陣有四道。她大概打算同時召喚四位神，讓祂們附到身上吧。假如是一一召喚，就有被迪爾弗雷德破壞掉術式的風險在。為了不讓祂有可趁之機，她在提煉魔力。

「——『融合神』！」

再生守護神奴帖菈・都・希安娜。

天空守護神雷織・娜・依魯。

守護守護神傑歐・拉・歐普托。

死亡守護神阿特洛・劫・西斯塔邦。

她以自身的肉體為容器，將這四位神注入進去，宛如水一般地混合起來。在顯現後附身的，是由燬死王所命名的融合神迦拉基納。

「貫穿螺旋的乃是深淵之棘。」

面對深化神的深淵草棘，娜亞朝著「知識之杖」說：

「『重渦（beido）』。」

空間扭曲，捲起漩渦。深淵草棘被吞入那個漩渦之中，壓縮粉碎。

「重力的漩渦……雖然和重神加洛姆的權能很類似，加洛姆的重力不會產生漩渦。」

迪爾弗雷德以「深奧神眼」窺看娜亞的深淵。

「『融合神（迦拉基納）』——妳的力量要說的話，很接近艾庫艾斯。」

迪爾弗雷德朝校舍射出棘刺，娜亞立刻就以「重渦」壓碎這一擊。

「因此，妳會在此被抹殺。」

「……才不會讓祢得逞！」

娜亞讓大型「重渦」出現在迪爾弗雷德身上。空間扭曲起來，伴隨重力的漩渦開始壓縮、粉碎那具神體。然而，祂絲毫不受動搖地將螺旋之杖往前伸出。手杖前端刺穿了「重渦」的要害，使得重力漩渦消失、散去。

「只要刺穿要害，不論是什麼樣的魔法都會瓦解。」

深化考杖博斯圖姆變成一根細長的針。迪爾弗雷德一面將這根針朝向娜亞，一面往前走去。她拿起「知識之杖」，猛然地擺出架勢。裝飾在上頭的骷髏頭發出「喀答喀答」的聲響動著下巴說：

『要來了、要來了。就使盡全力地咬住不放吧。』

「妳的『附身召喚』也是魔法，一樣存在著要害。」

面對筆直走來的迪爾弗雷德，魔王學院的學生們就連一步都動彈不得。他們光是要警戒不知何時會射向校舍的深淵草棘就分身乏術。對上深化神還能勉強和祂糾纏下去的人，就只有讓融合神附身的娜亞而已。

彷彿要迎擊似的跨出一大步後，她將纏繞著「重渦」的手杖用力揮下。

「——看招！」

這一擊被輕易打掉了。她不在乎地揮出第二擊、第三擊，而每當手杖揮出，娜亞的姿勢就不知為何變得越來越不利。就像以杖術進行的棋戰一樣，帶著必然性地讓娜亞被逼入絕境。「知識之杖」從她手中落下，深化考杖博斯圖姆刺進娜亞的體內。

「就憑妳的魔眼（眼睛），根本毫無勝算。」

響起「喀答喀答」的聲音。宛如嘲笑似的，「知識之杖」上的骷髏頭搖晃起來。正當她被手杖刺穿，「附身召喚」就要瓦解時，娜亞大喊：

「『附身召喚』・『飽食龍（托摩古逸）』！」

倒在地上的小龍遭到光芒籠罩，倏地附身到娜亞身上。她讓貫穿身體的手杖刺得更深地往前踏出一步，抓住深化神的肩膀。她張開的嘴中露出龍牙。

『讓「融合神」附身的術者就等同於神。也就是說——』

「知識之杖」說：

『咯——咯、咯、咯、咯！是托摩古逸、托摩古逸、托摩古逸啊！』

「是的，杖老師！」

娜亞將龍牙用力咬在深化神的脖子上——

§ 43 【熾死王的學生】

深化神迪爾弗雷德的脖子滴出鮮血。讓托摩古逸附身、咬在祂身上不放的娜亞，正在將祂的力量、深化神的秩序吸收到自己的容器之中。

「妳與妳的召喚龍讓我深感興趣。」

儘管神力遭人奪取，迪爾弗雷德還是以神眼(眼睛)冷靜地注視著娜亞的深淵。

「吞噬神、吞噬秩序的力量。這頭小龍吞噬了霸龍嗎……」

掉在地上的「知識之杖」發出「喀答喀答」的聲音震動著骷髏頭的下巴。

『沒錯。根據我聽聞到的，沒錯，好像就是她的班導啊！聽說他碰巧有機會去了一趟蓋迪希歐拉呢。好像是將霸龍的一部分，當作伴手禮給托摩古逸了不是嗎！』

恐怕是在與波米拉斯交戰之後做的吧。托摩古逸原本就是食龍之龍，能將所吞噬之龍的力量納為己有。之所以能吞噬掉身為魔族的波米拉斯，是因為牠至今以來吞噬掉好幾頭龍的關係。龍會吃魔族與龍人。在取得這種力量後，托摩古逸變得能吞噬魔族。

耶魯多梅朵得知此事，向牠餵食暗中取得的霸龍。也就是托摩古逸獲得霸龍所有的食神之力。

「原來如此。是篡奪者耶魯多梅朵的玩具啊？」

迪爾弗雷德靜靜抽回深化考杖，狠狠地刺出。被刺穿身體，娜亞的血灑落一地。

「值得同情。」

祂筆直瞄準「附身召喚」的術式，將抽回的深化考杖再度刺出。娜亞的腹部被刺穿，溢出大量鮮血。然而她的龍牙沒有消失，仍然咬著深化神不放。她以「意念通訊」說：

『……這根手杖，就只是又尖又細的棘刺……之所以能看出讓術式、建築物以及根源瓦解的要害，是因為祢的神眼。不過，現在我也有那個神眼了……』

娜亞的一隻眼睛閃耀著深藍光輝。藉由吞噬迪爾弗雷德的秩序，儘管不多，還是讓她顯現出「深奧神眼」。迪爾弗雷德藉由窺看萬物的深淵，來瞄準他們的要害，然而如今的娜亞也能看見迪爾弗雷德所瞄準的位置。縱使不多，只要稍微偏離那個位置，就無法發揮出深化考杖的真正力量。

「然也。所以妳應該能看到深淵了。」

迪爾弗雷德將博斯圖姆狠狠地壓進娜亞的體內。

「妳的容器確實很巨大。可是，要吞噬身為樹理四神的我，空間還不夠大。」

她即使被刺穿腹部，還是為了不被扯開，拚命地抱在迪爾弗雷德身上，緊咬著祂的脖子不放。娜亞總動員填滿自身容器的融合神迦拉基納、飽食龍托摩古逸，以及深化神迪爾弗雷德的力量。現在要是被拉開距離，就沒有後路了。

「這就連鬥爭都不算。要是就這樣繼續吞噬我，妳將會從內側破滅。然而，要是放棄吞噬，妳就會在那個當下滅絕。」

儘管帶著一本正經的表情沉思起來，迪爾弗雷德還是說：

「我問妳，迷途的旅人啊。藉由我的神眼，妳看到了什麼？」

沉默了一會兒，娜亞回答：

『……我不懂太難的事情……做不到什麼重要的事情……』

和迪爾弗雷德完全相反，娜亞帶著拚命的表情回答：

『哪怕是一秒也好，我想守護我所就讀的學校！想保護老師和同學們！因為這裡是我第一次擁有自信，是最重要的地方。』

「是在爭取時間啊？」

深化神就像看破娜亞的意圖一樣說：

「妳在等待那個簒奪者——熾死王耶魯多梅朵吧。」

娜亞沒有回答。迪爾弗雷德則不在意地繼續說：

「願望有時也會讓正確的神眼失常。沒想到就連『深奧神眼』也一樣啊。」

深化神彷彿明白什麼似的喃喃低語。看來祂就算受到艾庫艾斯操控，祂的根本還保留在某處的樣子。

「迷途的旅人啊，他是不會前來，也不會救助的。簒奪者的目的，是要對暴虐魔王施加偉大的試煉。此時和世界的意志交戰的魔王無法救助你們，因此這個瞬間，是實現那個簒奪者願望的絕佳機會。」

娜亞沒有回答，只是拚命地咬著祂不放。

「難以理解嗎，旅人啊？神與迪魯海德的這場戰爭，戰局仍是五五波。只要篡奪者從這個力量均衡上消失，神的勝利就會立刻變得確實。只要能營造出這種狀況，那個男人將會十分樂意地背叛魔王吧。」

『熾死王老師才不會做那種事！』

「否也。」

迪爾弗雷德一口否定娜亞的吶喊。

「妳誤解熾死王這個男人了。思考他會有溫柔、憐憫與愛之類的感情，正是一種錯誤。他有的是愉悅與狂亂。看似具備常識的舉動，就只是在扮演小丑罷了。」

娜亞用那隻「深奧神眼」與自己的魔眼（眼睛），充滿憤怒地瞪著深化神。

『……請不要再侮辱熾死王老師了……』

「憧憬會導致盲目。就算擁有我的神眼（眼睛），假如得不到深遠思考，深淵也十分遙遠吧。」

迪爾弗雷德就像放棄戰鬥一樣，從娜亞身上拔出手杖刺在地面上。他向顯得十分驚訝的娜亞說：

「能瓦解妳的並非刀刃，而是話語。那有時會化為比什麼都還要尖銳的棘刺。」

祂捨棄武器對娜亞來說應該是很有利的狀況。只要等待，救援就會到來。只要爭取時間，熾死王就會來救出他們。本來就不需要贏，只要能盡可能和深化神糾纏下去就好。

然而她的表情，如今開始惴惴不安。

「熾死王不會來的。不論妳怎麼等待，他都不會來，因此我捨棄了法杖。妳應該也隱約意識到這種不安了。」

『不對……我……』

「否也。妳至今一直都在逃避——逃避熾死王的真實面貌。他只是把妳當成一個深感興趣的玩具，可以想見他在一言一行之間都表現出這種態度。妳藉由將熾死王理解成一個願意指導自己、令人憧憬的教師，來假裝自己沒有注意到這件事。」

朝心靈的內側刺出棘刺般，迪爾弗雷德說：

「這是妳為了保護自己的防衛本能。要是沒有力量，就會被他捨棄。要是沒了興趣，就不會再被理睬。只要這麼想，心靈健全之人便會不安到夜不成眠。所以妳欺騙自己、誤解對方，以及不肯面對現實，來幻想他是個溫柔且理想的教師。」

迪爾弗雷德朝著無言以對的娜亞淡然地說：

「將理想強加在強者身上，從現實之中逃避。妳在此認清現實吧，就連旅程都無法踏上的弱者啊。即使他想拯救世界，那個救濟過妳的教師也不會再次出現。因為那個男人打從最初就沒有要救濟妳的意思。」

『…………老師……絕對……』

「要是會來，他早就到了。妳理解到這一點，不可能沒看見。妳不可能沒想到，就只是不肯去正視現實罷了。」

娜亞的手微微放鬆力道。她這道內心的破綻，迪爾弗雷德並沒有放過。

「他是以那個扭曲的心靈，一味追求著魔王之敵的狂人。作為教師的形象，只是妳以扭曲的目光所看到的一個偶像罷了。」

『很正確不是嗎？很正確不是嗎？』

「知識之杖」發出「喀答喀答」的聲音笑著。這道聲音使得娜亞微顫了一下。

『熾死王不會來。背叛魔王的那個男人，會在違背契約後悽慘地死去吧。』

『……你騙人……怎麼會……！』

杖上的骷髏頭發出「喀答喀答」的聲響動著下巴。

『但是，很好！這樣就好！這樣很好啊！目睹到祖國遭到蹂躪、悽慘毀滅的景象，暴虐魔王將會——沒錯，他將會達到前所未有的進化！』

「知識之杖」發出「咯、咯、咯，咯——咯、咯、咯、咯」的聲音笑著。

娜亞的表情上出現了一道陰霾。

『深化神，還有世界的意志艾庫艾斯啊，祢們將會看到可怕的東西。保護不了要保護之物的魔王，好啦、好啦，他的憤怒究竟會有多麼可怕呢？』

那根手杖以非常愉快的語調說：

『沒錯！是覺醒啊，覺醒。憤怒的大覺醒啊啊啊啊！』

「……阿諾斯大人……才不需要什麼覺醒……！為什麼老師必須為這種事情犧牲——」

娜亞大喊，咬住深化神的牙齒力道瞬間放鬆了。迪爾弗雷德沒放過這個機會，一把抓住她的臉，把人扯了開來。娜亞立刻抓住迪爾弗雷德的手。

「否也。這不是犧牲。妳是因為理解才吶喊的。換句話說，妳認清了現實。」

就像被言語棘刺刺中一樣，娜亞手指的力道忽然放鬆下來。

「妳只有看到恩師的表面。因此這個結果，正是因為妳取得了我的神眼（眼睛）所致。以要窺看深淵來說，妳的心太脆弱了。」

她一直維持住戰意的表情，眼看著化為悲傷與死心。漸漸地放下手臂，最後無力垂下。

「妳只是想受到恩師稱讚。所以，只要刺中那個要害，妳的戰意就會瓦解。」

迪爾弗雷德放開娜亞的頭。不過，她沒有要戰鬥的意思，當場跪了下來。

「踏上旅程吧，弱者。螺旋之底相當遙遠。」

迪爾弗雷德從娜亞的身旁走過，剩下的魔王學院學生擋在那裡。

「救援不會到來。」

「你很煩耶……」

在娜亞內心受挫的現在，他們毫無勝算。儘管如此，黑制服的學生還是吼道：

「雖然我聽不太懂祢在嘰嘰歪歪什麼啦。嗄？總之就是在講耶魯多梅朵老師是個變態吧？這種事——」

正要開口的學生「砰」的一聲倒下。這是因為迪爾弗雷德以指尖畫出魔法陣，射出了深淵草棘。然而有另一名黑制服學生大聲喊道：

「這種事，我們早就知道了！大致上啊——」

每當有人喊叫，棘刺就會射出，學生一個接著一個不斷減少。

「雖然祢說了一堆難懂的道理啦，但我們可是一點都不覺得那個瘋子老師能用這種東西理解啊！」

他們就像要將深深刺在同學心上的那根棘刺拔除一樣拚命地大喊。

「喂，娜亞！別放棄啊！反正就算是這種迪魯海德的危機，那傢伙也會說什麼看到有趣的東西就跑掉，他就只是繞遠路了而已。那個人就是這種老師啊！」

「看清現實吧，迷途的旅人們。」

迪爾弗雷德射出棘刺。儘管學生的身體突然倒下，卻沒有連心也一起倒下。

「……看清現實？嗄？祢以為我們看得清楚嗎……？」

「真是抱歉，我們的腦袋可是很差的呀！要說有多差，可是差到會把轉生的始祖當成冒牌貨的程度啊……！」

「所以啊，就陪我們到最後吧……愚蠢的我們要放棄，就只會在看到事實的時候！就只會在迪魯海德毀滅的時候啊啊啊！」

從勇敢喊叫的人開始，一一被深淵草棘刺中，他們當場倒下。即使如此，他們的信念還是沒有倒下。

「不論再怎麼強大、再怎麼聰明！祢的力量都不尊貴！」

「我們可是繼承暴虐魔王阿諾斯．波魯迪戈烏多血脈的皇族啊。不過是下賤的神，就算再怎麼強大，難道祢以為我們就會屈服嗎——！」

縱使魔力瓦解、倒下的身體用力撞在地面上，他們仍然放聲嘶吼到最後一刻。作為繼承暴虐魔王血脈的皇族，他們秉持這份榮耀，不斷向身為同學的娜亞發出聲援。

他們的聲音最終還是沒能傳達到，最後一人在那裡倒下。

「你們的老師沒有來。他就只是在扮演教師而已。」

「……就算是教師，也不是完美的啊……」

聲音響起。根源被打入棘刺的梅諾，早就連站都站不起來，卻還是拋出話語。

「有很多不足的部分，有時也會無法回應學生的期待。可是呢，娜亞同學。我們也會成長。教師會從學生身上學習，跟著他們一塊兒成長。所以，在他擔任教師的期間內，妳應該也給予他許多——」

梅諾遭到迪爾弗雷德射出的深淵草棘擊中，失去了意識。

「希望有時很殘酷。」

深化神轉身看去。在他的視野裡，娜亞動了起來。

「迷途的旅人啊，妳為何要再次站起？」

「……對了……阿諾斯大人曾經說過……要我拚命跟上他的腳步……要是受到恩情，就以成長回報他的栽培……」

她就像被什麼附身一般脫口說：

「……只要我成長就好……」

她伸手抓住插在地面上的深化考杖博斯圖姆。娜亞將牙齒咬在作為權能化身的法杖上，吞噬那個秩序。深化神的秩序洶湧暴動，從娜亞的容器內側撕裂著她。

「……只要我變強作為證明……老師就會回來……！只要我變強到足以成為魔王的敵人……只要我變強就好……！這樣熾死王老師就會發現，他不用去做奇怪的事，只需要認真當個老師就會是最快的途徑……！」

「……被篡奪者感化，早就瘋狂了嗎……」

迪爾弗雷德的神眼充滿驚愕。娜亞張開喉嚨深處，將那把法杖一口氣塞進自己體內。

「……我要……回報他……！老師不是生在和平的時代，所以才不知道……老師的天職是教師……只要我讓他知道這件事……！」

「否也。妳的容器會崩壞，無法承受深化考杖所擁有的秩序。」

就像被從內側割開一樣，娜亞全身上下劃開無數撕裂傷，膨脹的魔力眼看就要將她的身體撕碎。

「……沒問題……我做得到……沒問題……我是熾死王老師的學生……如果是老師，就一定會這麼說……！」

她就像要強行壓制住博斯圖姆的魔力後大喊：

「因為胃會變大，所以容器也會變大！」

大量的鮮血與魔力濺灑在周圍一地，無數的棘刺從娜亞的內側破體而出。這些棘刺聚集到一個地方上，恢復成畫出螺旋的法杖——深化考杖博斯圖姆。

「…………啊……我是……老師…………」

再度伸向博斯圖姆的手沒能抵達，撲了個空。她就這樣向前倒下。「附身召喚」不用瓦解就自行解除，她已經連站起來的力氣都不剩。

「這就是答案。」

深化神拿起博斯圖姆，將前端指向校舍。魔法陣畫出，深淵草棘朝校舍射出。棘刺會貫穿外牆、貫穿支柱，貫穿作為要害的固定魔法陣。經由這第三根棘刺，瓦解那座城堡——本來應該會是這樣。

深化神將神眼（眼睛）朝向校舍內部。一個男人緩緩從校舍裡走出，同時發出好像很愉快的「咯咯咯，咯、咯、咯、咯」笑聲。

那個男人用指尖輕輕彈開手上的深淵草棘後，棘刺就在眨眼間變成一隻鴿子。儘管飛上天空，然而達到某種高度後，就受到樹冠天球的影響，頭下腳上地墜落下來。

摔在男人腳邊的鴿子「砰」的一聲變成了煙。接著，娜亞從煙霧中出現，方才娜亞倒下的位置上躺著一隻鴿子。

「哎呀哎呀，這還真是十分有趣不是嗎！」

男人一面拍手一面說，咧著嘴露出笑容。

「因為胃會變大，所以容器也會變大？」

男人打從心底發出「咯咯」的笑聲，同時再次說道：

「因為胃會變大，所以容器也會變大？」

在發出「咯咯咯咯」的聲音對這句話一笑置之後，男人從魔法陣中抽出手杖支撐。

「居然說因為胃會變大，所以容器也會變大——！」

將同一句話重複說了三次，戴著大禮帽的男人覺得很好笑似的搖著頭。

「不，我不會說呢。我不會說出這種話喔，留校的。這種愚蠢、荒唐到極點的事，哎呀哎呀，我可是想不出來呢。」

將手杖「咚」的一聲撐在地上，熾死王耶魯多梅朵露出愉快的笑容。

「我想不出來不是嗎！真有趣。妳的胃究竟能變得多大啊？哎呀，必須試試看才行呢。這真是個好主意。」

「放棄背叛了嗎，簒奪者？還真是善變。」

對於深化神這句話，耶魯多梅朵不正經地聳了聳肩。

「咯咯咯！祢以為艾庫艾斯程度的敵人值得我背叛嗎？我不過就是受到宿疾的呼吸困難折騰，趕來得比較遲而已不是嗎？」

「……老師……」

娜亞虛弱地伸手碰觸熾死王的腿。

「……你來……救我了呢…………」

「好啦、好啦，這種時候該怎麼說好呢？假如是魔王，就能立刻說出一、兩句感人肺腑的臺詞，但我畢竟是個沒資格當教師的狂人呢。唉，總而言之——」

熾死王將手杖前端指向迪爾弗雷德，揚起如同往常一般瞧不起人的笑容。

「今天就來教妳打倒神的方法吧，留校的。」

§ 44 【名列魔之王族者】

迪爾弗雷德沉默不語，以染成深藍的神眼（眼睛）看向熾死王。彷彿在說祂要揭露耶魯多梅朵的深淵——擅用策略讓敵人將計就計，使得他的意圖無所遁形一樣，祂一味地以「深奧神眼」凝視著。

熾死王同樣一動也不動，維持手杖撐在地面上的姿態，只是以瞧不起人的魔眼（眼睛）回望著深化神。

「我問你，篡奪者。」

深化神以一本正經的語調詢問：

「魔王對你施加的契約枷鎖，只要用上我的神眼（眼睛）與手杖，就有可能解除。倘若是如此，你想作為真正的魔王之敵，背叛迪魯海德嗎？」

「咯咯咯，取而代之是要我加入艾庫艾斯那一邊嗎？」

「然也。你比諾司加里亞還要能善用天父神的權能，只要跟隨艾庫艾斯，前所未有巨大的魔王之敵就會誕生。這難道不是你的願望嗎？」

用手杖「叩叩」一聲敲著地面，耶魯多梅朵一臉愉快地笑了笑。

「事到如今，居然來挖角這一招！世界的意志膽子還真不小不是嗎？可是，要說到成為魔王之敵這件事，有沒有重要到我不惜拿心愛的迪魯海德與寶貴的學生去換，哎呀哎呀，如此膽大包天的事，膽小鬼的我究竟做不做得來啊？光是思考這件事，就幾乎要讓我呼吸困難了不是嗎？」

耶魯多梅朵特意抓著脖子，裝出呼吸困難的樣子。

「既然如此，我再問問你。適任者應該要如何定義？」

耶魯多梅朵突然停下動作。他放下手回答：

「好啦、好啦，情報太過稀少。如果說違背秩序的暴虐魔王是不適任者，那麼迎合秩序的就應該是適任者——」

熾死王將手杖前端指向迪爾弗雷德。

「——可是這樣一來，便與祢們神族毫無差別。」

「假如成為魔王之敵，熾死王。我就讓你昇華成適任者。」

耶魯多梅朵聽到這句話，揚起嘴角。

「篡奪天父神之力的你具有這個資格。」

「咯咯咯咯！這是艾庫艾斯的命令嗎？」

「然也。」

「還真有趣不是嗎！」

深化神將深化考杖指向耶魯多梅朵，那個螺旋畫出魔法陣。

「我能認為你這是贊同的意思嗎？」

耶魯多梅朵要是點頭，祂就會朝我施加的「契約」打進深淵草棘，使得魔法契約瓦解吧。只要表現出明確的背叛意志，熾死王應該會在那一瞬間毀滅。這也就是說，深化神具有防止這件事的手段吧。

「哎，先等等。我還有一個疑慮。」

熾死王豎起一根手指咧嘴一笑。

「請說。」

「要讓我這種人加入艾庫艾斯是個相當不錯的主意。不錯，很不錯。但不覺得還差了臨門一腳嗎？」

「你想要什麼？」

熾死王以若無其事的表情說：

「讓艾庫艾斯成為我的僕人比較好不是嗎？」

迪爾弗雷德那張一本正經的表情瞬間僵住。

「我能認為這是決裂的意思嗎？」

「咯咯咯，祢覺得我會用這麼兜圈子的方式拒絕啊？」

熾死王把話說得像是理所當然一樣，讓迪爾弗雷德疑惑地以神眼（眼睛）回望。

「祢就想想看吧。名為秩序的齒輪，複數神的集合體——的確，艾庫艾斯很強大。只不過，既然要遵從秩序，自然會有其極限。如果是本熾死王，就能超脫那個架構，給予他更強大的力量喔？」

「然也，並且否也。要是實行你的想法，艾庫艾斯將不再是世界的意志，而會成為脫離秩序架構的存在。」

「沒錯，沒錯、沒錯，沒錯啊！毫無任何不妥對吧？不適任者的敵人，最好要是更強大的不適任者不是嗎！」

「為了消除不適任者而創造出不適任者是愚者的行為。」

耶魯多梅朵發出「咯、咯、咯」的笑聲對此一笑置之。

「智者會去當他的敵人嗎？嗯？假如以常識對抗，就連那個超乎常軌存在的一根寒毛都傷不了不是嗎？唯有異常、瘋狂與愚見，才是對抗他的唯一道路。既然如此，那就瘋狂吧。立刻捨棄什麼無聊的秩序！世界的意志在捨棄掉那個意志之後才終於獲得的頂點，聽好啦，那正是——」

耶魯多梅朵大跳起來，「咚」的一聲踏響地面後，高舉起雙手。飄浮的大禮帽中飛舞出不必要的紙花與緞帶，同時灑落沒意義的光芒。

「——暴虐魔王阿諾斯．波魯迪戈烏多啊！」

迪爾弗雷德把嘴抿成一條線，以染成深藍的神眼（眼睛）注視熾死王。大禮帽「咚」的一聲落在他的頭上。

「還請務必和我合作不是嗎，艾庫艾斯？我會讓半吊子的你成為真正的怪物。」

「看來與你交涉，是我的神眼（眼光）出錯了。面對瘋狂之心，道理並不管用。」

耶魯多梅朵的態度突然一變，露出銳利的眼神。

「祢的神眼（眼光）出錯了？咯咯咯，哪裡有錯啊，深化神。祢那雙神眼（眼睛）比任何神都還要能深深窺看深淵，但在看透人心上有點太過死板了。哎呀哎呀，這點本來就包含在祢的思考之中。也就是說——」

耶魯多梅朵的側面在不知不覺中形成了一個水坑。水花激起，從中猛烈刺出一把水之長槍。有如飛箭般逼近的這一擊，熾死王扭身避開。

「也就是祢在問答的同時，也在等待援軍到來。」

迪爾弗雷德將深化考杖向前傾，瞄準熾死王的根源。才剛警戒起這一招，避開的水之長槍突然轉彎，刺穿他的背。

「……嘎……哈……！」

縱然鮮血四溢，耶魯多梅朵還是一把抓住從胸口刺出的長槍尖。

「仰天吐沫的愚者啊，接受違背秩序的懲罰，瞻仰神的姿態吧。」

引發奇蹟的神的話語，從耶魯多梅朵的口中發出。他的身體受到光芒籠罩，在眨眼間變化起來。頭髮閃耀著金光，魔眼（眼睛）如燃燒般火紅，魔力粒子聚集在背上形成光翼。

「現身吧，水葬神。就對祢下達神劍羅德尤伊耶的審判不是嗎？」

黃金火焰從熾死王手上噴出，化為神劍。射出的羅德尤伊耶猛然刺向水坑，激烈的水花飛濺，從中出現一位具有水之軀體的人。那位彷彿性別不詳且是武人的神，是以前與冥王伊杰司締結盟約的水葬神亞弗拉夏塔。熾死王抓住的長槍融為液體，回到水葬神的手邊。亞弗拉夏塔有條不紊地舉起再度恢復成水之長槍的武器。

「到處都沒有破綻不是嗎！」

耶魯多梅朵一臉愉快地說完，伸手拿起大禮帽。

「『不齊意分身』。」

「砰」的一聲，耶魯多梅朵才剛被煙霧籠罩，人就消失無蹤，留下來的是飄在空中的大禮帽。在一面旋轉一面水平移動後，大禮帽就像變魔術一般兩頂、三頂地逐漸增加。總共分裂成九頂的大禮帽再度「砰」的一聲發出煙霧，現場出現九位熾死王。

「「「沒有機關也沒有祕密。」」」

九位熾死王同時說：

「八人是假，一人為真。試著用祢的神眼猜出正確答案吧，深化神。」

全員發出黃金火焰，手拿神劍羅德尤伊耶。

「順道一提，我是最強的喔？」

朝著這麼說的耶魯多梅朵，迪爾弗雷德窺看起他的深淵。祂應該確實能感受到天父神的魔力吧，而耶魯多梅朵的根源也確實在那裡。儘管如此，卻只有一半。迪爾弗雷德迅速將視線移到一旁的耶魯多梅朵身上，從那傢伙身上也能感受到天父神的魔力，只不過力量非常微弱。縱使那個人身上也有耶魯多梅朵的根源，卻約只有二十分之一。

深化神的眼神變得凝重，表情緊繃。假如照常理來想，他們全都是真的，純粹是將自己的根源分割開來。要是這樣的話，縱然人數增加也只會讓自己變弱，根本毫無意義。即使人手增加，假如魔力變弱，便無法貫穿深化神的防護。倒不如說，由於目標增加，使得他只是變得更好打倒罷了。

然而，讓人以為毫無意義再乘虛而入，就是熾死王這個男人。因此，深化神陷入深深的思考。如果他連這點也算到的話？也能認為他做了讓人以為毫無意義，也真的是毫無意義的事。深化神因為能窺看深淵，所以祂的思考會宛如螺旋一般，在同樣的地方上不停打轉。

「明快、明快、明快啊。祢的神眼雖能深深窺看，視野卻很狹隘。既然如此，那就來一場又淺又廣的比試不是嗎！」

在迪爾弗雷德窺看九人全部的深淵之前，耶魯多梅朵們率先行動。亞弗拉夏塔在以水之長槍刺穿一人後，「砰」的一聲響起愚蠢的音效，同時神體被煙霧所籠罩。

經由「煙似卷苦鳥」，鴨子與鴿子從煙霧中飛了出來。

這個魔法只是在虛張聲勢，並不是防止住攻擊，只是讓人看起來像是沒打中一樣。水葬神一面追擊鴨子與鴿子，同時也刺穿了另一個耶魯多梅朵，但那傢伙也以「煙似卷苦鳥」變成了鴨子與鴿子。

有受到傷害。二對一處於劣勢的，是熾死王這一邊。然而，深化神在思考中越陷越深，神眼發亮起來。

「喀喀喀！不論祢怎麼窺看深淵，都看不到底喔？這是又淺又薄又沒有內容的魔法啊。就連三歲小孩都能看穿的『不齊意分身』與『煙似卷苦鳥』，祢還滿意嗎？嗯？」

亞弗拉夏塔刺出長槍，又有兩個耶魯多梅朵變成鴨子與鴿子。迪爾弗雷德沒將神眼從擁有一半根源的耶魯多梅朵身上移開過。這大概是因為祂判斷耶魯多梅朵要是有什麼企圖，還留有魔力的這傢伙就會有所動作吧。可是下一瞬間，那個熾死王偏偏施展了「不齊意分身」。將本來就只有一半的根源繼續分割，耶魯多梅朵再度分身了。

「「「沒有機關也沒有祕密。」」」

煙霧、鴿子、鴨子，以及分身。深淵之底淺薄到無須窺看的魔法，展現在深化神眼前。

「順道一提，我是最強的喔？」

「你是迷惑道路的海市蜃樓——也就是空虛。」

突然顯現的透明布匹綁住耶魯多梅朵。那塊布有如蜘蛛網一般展開，將鴨子、鴿子，以及耶魯多梅朵的分身統統綁了起來。光芒閃耀，當場出現無數的小齒輪。形成人形的小齒輪，變化成在裸體上裹著布匹的淑女。

那是結界神里諾羅洛斯。

「你的目的是要讓我將淺薄誤解成深遠，使我的神眼(眼睛)疲弊。然而——」

光芒再度閃爍，無數的小齒輪出現在迪爾弗雷德身後。齒輪形成一顆巨大眼睛，化為了石像。那是魔眼神傑尼多弗克。

「魔眼之神會廣範圍地注視。你的魔法是偽裝成淺薄的真正淺薄吧。」

深化神將手杖朝向擁有最大根源的耶魯多梅朵。

「咯、咯、咯，也能認為是偽裝成真正淺薄，實際上卻比祢想得還要深遠喔？」

「否也。不論是廣是淺，我都能看見你的一切。」

博斯圖姆畫出魔法陣。

「即使分裂成無數，要害也只有一點。只要射穿那一點，一切都將瓦解。」

神杖射出深淵草棘。

「迷失在螺旋裡吧，篡奪者。」

遭到里諾羅洛斯的結界布捆住的耶魯多梅朵，不論哪一個都因為將根源大量分割，沒有足以逃脫的力量。深淵草棘筆直刺中耶魯多梅朵，他溢出足以讓人以為是致命傷的大量鮮血。可是，他卻笑了。

「紅血魔槍，祕奧之三——」

溢出的鮮血化為深紅長槍。從熾死王體內刺出的十幾把紅血魔槍猛然伸長，貫穿迪爾弗雷德的肩膀、里諾羅洛斯的胸口，以及傑尼多弗克。

「『身中牙衝』。」

那把狂暴的長槍將周圍的結界斬成碎塊，解放了耶魯多梅朵。

「你還是一樣喜歡賭博。居然把命賭在迪魯海德的危機上，讓人只能傻眼。」

就像斬斷次元一般出現在那裡的人，是手持長槍的獨眼男人——冥王伊杰司。他在深淵草棘刺進熾死王體內、即將刺中根源的要害之前，以那把紅血魔槍讓棘刺消失到次元的另一端了。

「……你在賭同伴會來？」

「咯、咯、咯，我不是說過了嗎？沒有機關也沒有祕密。也就是說，你只是在對單純的拖時間，左思右想煩惱了老半天啊。」

一面響起「砰、砰砰砰」的音效，耶魯多梅朵的分身一一化為煙霧消失。一頂大禮帽在空中飛舞，灑下紛飛的紙花與緞帶。魔眼神亮起魔眼（眼睛），里諾羅洛斯伸長結界布。

在冥王用長槍斬斷那條布匹的瞬間，水葬神亞弗拉夏塔刺出水之長槍。紅血魔槍縱然打掉這一擊，水葬神的追擊還是封住了伊杰司的行動。

「貫穿螺旋的乃是深淵之棘。」

趁著耶魯多梅朵分離的神體與根源要再度統合的破綻，神棘不偏不倚地精準射出。

可是，就像要擋下這一擊似的，那裡瀰漫起一陣黑霧。

「……嘰，嘎嘎嘎……嘰……………！」

宛如替他擋刀一般，棘刺貫穿的是一個頭上長著六隻角的男人——詛王凱希萊姆。

「……你讓本大爺……替你受傷了啊……熾死王。打從大戰的時候開始，你以為這是第幾次了？我差不多要詛咒你了喔……」

「咯咯咯，明明是你自己跑去挨招，卻來跟我抱怨嗎？一陣子不見，你這是繼被虐狂之後，又追加了新的性癖不是嗎，詛王？」

解除完「不齊意分身」，恢復成一個人的熾死王從魔法陣裡拔出手杖。

「來吧，狗！」

他一用手杖「啪答」一聲敲擊地面，伴隨著「汪嗚嗚嗚」的長嚎，具有凝膠狀身體的一條狗跑了過來。

「咯、咯、咯，這是祖國的危機。至少今天就讓你恢復成原本的模樣不是嗎？」

熾死王一彈起響指，當場出現一塊大布。他在用布忽地遮住那條狗，再猛然讓牠現身後，狗就變成了人形。

一個穿著華麗法衣、戴著大帽子的無臉男人出現在那裡。緋碑王基里希利斯一取回原本的模樣，便瞪向眼前的深化神。

「深化神迪爾弗雷德啊……居然無視吾輩的存在，說得一副很了解深淵的模樣，還真是令人作嘔呢。」

深化神沒有理會他，將神眼（眼睛）望向四邪王族。

「艾庫艾斯是多神的集合體，只要天上的『終滅日蝕』閃爍，時限一到，就會將地上一掃而空。時間所剩不多，而且魔王不在。」

迪爾弗雷德向他們提問：

「我問你們，旅人啊。你們以何為依據，要反抗眾神？」

熾死王耶魯多梅朵發出「咯、咯、咯」的笑聲。冥王伊杰司不敢大意地舉起魔槍；詛王凱希萊姆彷彿在詛咒似的將箭矢搭上魔弓；緋碑王基里希利斯則當場畫起巨大的魔法陣。

「呵呵呵，要反抗的究竟是哪一邊呢？」

「竟敢瞧不起本大爺，詛咒祢喔。」

「這是所謂的愚問啊。」

「咯咯咯，哎呀哎呀，算了，這也是沒辦法的事不是嗎？誰教四邪王族輸給了魔王，而且輸得一敗塗地啊。看在與魔王敵對的傢伙們眼中，是降階者、下位者，跟雜兵沒兩樣。就算被小看，也沒什麼好不可思議的。」

耶魯多梅朵把身體壓在撐著的手杖上，咧起嘴角。

「話雖如此啊，因為我對記憶力沒有自信，萬一忘記了，還想請祢告訴我——那麼？」

熾死王就像挑釁似的把臉伸出，揚起眉毛。冥王、詛王與緋碑王亮起魔眼（眼睛），瞪著在場的四位神。

「我們可曾輸給祢們過嗎？嗯？秩序的僕人？」

§ 45 【融合神域】

四邪王族一齊動作。

「深化神迪爾弗雷德與本深淵王基里希利斯・德洛——究竟誰才是接近深淵之人，就來確認一下吧。」

基里希利斯一面讓凝膠狀的臉扭曲變形，一面筆直衝向迪爾弗雷德。魔力竄過他的全身，畫出魔法陣。

「秩序魔法『輝光加速（Jiioroia）』！」

基里希利斯藉由能操控輝光神吉翁賽利亞秩序的那個魔法，猛然加速到光速，衝向迪爾弗雷德。可是，深化神大概是看穿魔法發動前的術式，預測到基里希利斯的行動吧，他朝眼前刺出螺旋之杖。

既然他以光速奔馳，那麼也就是說，那根手杖等同以光速刺來。由於速度超出了自己的能耐，因此基里希利斯無法避開突然出現在眼前的深化考杖，迎面撞了上去。

「嘎呀——！」

凝膠狀的臉遭到螺旋之杖刺中，彈飛了出去。儘管如此，深化神依舊不敢大意地用神眼（眼睛）凝視著。

「呵呵呵！」

在根源被刺中之前，驚險地以光速橫跳避開要害的基里希利斯，開始繞著迪爾弗雷德的周圍奔跑起來。速度很快，而且動作還很靈活。他以前和辛戰鬥時，還一副不習慣以「輝光加速」進行光速戰鬥的樣子，如今卻表現出像是駕輕就熟一般的身手。

「這個道理很簡單。雖然被熾死王徹底變成一條狗，吾輩可是比起恥辱，更講求實際效益的人哪。就連屈辱的生活都能化為養分，再度接近了一個深淵啊。」

基里希利斯的體型改變。他就跟剛才一樣，變成狗的模樣。

「假如要奔跑，四條腿會比兩條腿來得適合呢！」

基里希利斯有如一條猙獰的野狗呲牙裂嘴，一面靈敏地跑來跑去，一面伺機咬向迪爾弗雷德的咽喉。

「唉嗚……唉……！」

在與冥王伊杰司以長槍互鬥的水葬神亞弗拉夏塔，將擦身而過的基里希利斯打了下來。

「在余面前分心去管一條狗可是愚昧之舉啊。」

一瞬間的破綻。伊杰司刺得比光還要迅速的一擊，穿過水葬神的水之長槍，刺穿了祂的胸口。

「紅血魔槍，祕奧之一——」

伴隨著低沉呢喃，遭到長槍刺穿的傷口附上魔力。

「——『次元衝』。」

那個神體被吸進開在自己身上的次元之洞裡。不過，亞弗拉夏塔的身體全是由水所構成，不論吸入多少水，水葬神的體積都分毫不減，最終還是將洞給填滿了。

就在這一瞬間——

「貫穿螺旋的乃是深淵之棘。」

螺旋之杖畫出魔法陣，將深淵草棘射向倒在地上的基里希利斯。緊接著，迪爾弗雷德將手杖轉了一圈，朝自己的背後射出棘刺。緋碑王就像清醒過來一般，猛然跑了起來。在判斷深淵草棘是朝自己射來的瞬間，基里希利斯以光速飛奔而出，繞到迪爾弗雷德的背後，棘刺卻剛好飛到了那個位置上。

「呵呵呵——」

對自以為完全避開的基里希利斯來說，這簡直就是出乎意料的一擊。朝著沒有要閃避的凝膠狗，神棘眼看就要刺中——可是在那之前就轉彎了。

「打不中呢。所謂的深化神，就這點程度呢。」

由於直到現在都還沒發現這一擊，因此讓深淵草棘偏離的不是基里希利斯。偏離目標的深淵草棘，被筆直吸引到詛王凱希萊姆的身上。

「……嘎……啊啊…………！」

棘刺貫穿凱希萊姆，那道傷痕則化為黑霧。

「祢傷害了本大爺哪，深化神。」

詛咒的話語在那裡捲起漩渦，形成「自傷咒縛（dekudedo）」。那是以魔力造成的傷勢為媒介詛咒魔力之主，將一切的魔法吸引到自己身上的詛咒。

深淵草棘要是能貫穿要害的話就很強大，但本身的殺傷力並不怎麼高，對上能讓攻擊偏離目標的「自傷咒縛」非常不利。話雖如此，藉由這個魔法，甚至連神族的權能都能吸引到身上來的人，就只有詛王了吧。

「輪吾輩出招了呢。」

基里希利斯迅速從狗的姿態變回人的模樣，從十根指頭施放出秩序魔法「輝光閃彈（jiosseromu）」；可是瞄準深化神射出的光彈，卻被結界神里諾羅洛斯的布匹所擋下。與此同時，那條結界布還瞄準所有四邪王族，宛如蜘蛛網一般擴展開來。就像要綁住獵物一樣，透明布匹接二連三襲來。

「紅血魔槍，祕奧之二──『次元閃』。」

紅槍一閃，蜘蛛網被切碎後，遭到時空吞沒。儘管亞弗拉夏塔的水之長槍趁機襲來，凱希萊姆射出的魔弓箭矢卻詛咒了這一擊，將其擊落。

一擊、兩擊、三擊，以高速刺出的長槍尖，被分毫不差的詛咒箭矢撞開，上演著箭矢與長槍的打戲。冥王像是要重整態勢一般跳開，朝著在背後站著發呆的耶魯多梅朵說：

「如果有招，就別再藏了。祂們可是神族，而且不一定只有這四位。」

「咯咯咯，雖然我也沒在閒著，但那個魔眼稍微有點棘手啊。」

耶魯多梅朵用手杖指著在神族們後方待命的魔眼神。那個石頭巨眼正閃耀著白光。

「我試著問了天父神的秩序，那個好像叫做『暴爆魔眼』，視野很廣，能清楚識破小手段與魔術。縱然我嘗試設下九種機關——」

耶魯多梅朵彈了彈響指。周圍竄起煙霧，出現九頂大禮帽，但全都在傑尼多弗克眼光一亮的瞬間爆炸。那是讓魔法術式失控、爆炸的魔眼。

「但正如你所見。以前碰到對手時，主人是在那邊東逃西竄的狗。」

基里希利斯再度變成狗的模樣，在亞弗拉夏塔與里諾羅洛斯的長槍與布匹之下拚命逃竄。彷彿在掩護他似的，凱希萊姆射出箭矢。

「但深化神迪爾弗雷德的水準可不同。祂那能窺看深淵的神眼再加上那位魔眼神，讓我就連創造守護神的空隙都沒有不是嗎？」

「既然如此，只要毀掉魔眼就好。」

冥王以中段姿勢舉起長槍，獨眼瞪著傑尼多弗克。緊接著，里諾羅洛斯的布匹便將基里希利斯五花大綁，水葬神的長槍立刻刺穿他的身體。

「唉……唉嗚……！」

根源遭到貫穿後，基里希利斯以「根源再生」再次復活。縱然受到了枯焉沙漠的影響，這裡卻還沒被完全掌控。儘管尋常魔族應該無法施展恢復魔法，假如是四邪王族，施展本身就有可能的樣子。然而，由於效果減弱，基里希利斯即使復活了，傷勢依舊如故，結界布仍然纏著他不放。

「……可惡……汝等就光只讓吾輩去打，難道就不覺得可恥嗎……？」

「就算殺了也殺不死是你的特色。你要有肉靶的樣子，好好爭取時間啊，緋碑王。」

伊杰司刺出長槍。長槍尖在刺穿魔眼神的眼睛後，開出「次元衝」的洞。緊接著，那個洞爆炸起來。雖然傑尼多弗克的巨眼受到些許傷害，「次元衝」卻消失了。

「就連魔槍的祕奧都能引爆，還真是厲害——」

說是這麼說，但伊杰司就像不以為意似的刺出長槍。長槍尖彷彿分裂成無數「次元衝」的連擊，使得傑尼多弗克不斷遭到爆炸吞沒。儘管魔眼神以「暴爆魔眼」引爆「次元衝」，自己也無法避免爆炸帶來的傷害。祂大概想憑靠速度與次數，強行做出了斷吧。

深紅突刺的速度越來越快，剎那間就在巨眼上刺出一百個洞。不斷崩裂的魔眼神只要漏掉一個「次元衝」，就會立刻被打飛到遙遠的次元另一端去，這就只是時間上的問題。

「水葬的準備已經完成。」

迪爾弗雷德說。

放眼看去後，可以發現基里希利斯身上刺著十三把水之長槍。根源儘管沒事，但他已經死了。縱然想以「復活(ingaru)」復活，但一復活就被殺掉的樣子。

「——我欲前往螺旋之森。」

迪爾弗雷德的聲音莊嚴地響起，龐大的魔力從那具神體上發出。

「有三位神將會追隨而來——被導往未開之道，抵達的乃是深化、螺旋的中心。」

「深奧神眼」閃耀深藍光芒，祂窺看著神族同伴的深淵。

「螺旋隨行森羅森庭。」

博斯圖姆朝著結界神和水葬神畫出螺旋的魔法陣。正當凱希萊姆的「自傷咒縛」要將魔法吸引過來的瞬間，他體內的魔法陣粉碎四散，詛咒解除。

「……本大爺的詛咒……」

應該是剛才的深淵草棘吧。早在那個時候，凱希萊姆就已經被打入楔子。所以當「自傷咒縛」要再度發動的瞬間，那根棘刺就自行刺進術式之中，讓魔法瓦解。也就是說，就連深淵草棘會因為「自傷咒縛」偏離一事，都在迪爾弗雷德的計算之中。

『水葬湖沼。』

伴隨一陣神聖光芒，魔王學院的校地內開始疊上不同的風景。這是神域要具體化了。

那是一座透明的湖沼。湖沼眼看著化為實體，魔王學院就像交替似的淡淡消失。而當魔王學院完全消失時，四邪王族移動到那個神域裡了。

水高及膝。清澈透明的湖泊底下，水葬著數量龐大的骸骨。

『結界布陣。』

又有另一個神域開始具體化。從空中就像掛簾一樣垂下無數的結界布，將那座水葬湖泊團團包圍。不以為意、想先解決魔眼神的伊杰司，長槍被透明的結界阻擋、彈開。

「嘖……！」

逃離魔槍猛攻的魔眼神傑尼多弗克，身上畫出螺旋的魔法陣。

『俯瞰眼域。』

無數的石之魔眼浮現在垂掛的神布上。那些魔眼睜大眼睛，目光炯炯地監視著四邪王族全員。

水葬神、結界神，以及魔眼神——三個神域同時具體化的融合神域。各自的秩序之所以沒有產生排斥，恐怕是因為深化神的權能，螺旋隨行森羅森庭的力量吧。三神經由無限的深化，抵達無法獨自到達的領域。這個融合神域的力量不用說當然很棘手，但最大的問題是這裡看不到迪爾弗雷德的身影。冥王、詛王與燼死王迅速以魔眼環顧，掌握到祂的身影不在這個神域裡的任何一處。深化神打算讓水葬神祂們爭取時間，自己趁機去讓魔王城崩塌。只要沒人守護，要達成這件事就連十秒都不用。

「跳起來！伊杰司、耶魯多梅朵！」

詛王凱希萊姆立刻朝亞弗拉夏塔跑去。與之相對，水葬神亞弗拉夏塔則把長槍頭浸入湖泊裡。響起激烈的水聲，水流噴出。水葬湖沼裡的所有湖水都變成長槍，化為圍繞住詛王凱希萊姆周圍一般的牢房。這麼做大概是打算將一旦傷害，就不知會發動什麼詛咒的凱希萊姆封鎖起來吧。

可是——

「『犧牲復活』。」

魔法陣畫出，凱希萊姆全身變成黑霧。緊接著——

「——呵呵呵，還真是遺憾呢。」

響起有別於凱希萊姆的聲音。詛王變成的黑霧一散去，被復活的基里希利斯便出現在那裡。水葬神移開視線後，發現凱希萊姆就像代替基里希利斯，被十三把長槍貫穿而死。

「犧牲復活」是代為承受他人的死亡，以自己的死亡換取對象復活的魔法。這本來是一點也稱不上好用的魔法，但要是由能根據敵人的攻擊發動詛咒的凱希萊姆來使用，就能發揮出無以倫比的力量。

『祢殺了本大爺呢，水葬神。』

——將本大爺殺了呢。

——祢殺了本大爺呢。

——將本大爺……

——殺了呢，水葬神。

——祢殺了本大爺。

令人毛骨悚然的怨恨聲層層疊起，接連不斷地響徹開來。詛咒的魔力突然從詛王的遺體、他的根源之中大量湧出。

「『死死怨恨詛殺泥城』。」

不祥咒泥從凱希萊姆的遺體溢出，以詛咒汙染著透明的水葬湖沼。咒泥甚至侵蝕結界神里諾羅洛斯的神域所產生的結界，圍繞住周圍的布匹在眨眼間就化為詛咒之泥。

俯瞰眼域裡的半數魔眼（眼睛）窺看著咒泥的術式，要將其引爆，可是全都在直視詛咒的同時遭到詛咒，使得石眼接二連三損毀。

——絕不原諒。

——竟想毀滅這個國家。

——毀滅本大爺的國家。

——無法原諒。

——壞吧！

咒泥洶湧沖向水葬神。水葬神跳著避開泥巴，就像要將他作為擋箭牌一般來到試圖破壞水牢的基里希利斯後方；然而，泥巴沒有停止，而是連同水牢一起將基里希利斯吞沒下去。

「唔……喔喔喔喔喔，詛王！你想詛咒吾輩嗎！居然連敵我都無法分辨，還真是沒用的魔法啊……！」

亞弗拉夏塔朝著襲來的咒泥，將湖沼裡的大量湖水變成長槍迎擊。可是水之長槍全都遭到咒泥侵蝕，化為泥巴。泥巴的數量眼看越來越龐大，當場構築出一座詛咒之城。

「冥王。」

跳起且避開泥巴的熾死王，用手杖指著神域的一處空間。那裡就像在說已經超出容許量一般產生裂痕。

「了解！」

伊杰司朝恐怕是神域要害的那個位置刺出長槍。

紅血魔槍，祕奧之二──

「──『次元閃』。」

在以深紅長槍的一閃斬斷裂痕後，虛空中就開出一個漆黑洞穴。「死死怨恨詛殺泥城」的泥巴宛如海嘯一般湧入那個洞穴裡，遭到詛咒侵蝕的融合神域黏稠地融化起來──

§ 46 【神不擲骰子】

伴隨溢出的大量咒泥，耶魯多梅朵他們逃離融合神域。

緊接著，他們耳邊響起有什麼崩塌下來一般的巨響。複製的德魯佐蓋多主要建築，因為迪爾弗雷德的深淵草棘瓦解了。數秒前仍維持建築物模樣的瓦礫堆下，浮現出能將世界分為四塊的「四界牆壁」魔法陣。在失去城堡守護的現在，倘若是深化神，應該能輕而易舉地改寫術式吧。祂正將螺旋之杖對準「四界牆壁」的術式，畫出一道魔法陣。

「呣嗯！」

紅血魔槍迪西多亞提姆的長槍尖消失，超越次元打掉深化考杖博斯圖姆。水之長槍從上空傾注而下，逼得伊杰司跳著避開這一波攻擊。水葬神亞弗拉夏塔降落在地面上。

魔眼神傑尼多弗克和結界神里諾羅洛斯也從神域歸來，祂們連同轉身的深化神迪爾弗雷德一起包圍住冥王與燼死王。

「不論是如何堅固的事物，都存在脆弱的要害。你們四邪王族的弱點，即是緋碑王基里希利斯。只要這一點崩壞，你們就會立刻瓦解。」

「是這樣嗎？」

燼死王咧嘴笑了笑，把手杖撐在腳邊飄著的咒泥上；他的背後則因為「死死怨恨詛殺泥城」，構築出一座泥之城堡。

「四邪王族之間沒有優劣。祢或許以為他遭到泥巴吞沒、被我們捨棄在神域裡了，但他人就在這裡喔？祢張大祢的神眼(眼睛)，好好窺看這堆泥巴的深淵吧。不論是本燼死王、冥王，還是詛王，都有一點是怎麼樣都不如那條狗的。那就是——」

耶魯多梅朵一面將魔力注入手杖，一面朝周圍灑出咒泥。

「——白死的次數啊！」

為了避開泥巴，迪爾弗雷德祂們退開，讓里諾羅洛斯在身旁圍起布匹結界。深化神以「深奧神眼」窺看伊杰司的深淵，讓傑尼多弗克警戒耶魯多梅朵的一舉一動。

蒼藍與深紅的火花迸發，亞弗拉夏塔的水之長槍與伊杰司的血之長槍不斷碰撞。

「咯咯咯，祢在看哪裡啊，深化神？在咒泥中白死的那個肉靶，也有可能其實還活著喔？不去查清楚本人我究竟打著什麼鬼主意行嗎？嗯？」

耶魯多梅朵以就像在變魔術一般的手指動作從指尖發出黃金火焰，讓數十把神劍羅德尤伊耶在空中一字排開。在接連射出後，魔眼神就以「暴爆魔眼」引爆這些神劍。儘管作為天父神權能的這把武器不會折斷，但它還是失去勢頭，散落了一地。

「『死死怨恨詛殺泥城』的泥巴，是詛王凱希萊姆以自身的死亡換來的詛咒化身。」

迪爾弗雷德一面亮起神眼一面說：

「正因為連要自行復活都無法，所以才能詛咒萬物，將一切化為泥巴。如果有人意圖窺看那個深淵，他的魔眼(眼睛)就會立刻遭到詛咒侵蝕。」

朝著在這裡不斷擴大的咒泥，深化神迪爾弗雷德射出棘刺。雖然棘刺不偏不倚地朝泥中的詛王遺體飛去，卻遭到冥王的紅血魔槍打飛到次元的另一端。

「咯咯咯，說是這麼說，但祢正在看著不是嗎？」

趁著伊杰司露出的破綻，亞弗拉夏塔的長槍從他身旁穿過，刺向熾死王。在他拿起羅德尤伊耶，準備打掉這一擊的瞬間，水突然轉向上方。長槍前端分裂成十道，其中九道刺在熾死王周圍的地面上。

耶魯多梅朵拿起神劍，迎擊封住退路、遲了一步往正中落下的一道長槍尖。就在這一瞬間，掌心被引爆，羅德尤伊耶掉在地面上。是「暴爆魔眼」。無法防禦也無從避開的水之長槍，狠狠地刺進熾死王的頭頂，將他整個人釘在地面上。

「然也。我的神眼（眼睛）就連詛咒的深淵也能窺看。」

在被水之長槍貫穿的狀態下，耶魯多梅朵咧嘴笑了笑。

「這反過來說，就是魔眼神無法直視咒泥，但憑藉祢那狹隘的視野，根本察覺不到我的詐欺手法不是嗎？」

熾死王一面對深化神這麼說，一面用手杖指著傑尼多弗克。

——壞吧壞吧壞吧。

——將那個魔眼（眼睛）破壞掉吧。

伴隨凱希萊姆的咒聲，咒泥在濺起後暴增體積，朝魔眼神襲擊而去。里諾羅洛斯的結界布壓制不住，於是傑尼多弗克發出「魔雷」。魔眼神自行以「暴爆魔眼」引爆魔性閃電，不斷將泥巴炸飛開來。可是，魔眼神無法直視「死死怨恨詛殺泥城」，無法用祂的魔眼消除泥巴。儘管泥巴飛濺到周圍，還是朝著魔眼神不斷逼近。傑尼多弗克光是藉由引爆「魔雷」逼退這些泥巴，就分身乏術的樣子。

「你的策略是要讓我誤以為白死的緋碑王還活著，藉此封住魔眼神的魔眼。」

「——也能認為我可能是故意裝成這樣，實際上他真的還活著。」

「然也。然而，要是為了確認這點犧牲掉魔眼神，不論那隻狗是死是活，都是上鉤的我敗北。」

迪爾弗雷德將螺旋之杖朝向咒泥。魔法陣畫出，深淵草棘從中出現。

「倘若與你交手，閃過腦中的確信與疑心將會是最大的敵人，正攻法才是標準做法。」

迪爾弗雷德射出神棘。

「祕奧之四——」

「——『血界門』。」

熾死王這麼說完，冥王就立刻發出魔槍的祕奧。

伊杰司全身遭到撕裂，大量鮮血飛濺而出。迪爾弗雷德與亞弗拉夏塔的前後構築出兩道相對的門，血門靜靜開啟。而門的內側，是會讓踏入者遠去的次元結界。迪爾弗雷德射出的深淵草棘一穿過血門，就瞬間轉移到亞弗拉夏塔的後方。保持速度直線前進的神棘，水葬神一個翻身便避開了。

「想知道要如何才能封住祢那雙看得很仔細的神眼(眼睛)，以及轉得很快的思考嗎？」

「我洗耳恭聽。」

迪爾弗雷德與亞弗拉夏塔毫不遲疑地走向血界門。耶魯多梅朵則說：

「就是賭博啊。」

耶魯多梅朵揮動手杖後，手杖就飛出紙花、伸出緞帶。緞帶纏住伊杰司的紅血魔槍，將其拉了過來。熾死王將飛來的魔槍一把接住。

「『熾死王遊戲一化八果(erudomedorun)』。」

耶魯多梅朵儘管遭到水之長槍貫穿頭頂，還是一臉愉快地敞開雙手。以他的魔力浮在空中的紅血魔槍不停旋轉，上頭寄宿著天父神的魔力。

迪爾弗雷德與亞弗拉夏塔的眼神一沉，同時擺出架勢。「砰」的一聲，迪爾弗雷德眼前的「血界門」變成無數的水果。

蘋果、梨子、香蕉、草莓，以及奇異果。各式各樣的水果飛向耶魯多梅朵，飄浮在他的周圍。

「這些水果一顆顆都是『血界門』，我現在就將這些水果塞進咒泥之城裡。血界門會因為水果腐爛而跟著一起腐爛，將在內側的物體傳送到周遭的某處上。根據水果腐爛的程度，次元結界扭曲的方式將會不同，傳送的方式會跟著改變。也就是說——」

熾死王咬了一口手上的水果。

「無從得知咒泥會飛到哪裡去。」

他將咬過的水果拋了出來。於是，飄浮的無數水果也跟著飛向咒泥之城，眨眼間被泥巴吞沒，變得不見蹤影。

「以天父神的秩序，熾死王耶魯多梅朵定下規則。」

他揚起嘴角，一臉愉快地說：

「神的遊戲乃是絕對的。」

「啪答」一聲，立刻有大量的咒泥轉移濺出，從迪爾弗雷德的身旁掠過。「血界門」引發的轉移毫無預兆，要在看到後避開極為困難。

「咯咯咯，還真是可惜不是嗎？要陸續上了喔。」

經由咒泥之城吞進內側的水果——亦即「血界門」強制引發轉移，泥巴不斷朝著周遭潑灑出去。

「神不擲骰子。」

深化神以一本正經的語調說：

「由於你們沒有能窺看深淵的神眼，賭博才得以成立。向『深奧神眼』挑戰賭博，可是膚淺的思考啊。」

迪爾弗雷德看也不看泥巴與泥中的水果一眼，將染成深藍的神眼筆直朝向耶魯多梅朵。

兩秒後，祂大步跳開。在迪爾弗雷德數瞬前的位置上，突然出現大量咒泥。祂彷彿早就知道那裡會出現咒泥一樣。

「『熾死王遊戲一化八果』的術式會與無數水果的腐敗連動，時時刻刻都複雜離奇地變化著。正因為難解、變化多端且快速，才會讓你們看起來像是隨機，成為賭博。然而，要是能窺看那個術式的深淵，便能清楚明白有什麼會飛到哪裡去。」

迪爾弗雷德以螺旋之杖發出魔力，在左側七公尺處畫出一個圓形。

「接著會出現在那裡。」

正如祂所說的，大量咒泥突然轉移到那裡。

「咯咯咯，到底是『深奧神眼』不是嗎！那麼，這樣祢也能看得到嗎？」

耶魯多梅朵伴隨著煙霧一起讓大禮帽飛出，施展「不齊意分身」的魔法，其分身共有數十個。不僅如此，就連隱藏在熾死王體內的「熾死王遊戲一化八果」的術式，也一起分割成相同的數量。

根據天父神的秩序不斷變化的術式，以數十個合起來呈現出一個結果。然而，迪爾弗雷德的神眼視野狹隘，無法同時看到所有術式。

「當然。」

耶魯多梅朵爆炸了。

「嘎……哈……！」

經由魔眼神傑尼多弗克的「暴爆魔眼」，十幾個耶魯多梅朵同時爆炸，再度恢復成一個人。這是因為「不齊意分身」的術式被破壞掉了。儘管全身血流如注，他還是愉快地笑著。

「這讓我漂亮地獲得解放了不是嗎？」

由於「暴爆魔眼」爆炸，貫穿頭頂的水之長槍炸裂開來，同時還以爆炸氣浪把人吹飛，讓他重獲自由了。耶魯多梅朵踏著愉快的步伐跳躍起來。

「那麼，這樣如何呢？」

由於熾死王縱身跳進「死死怨恨詛殺泥城」裡，他落下的位置是咒泥之城。他埋進泥巴裡的神體，跟基里希利斯一樣在轉眼間被吞沒進去。雖說是凱希萊姆的魔法，詛咒就是詛咒。一旦碰觸到，就連同伴都會侵蝕致死吧。

「即使在咒泥之中，我的神眼也能窺看你的深淵。」

深化神究如要用視線貫穿他般，將神眼朝向泥巴，然後眼神變得凝重起來。

「『不齊意分身』。」

因為耶魯多梅朵在咒泥裡分割了根源。

「咯、咯、咯！祢看得到嗎，迪爾弗雷德？祢能用祢那個『深奧神眼』，看到在這個泥巴堆裡變得淺薄、『不齊意分身』上的『熾死王遊戲一化八果』術式嗎？憑藉祢那視野狹隘的神眼，到底還是會看漏一個不是嗎？」

深化神僵著表情將神眼染成深藍。

「雖說是天父神的神體，假如要在『死死怨恨詛殺泥城』裡平安生還，分割成五人便是極限了。」

「沒錯，所以要分割成五十人！」

「不齊意分身」的魔法陣在泥中發光，熾死王再次變出分身。

「好啦，好啦好啦好啦！這樣我被泥巴的詛咒毀滅就是時間的問題。可是祢的神眼無法將分割成五十份的術式全都看在眼底，而傑尼多弗克的『暴爆魔眼』則會在直視的瞬間遭到泥巴詛咒。」

無數的「咯咯咯咯」笑聲從泥中迴蕩開來。

「聽天由命、破釜沉舟，愉快的賭博要開始了！」

咒泥發出「啪答答答答答」的聲響轉移飛出。毫無預兆出現的「死死怨恨詛殺泥城」，到底就連迪爾弗雷德也無法預測的樣子。深化神朝倒在校地內的學生們看了一眼。

就目前為止，他們沒有被咒泥打中。熾死王會將他們捲入賭博之中嗎？祂或許在思考這件事吧。不過，假設深化神會將學生們倒下的位置視為安全地帶吧。正因為如此，熾死王才很有可能故意讓泥巴飛往那裡。

因此祂所採取的行動，是要降低被擊中的機率，於是祂來到無法帶有任何目的與意圖的位置上。祂讓水葬神與魔眼神等神族聚集到那裡，以結界神里諾羅洛斯為中心，全員一起在身旁圍起結界。縱然會挨到幾發咒泥，即使是「死死怨恨詛殺泥城」，也不可能一擊就打破神的結界。

結界少說也能抵擋住十次，而同一個位置飛來十一次的機率趨近於零。另一方面，每當熾死王想要躲避傑尼多弗克的魔眼（眼睛），就必須一直浸泡在咒泥之中。這種不知會飛到何處的攻擊，對熾死王來說可是相當不利的賭博。

「咯、咯、咯！那就馬上來看結果不是嗎！」

熾死王的魔力才剛在咒泥中發光，本來在那裡的泥山便一口氣轉移飛走。泥巴發出「啪答答答答答答答答！」的聲響，統統朝周圍噴灑出去。咒泥如同機率，直擊了里諾羅洛斯的結界布兩次。因此，深化神大聲喊道：

「快破壞咒泥……！」

深淵草棘、水之長槍、結界布與「暴爆魔眼」同時發出魔力，然而從泥中現身的耶魯多梅朵以自己的神體擋下所有攻擊。耶魯多梅朵無力跪倒地說：

「不愧是深化神，把自己的敗北看得很清楚不是嗎！」

耶魯多梅朵在誇張地敞開雙手之後，所有的泥巴同時發出了閃光。那是秩序魔法

「輝光閃彈」。這個魔法在飛散到迪爾弗雷德等神周圍的咒泥上畫出光的魔法文字。耶魯多梅朵在跳進咒泥裡後，先救出不斷施展「根源再生」活下來的緋碑王基里希利斯，將他凝膠狀的身體拉成薄片，混在泥巴之中。只要泥巴轉移，基里希利斯身體的一部分也會跟著一起轉移飛走。如果迪爾弗雷德祂們聚集到不帶有任何意圖的位置上張設結界，賭輸的機率便趨近於零。不過，由於祂們為了確實保護住全員而聚集到同一個位置上，因此自然而然就讓混在泥巴裡的基里希利斯將祂們團團包圍。

緋碑王同樣以「不齊意分身」創造分身，將自身的魔眼潛藏在泥巴裡。藉由讓他使用那個魔眼，寫下他無法獨自寫出的魔法文字。

這是個不僅相當費時，還毫無冗餘性的魔法，因此必須先隱藏在咒泥之中。

「動手吧，狗。」

「魔支配隸屬服從」——就連神的秩序也能束縛的隸屬魔法發動，傑尼多弗克彷彿逼不得已似的將「暴爆魔眼」朝咒泥裡看去。在引爆「魔支配隸屬服從」術式的同時，魔眼神遭到詛咒，身體一塊塊地崩落。而就像被詛咒侵蝕一樣，魔眼神化為咒泥，從結界內側將身旁的里諾羅洛斯吞沒，讓祂漸漸化為泥巴。

要衝過去救援的水葬神亞弗拉夏塔踏到一灘血水坑，眼前擋著一道血門。

「『血界門』。」

冥王伊杰司發出紅血魔槍的祕奧。祂的背後接著出現另一道門，同時又被關了起來。

「紅血魔槍，祕奧之七——」

哪怕水葬神的水之長槍刺向「血界門」的門扉，伊杰司還是以魔槍打掉了這一擊。他的獨眼發出銳利光芒。

「——『血池葬送』。」

亞弗拉夏塔的水之軀體沉進血池中。大量的水從祂的根源溢出，但是全都被吞沒，「血池葬送」將水葬神傳送到遙遠的次元另一端。迪爾弗雷德在避開襲來的咒泥後，反以螺旋之杖刺穿。被刺中要害的泥巴立刻瓦解，從中出現手持羅德尤伊耶的耶魯多梅朵。

「你以外的分身，都被詛咒侵蝕而無法動彈了。」

「咯咯咯，既然如此，就要來進行最後的豪賭了不是嗎！我在泥中放置了一百把羅德尤伊耶。就只是將子彈換成那個而已，條件不變。以天父神的秩序，熾死王耶魯多梅朵定下規則——神的遊戲要開始了！」

「熾死王遊戲一化八果」發動，深化神窺看那個術式的深淵。在深化神就像要拉近距離一般前進後，一把羅德尤伊耶轉移到祂方才的位置上。

祂將螺旋之杖朝熾死王刺出。不論怎麼分割，根源的要害都只有一個。只要刺穿那個要害，熾死王應該就會瓦解。以「不齊意分身」分割開來的他儘管看起來生龍活虎，其實正處於遭到詛咒侵蝕的瀕死狀態，早就沒有餘力抵擋深化神的攻擊。

「真是遺憾。你這是賭錯了不是嗎？」

「……嘎……！」

轉移到體內的三把神劍羅德尤伊耶，刺穿迪爾弗雷德。

受到「不齊意分身」的影響弱化，神劍本來應該不可能貫穿深化神的反魔法，然而劍身被塗了咒泥，而且神劍羅德尤伊耶還從所有泥巴中陸續轉移過來。正當迪爾弗雷德反射性地窺看術式的深淵、要避開神劍的瞬間——

「…………嘎……哈…………」

被超過九十把的神劍刺得千瘡百孔，螺旋之杖從迪爾弗雷德的手上滑落，塗在劍上的咒泥開始侵蝕祂的根源。

「…………無法……理解……我看到了……術式的深淵……」

「我故意在祢神眼(眼睛)看得到的地方，將術式(牌堆)重新構築(洗牌)給祢看。上牌桌之前，祢應該要先切牌才對。」

耶魯多梅朵彈了彈響指。伴隨著「砰、砰砰砰」的聲響，校舍的瓦礫堆冒出煙霧，從中出現經由「不齊意分身」創造出來的耶魯多梅朵。

「……原來如此……方才的『熾死王遊戲一化八果』不是一個人，而是經由兩個人施展出來的啊……」

在打倒魔眼神之後，耶魯多梅朵預先將分身傳送到瓦礫堆底下，然後讓迪爾弗雷德把二合一的術式誤認為只有單獨一個。

「只要用第一個術式誘導祢躲避的方向，再用第二個術式讓神劍傳送到那裡去的話，結果就跟祢看到得一樣。這是很常見的騙術不是嗎？」

耶魯多梅朵伴隨著煙霧解除所有「不齊意分身」後，就幫祂撿起掉落的深化考杖。然後，他把臉湊近被數十把神劍刺穿的深化神，咧嘴笑了笑。

「連骰子都不會擲的神跑到賭場裡來，就像在說自己想輸到脫褲子喔？」

§ 47 【絕望之壁】

迪爾弗雷德被塗上咒泥的神劍羅德尤伊耶侵蝕全身以至於屈下膝蓋，像斷了線的人偶一樣當場倒下。

「最後就用慈愛之火送祢上路不是嗎？」

耶魯多梅朵的眼睛發出紅光，倒下的深化神燃燒起來。淡淡的白銀火焰，是會在一分鐘讓根源毀滅的詛咒。迪爾弗雷德早已沒有餘力逃離天父神的詛咒。

「啊啊，對了，我都忘了，冥王。必須幫詛王的『死死怨恨詛殺泥城』解咒才行，他差不多就要毀滅了不是嗎？」

「早就在做了。」

冥王發出低沉的聲音。在看過去後，可以發現有四道「血界門」構築在四個方向上，他早就在以「血池葬送」將咒泥吞沒進去。沉入血池裡的只有泥巴，彷彿過濾一般將凝膠狀的碎片留在地面上。

耶魯多梅朵把手杖指過去後，凝膠狀碎片就自行蠕動起來，聚集到同一個地方上。他從大禮帽裡拿出手帕，甩動一次後變大一倍，再甩一次就再變大一倍。他將變得夠大的手帕，蓋在聚集起來的凝膠狀碎片上。伴隨著「沒有機關也沒有祕密」的臺詞把手帕猛然一掀後，恢復成本來身體的緋碑王基里希利斯就站在那裡。

「真希望汝能設身處地為陪汝變魔術的人想一想啊。」

「動作快。即使是被虐狂，到底還是真的要升天了不是嗎？」

基里希利斯無法違抗命令，以秩序魔法「輝光閃彈」在周圍刻起魔法文字。儘管相當費時，而且還是很容易破壞的魔法術式，只要不是在戰鬥中，便能輕易實現。

「『魔支配隸屬服從』。」

面對「死死怨恨詛殺泥城」，要施展能讓這個術式隸屬的「魔支配隸屬服從」。然而即使支配成功，說到底這個術式棘手的地方在於術者自己也無法停下詛咒，因此還是能限制咒泥的動作。

「呣唔！」

伊杰司刺出魔槍。長槍尖超越次元，貫穿泥中的凱希萊姆。

「喝！」

他把長槍使勁抽回後，凱希萊姆的遺體從咒泥之中飛了出來。

「『復活』。」

眾人施展復活，停止詛咒的發動條件。熾死王、冥王與緋碑王同時朝凱希萊姆畫出相同的魔法陣。

「「「『封咒縛解復』。」」」

他們注入魔力，同時進行解咒。在用上三名四邪王族的解咒魔法後，「死死怨恨詛殺泥城」才總算平息下來，咒泥開始一點一點地回到凱希萊姆的體內。

「遵循天父神的秩序，熾死王耶魯多梅朵下令——誕生吧，十個秩序。守護常理的守護神啊。」

大禮帽被拋出後增加成十頂，閃閃發亮地灑下大量的紙花與緞帶。隨後持著兩根手杖的長髮幼女——再生守護神奴帖菈·都·希安娜現身。

其中一位將手杖朝向耶魯多梅朵他們四人，向他們灑下治癒之光。其餘的則將瀕死狀態的學生與教師們搬走，以自身秩序讓他們再生。

霎時間，熾死王的魔眼餘光閃過一道漆黑粒子。而掉在地上的「知識之杖」，其骷髏頭的下巴發出「喀答喀答」的聲響。

『很可疑不是嗎？很可疑不是嗎？』

耶魯多梅朵與伊杰司同時轉頭看去。

他們看向崩塌的主要建築部分。那裡冒出無數的漆黑粒子，而且正要發動「四界牆壁」的魔法。

「咯咯咯，這是怎麼回事啊，冥王？」

耶魯多梅朵將手杖指向正在接受治療的學生與教師。下一瞬間，他們被煙霧籠罩，移動到了熾死王的背後。

「余要是知道，早就動手了喔。」

深化神的神體早就連灰都不剩地當場消失了。

「奇怪、離奇，而且不可思議千萬。深化神就像那樣，被慈愛之火燃燒、毀滅了——」

就像恍然大悟一般，耶魯多梅朵揚起嘴角。

「原・來・如・此。終焉會克制深化。」

「然也。」

深化神的聲音響起，層層堆起的瓦礫炸飛開來。伴隨著竄起的漆黑極光，深化神迪爾弗雷德出現在那裡。祂的神體上纏繞著白色火星，終焉神的魔力附在根源深淵上。也就是說，祂跟尼基特他們一樣。

「哎呀哎呀。還以為就算毀滅神族，也不會讓祢們變成骸傀儡，但祢好像另當別論的樣子呢。」

終焉會克制深化。經由樹理迴庭園的秩序，終焉神的權能會強烈影響作為深化神的迪爾弗雷德。因為如此，祂會因為瀕臨毀滅而變成骸傀儡。

「兩千年前帶來和平的牆壁，即將化為絕望。」

迪爾弗雷德畫出魔法陣，深淵草棘從中出現。祂將那根神棘刺向自己的神體，同時貫穿根源。

「『四界牆壁』。」

漆黑極光開始展開。

——快停止解咒。

——快停止快停止快停止。

——快停止！

凱希萊姆的詛咒聲響起，三人廢棄「封咒縛解復」的術式。在這一瞬間，就像要壓制「四界牆壁」一樣，還留在那裡的凱希萊姆咒泥擴散開來，從上頭覆蓋過去。

「休想得逞！」

伊杰司一把長槍舉起，原本為了吞沒咒泥所構築的四道「血界門」就立刻關上。那把魔槍對準了漆黑極光。

「紅血魔槍，祕奧之七——」

伊杰司身上流出的鮮血，在他腳下形成血池。

「——『血池葬送』！」

正要一口氣擴散開來的那道極光，被血池吞沒進去。

「『魔支配隸屬服從』！」

緋碑王以「輝光閃彈」在周圍寫起要讓「四界牆壁」隸屬的魔法文字。縱然如此，深化神一射出神棘，「輝光閃彈」就立刻瓦解，魔法文字統統消失了。基里希利斯不以為意，繼續以「輝光閃彈」寫著魔法文字，至少能藉此限制住深化神的行動。

只不過，儘管以伊杰司的「血池葬送」與凱希萊姆的咒泥進行壓制，漆黑極光還是溢到外側。

「接受慈愛之火的審判吧。」

熾死王的魔眼染成紅色，詛咒著不斷溢出的漆黑極光，使其燃燒殆盡。

「將世界分為四塊的毀滅牆壁，是藉由勇者加隆、大精靈蕾諾、創造神米里狄亞，以及伊凡斯瑪那與德魯佐蓋多的魔力所施展，而且暴虐魔王還必須為了發動這個魔法而捨棄生命轉生。」

儘管與四邪王族拉鋸不下，迪爾弗雷德仍舊說：

「也就是臨欲滅時光明更盛，以更盛之光克服燈滅。因為擁有深化的秩序而無法碰觸的領域，在成為骸傀儡的現在就能抵達。」

迪爾弗雷德的神體籠罩閃耀光芒。祂自行貫穿的根源眼看著瀕臨毀滅，散發出龐大的魔力。深化與終焉的交會處，正是奪走火露的深淵之底。因為是無法觸及終焉的深化神，所以無法看見的那個地方，現在確實映入「深奧神眼」裡了吧。

秩序的根本──樹理四神在毀滅之際的魔力非比尋常，所具備的力量甚至足以啟動將世界分為四塊的「四界牆壁」術式。祂的根源就像即將消逝的星辰一樣激烈閃爍。迪爾弗雷德甚至不打算轉生吧，想以就這樣毀滅的代價，施展讓世界被絕望覆蓋的「四界牆壁」。

雖說有熾死王、詛王、緋碑王以及冥王四人在場，他們無法一直封鎖下去。構築結界本來就不是四邪王族擅長的領域，最重要的是凱希萊姆就快不行了；而其他三人也已經消耗掉相當大量的魔力。

只要壓制「四界牆壁」擴散的「死死怨恨詛殺泥城」消失，形勢就會在眨眼間傾向對方，那道漆黑極光將會擴大到足以吞沒密德海斯的程度吧。刻在地上各處的術式會經由連鎖反應相繼啟動，使得「四界牆壁」出現在世界各處。術式遭到改寫的那道牆壁，將會如祂所說的化為襲擊人們的絕望之壁。

然而——

「…………」

迪爾弗雷德一副無法理解似的蹙起眉頭；四邪王族誰也沒有打算採取新的手段。不論是冥王、詛王、熾死王，就連緋碑王都不慌不忙，只是專心封鎖眼前的「四界牆壁」。

「我問你們，魔之王族啊。你們的魔力與性命都所剩不多，即使爭取時間，救援也不會到來；就算圖謀逃離，牆壁也會覆蓋世界。儘管如此，你們的心仍不放棄。既然如此，為何要挑戰絕望？」

「早在詢問我們時，祢就已經輸了啊。」

冥王說。接著緋碑王一臉得意地開口說：

「是叫做骸傀儡吧？假如術者毀滅，不論是什麼樣的權能，都不可能再繼續運作啊。這甚至不用吾輩出手哪。」

迪爾弗雷德的神眼(眼神)一沉，祂理解了四邪王族的打算。不過，祂無法理解吧。

「……毀滅掉的神會前往枯焉沙漠。終焉神是那裡的主人，就算毀滅，也只是回到自己的神域。每當迎來毀滅，終焉之神的力量就會增強，就算封住神體，骸傀儡也不會停止。」

耶魯多梅朵發出「咯、咯、咯」的愉快笑聲。

「封住？咯咯咯，咯咯咯咯，咯——咯、咯、咯、咯！打傷寶貝女兒，還擅自闖入魔王國土的傢伙，祢覺得那個男人就只會封住嗎？不論怎麼不滅，就算力量增強得再多都無所謂。魔王的右臂會採取的行動只有一個——」

耶魯多梅朵猛然伸出雙手，讓黃金火焰飛上空中；這些火焰化成無數的神劍。他讓羅德尤伊耶發出「答答答答！」的聲響從天空落下，就像要將劍與劍之間連結起來一般畫出巨大的魔法陣。耶魯多梅朵一面張設爭取時間的結界，一面大聲喊道：

「那就是斬殺、斬壞，以及斬滅啊啊啊啊啊！」

§ 48 【不滅的深淵】

密德海斯南方，枯焉沙漠——

霧氣瀰漫，喜歡惡作劇的妖精蒂蒂到處飛舞。

「蕾諾、蕾諾～」

「不好了、不好了！」

「魔族的人們又被幹掉了～」

「殭屍、殭屍～」

「城裡也出現好多好多。」

蒂蒂們手足無措一般飛到蕾諾的身旁。她則帶著溫柔的表情，輕輕摸著在腳邊待命的狼的頭部。

「去吧，杰奴盧。這裡沒問題的。」

隱狼杰奴盧當場消失蹤影，前往城市裡去。牠是神隱的精靈，因此應該打算藉由牠的傳聞與傳承，將化為骸傀儡的魔族們關進異空間裡吧。只要枯焉沙漠還在，就無法以魔法治療，使得傷患只會越來越多。事情一旦變成那樣，傷患會自然化為骸傀儡，不論打倒多少神的軍隊，敵人都不會減少。

「里尼悠、基加底亞斯！」

狂暴的八頭水龍降下傾盆大雨，在白色沙漠裡掀起海嘯。巴掌大的妖精基加底亞斯在揮下小槌後，形成雷電的弓與箭矢就出現在蕾諾手上。

她將精靈之母大精靈的魔力注入箭矢，拉開弓弦。縱然是神的軍隊，卻抵擋不住里尼悠的大海嘯，被沖刷帶走了。蕾諾一射出箭矢，就響起激烈的震耳雷鳴。那道箭矢化為巨大雷電，射穿了被大水沖走的眾神。勉強逃過一劫的眾神還會在水的傳導下觸電，轉眼間就毀滅消失，「攻圍秩序法陣（arunesuto）」一點也派不上用場。

精靈們是根據眾多無數的傳聞與傳承而誕生的。任何一種不可思議的現象，都是由數十萬、數百萬的人心所產生。大概就是因為這樣吧，儘管一個精靈的根源確實只有一個，以多制少的軍神秩序卻不具有太大的意義。

「辛！」

在將神的軍隊一掃而空後，蕾諾就趕往開在沙漠裡的大坑洞——枯焉沙地獄。在沙之瀑布所流下的底部，辛正舉著魔劍。

「——沒於終焉吧！」

安納海姆舉著枯焉刀谷傑拉米，從辛的背後襲來。

剎那間，蕾諾畫出魔法陣。

「『精靈們的軍隊（aruha arufuremu）』！」

她背上的六片翅膀發出淡淡光芒。籠罩著綠光的蒂蒂與基加底亞斯，在蕾諾的身旁聚集起來。谷傑拉米朝辛的背上刺去，突然間，他的身體變成了霧。

「……呣……！」

連同谷傑拉米的刀身，安納海姆整個人穿過霧化的辛。寄宿著蒂蒂力量的他逃離枯焉沙地獄，踏著流水般的步伐來到終焉神背後。

「流崩劍，祕奧之一——」

潺潺水聲響起。在轉身看來的安納海姆與他之間，出現了一面薄薄水鏡。「啪答」水滴聲落下，倒映在水鏡上的安納海姆的神體泛起波紋。

「——『波紋』。」

流崩劍宛如閃光般斬斷水鏡波紋。

「……嘎……唔……嘎嘎……嘎啊啊……！」

「啪啦」一聲，安納海姆的神體出現裂痕，然後連同根源一起粉碎散開。祂毀滅了。儘管如此，辛還是不敢大意地環顧四周。

「辛，就這樣以『精靈們的軍隊』一起戰鬥吧。」

蕾諾化身成綠色的魔法體，降落到辛的身旁。

「不用。」

辛一面背對著蕾諾說，一面舉起流崩劍。

「蕾諾，妳先去把深層森羅的界門關上。看來就算毀滅掉樹理四神，神域也不會消失的樣子。儘早消除掉這個樹理迴庭園，是讓迪魯海德的損害控制在最低限度的方法。」

關閉界門這檔事，就連娜芙妲與迪德里希都陷入苦戰的樣子。就算施展能將精靈們的力量聚集起來的「精靈們的軍隊」，這也不是一件簡單的事。他或許預測到這件事會很花時間，所以才這麼說的吧。

「可是……」

蕾諾一臉擔心地看著辛的左手。那隻手被安納海姆打傷，整隻手滿滿都是血，大概沒辦法好好動作了吧。他的腹部也被砍出一道大傷口，衣服上沾滿鮮血；就連腳上也有傷，已經沒辦法以全速奔跑。

「假如其他的樹理迴庭園消失，流向枯焉沙漠的魔力循環也會跟著停滯。只要秩序減弱，恢復魔法也會出現效果，祂也會變得不再是不滅了吧。」

蕾諾露出恍然大悟的表情點了點頭。

「我知道了！我這就過去，所以在那之前絕對不准死喲！絕對喲？」

「好。」

蕾諾飛上天空，在展開六片翅膀後，低空飛在枯焉沙漠上。

「大家請將力量借給我，以『精靈們的軍隊』關上深層森羅的界門！只要結合大家的傳聞與傳承，就一定有辦法！」

變成綠色魔法體的眾多精靈陸續來到蕾諾身旁，他們飛也似的趕往深層森羅。

「在殺害十次、毀滅七次後，你終於明白了啊。」

白沙聚集在那裡，形成人形。那堆沙才瞬間變成齒輪，終焉神安納海姆再度現身。

「──明白劍是斬不斷終焉的。」

安納海姆撿起落在地上的枯焉刀谷傑拉米。

「即使派精靈們前往深層森羅，也已經太遲了。」

令人聯想到沙暴的魔力，以終焉神為中心捲起漩渦。比在神界時還要龐大許多的力量，如今從祂的神體上釋放出來。

「第一次是折斷你的魔劍，第二次是你的手指，第三次是撕裂了你的手臂。第四次是切開腹部，第五次是奪走雙腳。剛才的第六次，假如沒有那個精靈救助，你就會被吞進流沙地獄，沒於終焉。在這第七次的對決中，你難道覺得自己能活到界門關上的時候嗎？」

「沒錯。」

辛一臉若無其事地當場回答，使得安納海姆瞪了過去。

「她是個講不聽的人，所以我那樣跟她講了。」

辛往前走去。他踏著流水般的步法讓安納海姆進到攻擊範圍內，以流崩劍阿特科阿斯塔斬向祂的神體。終焉神勉強抽身要避開這一劍，但胸口還是遭到劃開，猛然地溢出鮮血。

「祢才是切勿以為自己還能活到界門關上的時候。」

「別囂張了，不過就是個魔族。」

白色披風被用力甩開，擋住辛的視野。縱然將披風斬斷，安納海姆也已經消失無蹤。

「太慢了！」

是背後。突然從沙中冒出的安納海姆劈下谷傑拉米。辛一面轉身，一面也以鮮血淋漓的左手拔出魔劍伊吉尼亞。劍光交錯，枯焉刀穿過魔劍——就在安納海姆發笑的瞬間，這一刀被彈了開來。

「……什麼……………！」

辛手上的魔劍伊吉尼亞粉碎。由於枯焉刀只會斬斷根源，因此辛以魔劍的根源作為代價，打掉了這一刀。話雖如此，魔劍的根源是固定不動的。光是要讓細如針尖的那一點，以迅雷不及掩耳的速度撞向砍來的谷傑拉米，大概就是值得驚嘆的劍技了吧。

外加上在谷傑拉米之前，理所當然只有魔劍的根源會被單方面地斬斷。只不過，會被斬斷也就意味著能加以干涉。既然如此，魔劍就能在一瞬也不到的短暫時間內抵抗谷傑拉米。如果是在這極為短暫的時間內，就能刀劍交鋒。那麼，再來就像在說這是劍術的較量一樣，辛將谷傑拉米彈開了。這只能說是超乎常軌的技術。

「別以為能有第二次，該死的沙塵！」

谷傑拉米再度劈下，辛拔出新的魔劍迎擊。覺得這次一定能穿過去的谷傑拉米，結果還是被彈開，魔劍也同時粉碎。

「不准反抗——」

「不會有第三次喔。」

連續被彈開兩次攻擊，使得安納海姆的身體稍微失去平衡。倘若對上常人，就能靠過剩的速度與臂力彌補的些許破綻——在對上辛時，可是足以致命的。

他的魔眼(眼睛)閃著冷光。大概是以本能感受到危機了吧，安納海姆正要變成沙逃離的瞬間，就聽到「鈴鈴」的鈴聲。風吹了起來。儘管安納海姆變成了沙，祂的身上卻浮現海浪一般的紋路。

「流崩劍，祕奧之二——」

比起安納海姆沉入沙漠裡的速度，辛的劍來得更加快速。

「『風紋』。」

就像斬風一樣奔出的流崩劍，斬斷了浮現在安納海姆身上的風紋。安納海姆的神體與根源出現巨大裂痕，然而——

「……不論……怎麼……苦苦掙扎……都是一粒沙啊！」

祂撐住了。根源遭到流崩劍的祕奧斬斷，安納海姆恢復成實體，可是祂並沒有毀滅，而是在那裡站穩了腳步。

「哪怕是那把神之魔劍，也已經無法毀滅我安納海姆！」

谷傑拉米被使勁揮出，辛拔出新的魔劍打掉。一、三、七、十四。將速度眼看越來越快的谷傑拉米打掉十四次後，有十四把魔劍粉碎了。就算是擁有千劍的辛，假如照這個速度繼續對打下去，他所持有的魔劍也會一下子就耗盡吧。而且他左手出血的程度也很嚴重，不知道還能施展這一招到什麼時候。

「你們所構築的是沙上樓閣。」

枯焉刀谷傑拉米一面接連粉碎辛的魔劍，一面發出嗡鳴。聲音迴蕩，沙塵以辛為中心捲起漩渦。無數的沙塔構築出來，一座座將他關在內側，巨大的沙之閣樓出現在白色沙漠裡。

「谷傑拉米的一聲，會使萬物崩塌、枯萎掉落。」

谷傑拉米被打掉。然而，在那把終焉之刀發出令人毛骨悚然的嗡鳴後，辛的身體就一點一點地化為沙粒。不論是耗盡魔劍，還是時間經過，辛的毀滅都是必然。要逃離這個命運，就只能毀滅安納海姆。而這正是祂的目的吧。祂打算趁毫無破綻的辛焦急地轉守為攻的瞬間，以谷傑拉米的一刀解決他。

「沙上樓閣崩塌歸無，谷傑拉米一聲乃是終焉的軌跡。」

安納海姆一面與辛刀劍交鋒，一面吟詠。此時已有一百把以上的魔劍粉碎。辛緩緩地重新握好流崩劍，冷冷注視著祂。

「即使擦傷一道，抵抗也會徒然閉幕。」

令人毛骨悚然的嗡鳴聲響徹開來，沙之閣樓激烈搖動。形成外壁的高塔變回一般的沙，一齊崩塌下來。

「埋沒枯焉——終刀谷傑拉米。」

「斬神劍，祕奧之四——」

他以左手拔出的第一百四十七把魔劍，是斬神劍古涅歐多羅斯。辛藉由方才的對打，誘導著安納海姆的姿勢與雙方的位置，沒有將刺出的谷傑拉米打掉，而是緊貼著刀身避開了這一擊。

他衝進安納海姆的懷中，將斬神魔劍刺進祂的根源。

「——『無滅』。」

「……咳……哈……！」

安納海姆的根源被瞬間斬滅，但祂的神體沒有崩解，斬神劍依舊刺在上頭。這是因為那個祕奧維持住應該會在根源毀滅後消失的神體。枯焉沙漠的秩序讓安納海姆的根源再度回到那個神體上。

「你——嘎……啊啊……！」

緊接著古涅歐多羅斯立刻毀滅了祂。相對於將根源一直無限分割下去的祕奧之三「無間」，「無滅」會在根源歸於虛無之前永遠地斬滅下去。

「該……呃……死……嘎嘎嘎嘎嘎嘎……！我安納——唔……喔喔喔喔……！嘎啊啊啊啊啊啊……！」

安納海姆不斷地毀滅。可是，就算做到這種程度，終焉神還是不滅。不斷毀滅的安納海姆，魔力無止盡地持續上升，露出憤怒的表情。

「……你……這個……愚蠢的傢伙——……！」

最後，安納海姆儘管根源毀滅，還是一樣動了起來。就像在說終焉之神沒有毀滅一般，祂一手抓住斬神劍，一手反握谷傑拉米往上揮出。

辛放開古涅歐多羅斯，拔出新的魔劍。縱然他使出神乎其技的劍技，漂亮地與谷傑拉米劈下的刀尖對砍在一起，劍身卻被單方面地斬斷了。因為每次毀滅魔力都會增強的安納海姆，力量終於凌駕在辛的劍技之上了。

「被斬斷湮沒的，乃是魔王的右臂。」

枯焉刀谷傑拉米朝著辛的肩口劈下，將他的根源斬斷開來——就連在這種時候，辛仍舊十分冷靜，靜靜地動了動右手的魔劍。

「流崩劍，祕奧之五——」

辛的腳邊浮現三把劍的圖案，大小就跟劍的攻擊範圍同寬。

「『劍紋』。」

流崩劍阿特科阿斯塔一閃，將安納海姆的神體斬成兩段。終焉神咧嘴笑了笑。

「你的性命在終焉之前不過就是一粒沙。這世上不可能有無法終結之物。」

「是啊，我同意。」

安納海姆像在誇耀勝利一般低頭看著辛。沙之閣樓完全崩塌。在激烈揚起的沙塵中，終焉神的視線捕捉到一樣東西。

「……什麼……………」

沙塵微微散去。在安納海姆的神眼注視的方向上，原本位在枯焉沙漠裡的骸傀儡倒在那裡，而且還不只一具。由於正在和精靈們交戰的骸傀儡接二連三倒下，因此安納海姆的神眼滿是驚愕。

「……這……是……怎麼了……發生什麼事了……………？」

安納海姆被斬成兩段的身體燃起白色火焰，有如沙子一般「刷刷」地開始崩落。

「這是……怎麼回事……？這……到底是……！」

「祢不明白嗎？」

安納海姆的身體突然失去平衡，當場倒下。辛拔起刺在身上的枯焉刀谷傑拉米，同時踏出一步。對於一道擦傷就能讓人毀滅的谷傑拉米，他採取了一個對策。那就是看透根源上能以瀕臨毀滅的魔力勉強克服毀滅的一個小點，故意讓刀刺穿那裡。

「這就是毀滅。」

「……不可能……我安納海姆居然會毀滅…………在這個枯焉沙漠裡，安納海姆是不滅的……一切的毀滅，都掌握在我終焉神的手中啊……！」

辛冷冷地低頭看著以瀕臨毀滅的身體虛張聲勢的安納海姆。

「我特意用根源接下祢的谷傑拉米，以瀕臨毀滅的劍斬斷了祢的根源。」

安納海姆的身體一塊塊崩塌下來，情況明顯和以前的毀滅不同。

「……怎……麼了，好暗……？我安納海姆的神眼（眼睛）看不見了……！怎麼……可能……不過就這點程度……？不過就這點程度的事，為何我安納海姆會……！不可能！你做了什麼？我不可能會毀滅……！你到底做了什麼！」

對終焉之神來說，這大概是無法想像的事態吧。安納海姆表現出極度混亂的模樣嘶吼，根源一點一點地崩潰、消失。或許是不同以往的未知感覺襲向終焉神了吧，祂露出充滿恐懼的表情。

「在毀滅的中心，存在祢所無法觸及的領域對吧？詳細的內容就請祢去問艾庫艾斯。因為我只不過是窺看劍的深淵，採取能將祢斬殺的方法。」

在深層森羅與枯焉沙漠的夾縫裡，存在會將火露奪走的地方，而那就是深化與終焉的交會處。儘管存在於終焉之中，卻是安納海姆唯一無法觸及的領域。也就是臨欲滅時光明更盛，以更盛之光克服燈滅。

將根源導向那個交會處，正是誘使終焉之神邁向未知毀滅的方法。在流崩劍施展祕奧時，辛進行了就算說是神乎其技也不為過的絕妙調整。那是以勉強不會導致毀滅的力道斬斷根源，強制讓人克服毀滅的劍。如果是普通敵人，這麼做應該只會讓對方的魔力增強，但對終焉神安納海姆來說，卻是唯一能為祂帶來毀滅的結果。

辛藉由斬神劍的祕奧之四「無滅」，觀察安納海姆不斷毀滅的根源，窺看祂的深淵，最終達到了這個境界。儘管沒有直接巡迴過樹理迴庭園，卻能看穿終焉神唯一的毀滅，並且斬斷不滅。他的劍技還是一樣高明到令人恐懼。

「好了，時間不多了。」

辛舉起閃著冷光的流崩劍，不改冷漠的表情說：

「我就幫祢儘速斬滅吧。」

「……等等……！」

劍刃毫不留情地揮下，將終焉神的神體在轉瞬間切成粉碎。而被切碎的神體就在散得更開後，消失無蹤。

不知喘息之間究竟斬了多少次，最後留在那裡的，就只有一粒沙。

§ 49 【為戰鬥而生的生命】

魔王學院校地內——

剛才看起來就要溢出結界的「四界牆壁」氣勢稍微減弱了。就像力量的天平逆轉一般，漆黑極光在眨眼間逐漸遭到伊杰司的「血池葬送」所吞沒，並且被凱希萊姆的咒泥侵蝕。深化神迪爾弗雷德身上的白色火星消散、化為煙霧。因為骸傀儡的效力就要結束，祂的神體開始一塊塊崩落下來。

「咯咯咯咯，有什麼遺言嗎，深化神？」

接著，迪爾弗雷德帶著一本正經的表情說：

「『四界牆壁』的啟動術式，就在方才被你們破壞掉了。靈神人劍伊凡斯瑪那不在勇者手邊，背理神喪失意識。而再過不久，莎潔盧多納貝的日全蝕就會完成。」

覆蓋住遠方天空的齒輪怪物，位在它眼睛位置上的「破滅太陽」將天空染成不祥的色彩；「終滅日蝕」已進行到超過九成。

「這是最後的詢問。我問你，篡奪者。要將人類、魔族、精靈以及龍人，所有一切統統毀滅的『不笑世界的終結』即將發射。你們要反抗，還是恭順？」

「作為臨死前的禮物，就告訴祢吧。本熾死王的答案是——」

耶魯多梅朵沒意義地跳起、發出「咚」的一聲踏響地面後，誇張地高舉雙手。等注意到時，天空正一滴滴下起小雨。那是「雨靈霧消（fusuka）」的魔法。霧氣瀰漫，兩滴雨水化成人影，雷伊與米莎出現在那裡。

「我要全丟給別人去做！」

熾死王咧起就像在瞧不起人一般的笑容。

「……是又淺……又薄……又沒有內容的回答啊……」

在風的吹拂之下，迪爾弗雷德的神體漸漸化為塵埃。以這種眼看就要消失的狀態，祂說出最後的話語。

「在空無一物的虛空、又淺又薄又沒有內容的領域中，說不定也存在著深淵。倘若能如願以償，好想和你一起討論那個虛空——」

迪爾弗雷德完全崩散，消滅得無影無蹤。熾死王有一瞬間露出認真表情注視著祂消失的地方，但立刻就轉過身來。

「你們來得很慢不是嗎？」

耶魯多梅朵讓再生守護神復活凱希萊姆的遺體，對他施展「封咒縛解復」。

伊杰司與基里希利斯也同樣施展了「封咒縛解復」。

「『不笑世界的終結』果然還是堅持住了……即使用上靈神人劍也無法完全相抵，我的魔力已幾乎不剩……」

雷伊帶著苦澀的表情說。

「我也暫時無法變成真體的樣子……」

米莎的根源深處，目前仍然刺著深淵草棘。由於那個棘刺削弱了她作為精靈的大半力量，因此才無法變成虛假魔王的姿態吧。要是隨便亂拔，會讓根源受到重創。所以在打倒樹理四神之前，他們只能潛伏起來。

「你們不只是躲起來而已吧？嗯？」

對於耶魯多梅朵的問題，雷伊點點頭。

「以前阿諾斯創造過支撐地底的柱子吧？」

「『想司總愛（ra senshia）』嗎？」

「這件事我也傳達給教皇戈盧羅亞那、劍帝迪德里希，還有蓋迪希歐拉的禁兵了。娜芙妲很快就會關上大樹母海的界門，讓『意念通訊』能夠傳達到世界各地。」

「也就是說，要正面迎擊『不笑世界的終結』嗎？迎擊實實在在的毀滅力量。哎呀哎呀，究竟會怎麼樣呢，你這一招？想辦法把背理神弄醒、強迫祂施展權能，可能還比較確實的樣子？」

「哪怕是這樣，阿諾斯也肯定會這麼做喔。」

熾死王露出好奇的表情。

「為何會這麼想？」

雷伊注視著浮在空中的「破滅太陽」說：

「我想阿諾斯應該想讓在那裡的她、在那裡的她們知道，比起什麼毀滅的秩序，人們的意念要來得強大許多。」

「咯咯咯，好吧，反正也無法保證背理神能恢復過來。既然都丟給你處理了，那就全聽你的不是嗎？」

雷伊看向米莎；而她點了點頭，施展出「意念通訊」。那個魔法沿著魔法線越過迪魯海德的國境，傳達到亞傑希翁。

蓋拉帝提東北方——安妮斯歐娜與魔王聖歌隊就在那裡，然後還駐紮著亞傑希翁軍。就像在說即將舉辦歌唱音樂會一般，那裡搭建了一座巨大的舞臺。愛蓮她們穿著典禮用的黑色長袍，站在舞臺上頭。

『大家，差不多了喲。』

聽到米莎的「意念通訊」，愛蓮點了點頭。

「嗯，隨時都沒問題！」

魔王聖歌隊的八人組成圓陣，各自握著彼此的手。

「聽好了嗎，各位？阿諾斯大人如今正在很遙遠的地方。他在非常、非常遙遠的地方——神界戰鬥著。知道我們該怎麼做嗎？」

「要將我們的歌聲，傳到阿諾斯大人身旁！」

「然後和全世界的大家一起歌唱，把那個齒輪怪物趕出這裡！」

「大家……應該會唱……吧……？」

「沒問題的！畢竟我們至今曾經因為公務，而唱過很多次嘛！不論是迪魯海德、亞傑希翁，還是吉歐路達盧、阿蓋哈，以及蓋迪希歐拉。大家都在哼我們的歌曲。他們絕對都還記得怎麼唱！」

「而且最重要的是意念！」

為了與他國建立友好關係，魔王聖歌隊在世界各地傳播魔王讚美歌。那首歌曲超乎想像地打動人們的心，如今不曉得她們歌曲的人還比較罕見。

倘若國家不同，價值觀也會不同，各自的原則與主張也是千差萬別。儘管如此，大家愛著世界的心並沒有分別。擁有不同文化的人們要使得意念團結一心，歌唱便是最適當的方法；而這是剛經由地底的事件所知曉的事情。

然而，這次的規模要比當時來得更大。是否能團結一心，全看她們的歌曲了。

「為了讓阿諾斯大人能無後顧之憂地戰鬥，將誰也不會服從什麼世界的意志的決心，以這首和平之歌唱出來吧。」

愛蓮她們施展出「音樂演奏shiniaru」的魔法，開始演奏歌曲。緊接著，爆炸聲響徹開來。

「什麼！」

火勢瞬間竄起。就像要守護魔王聖歌隊一樣布下陣形的亞傑希翁軍部隊，遭到「獄炎殲滅砲」直擊。

「敵、敵襲，是敵襲！神的軍隊從北側衝來了！」

「舉全軍之力迎擊！這首歌曲攸關世界的命運！不准讓敵人靠近她們的舞臺一步！」

亞傑希翁軍的兵力約為三千人。他們以這個人數施展「聖域」，對神的軍隊張設結界。

「北方出現敵方增援，數量約為三千！」

神的軍隊現身，展開魔法砲擊。

「東北方跟著出現增援，數量約為五千！」

「……什麼！」

「西北方也出現增援！數量約為五千！合計是一萬五千！」

「什麼！竟然是我軍的五倍！這麼龐大的兵力，居然不是派到迪魯海德，而是為了派來這裡而保留下來……意思是我方的策略被看穿了嗎……？」

『這就是神的兵法，愚蠢的人類啊。』

亞傑希翁軍收到「意念通訊」。那是軍神佩爾佩德羅發出的。

『蹂躪吧，神兵。被迪魯海德引開注意力的他們，減少了這座據點的守備。只要占領這裡，就是秩序的勝利。』

「迎、迎擊——！只要支撐到歌曲唱完就好！」

相對於三千人的亞傑希翁軍，一萬五千名神的軍隊步步逼近。兩軍立刻相接，陷入混戰狀態。人類士兵不僅個人力量壓倒性地不如神兵，假如兵力還相差五倍，下場可想而知。之所以能勉強維持住防衛線，是因為最前線有艾蓮歐諾露的「仿真紀律人偶（吉娜莉娜）」。

可是有兩百具的她們，也在戰鬥中一具接著一具地停止動作。

「艾蓮歐諾露……！」

與魔王聖歌隊一樣待在後方的安妮斯歐娜，臉上浮現憂心忡忡的表情。

這是因為「根源降世母胎（安妮斯歐娜·艾蓮歐諾露）」施展過度了。艾蓮歐諾露至今一直維持著神界與地上的魔法線，她的根源早就超過了極限。

『……沒問題……的喔……安妮妹妹。妳能幫我在魔法線的延伸範圍內，盡可能地靠近前線嗎……？』

經由魔法線，安妮斯歐娜收到艾蓮歐諾露從神界發來的「意念通訊」。

「……妳要做什麼？」

『因為我漸漸看不到遠處了……在靠近後，我會再造出一千具「仿真紀律人偶」喔。』

「不行啦！如果這麼做……光是現在具有的『仿真紀律人偶』就已經無法好好操控了……！妳會死喲……！」

『放心吧，我可是魔王大人的魔法喔。而且，就只有我們能守護這裡了。』

艾蓮歐諾露說，聲音不時混著痛苦的喘息。她就連要施展「意念通訊」，都已經變成一種負擔了吧。

『求求妳，安妮妹妹。』

安妮斯歐娜像下定決心般，緊緊縮起頭上的翅膀。

「……嗯……」

她一面拉著魔法線一面盡可能地靠近前線，然後展開翅膀。伴隨耀眼的光芒，羽毛與魔法文字飄落下來。構築出的好幾顆聖水球中，裡頭出現少女的身影。

『上吧，「仿真紀律人偶——」』

「……艾蓮歐諾露……？」

『……啊……唔……！』

痛苦的聲音響起。

「別以為我們會一直敗給同一招。」

軍神佩爾佩德羅的聲音響起。在看過去後，可以發現祂腳邊的影子形狀變了。那是一個大到異常的稻草人偶。

「魔法人偶所受的傷，將會返回到術者身上。」

軍神以神劍砍擊無法動彈的「仿真紀律人偶」一劍。

『……啊啊，啊啊啊啊啊啊啊……！』

艾蓮歐諾露的慘叫響了起來。

「這是咒形神杜布瓦的權能。妳就在神的詛咒下，因致死的傷勢消滅吧，不適任者的魔法啊。」

那個稻草人偶的影子大概就是咒形神吧。就像詛咒擴散開來一般，影子的範圍不斷增大，將「仿真紀律人偶」她們全部涵蓋進去。

「艾蓮歐諾露！快解除『仿真紀律人偶』！憑妳現在的身體是撐不住的喲！」

安妮斯歐娜迫切地大喊。

『……這點我做不到喔……如果沒有「仿真紀律人偶」，大家都會死……』

神兵們一齊朝著無法動彈的「仿真紀律人偶」們舉起手上的武器。亞傑希翁軍的隊長立刻發出指示：

「全隊注意，快去保護『仿真紀律人偶』！」

「真是愚蠢。」

趁著亞傑希翁軍陣形紊亂的機會，軍神佩爾佩德羅一口氣突破了那個缺口。

「快、快阻止祂！誰快去阻止那傢伙啊！」

軍神的突擊太過快速且強韌。亂了隊列的亞傑希翁軍士兵無法將祂攔下，有數十個人被撞飛了。

「……啊……………」

軍神佩爾佩德羅站在安妮斯歐娜的眼前。那把赤銅色的神劍毫不留情地高高舉起。

「結束了。」

在軍神佩爾佩德羅揮下劍的同時，數百的神劍、數百的神槍以及數百的魔法，一齊襲向

「仿真紀律人偶」。「鏗鏘——！」的尖銳聲多重響起，震耳的爆炸聲響徹天際。

可是——安妮斯歐娜毫髮無傷，也沒有任何一具「仿真紀律人偶」受到傷害。眾神的攻擊全被閃耀的「聖域」之劍擋了下來。

「……什……麼……？」

周圍瀰漫起淡淡霧氣，一個藍髮少女從霧中現身。散發出神聖魔力的她，肩膀上坐著妖精蒂蒂。

「……不行……傷害……媽媽……」

她以不流利的話語說。

「這裡是……故鄉……」

「無法……原諒……」

「來……幫忙了……」

擁有相同長相的她們發出稚嫩的話語一同說道。

「……潔西雅……姊姊……？」

一臉愕然的安妮斯歐娜身後瀰漫起霧氣，託付給阿哈魯特海倫教育大樹艾尼悠尼安的一萬名潔西雅們從霧中現身。

「非常……努力……」

「學會了……語言……」

「媽媽……聽得懂……嗎……？」

「成為……助力……」

「一起……戰鬥……」

地、水、火與風的魔法陣——「四屬結界封」——就像要圍住那個戰場一般廣範圍地構築起來。那是會強化內側人類的力量，讓傷勢瞬間治癒的結界。

「『聖域復活(teo ingaru)』。」

她們利用一萬人份的「聖域」，復活在那裡死去的士兵們，亞傑希翁軍一下子就起死回生了。

「沒用的。世界會遭到戰火所吞噬，此乃秩序。」

佩爾佩德羅劈下的神劍，被潔西雅的「聖域」之劍打掉。

「嘎啊……！」

綁馬尾的潔西雅從背後刺穿軍神。

「……該、該死的傢伙……！」

長髮齊肩的潔西雅從右側砍斷手臂——

「唔啊啊……！」

綁髮髻的潔西雅從左側將腳釘在地上——

「……唔啊啊啊…………！」

綁丸子頭的潔西雅從正面刺穿胸口。

「還、還沒結束……！」

綁著成對緞帶的潔西雅轉瞬間就從上空砍掉佩爾佩德羅的腦袋。六名潔西雅同時說：

「「「『聖域熾光砲』。」」」

伴隨著光之爆炸，佩爾佩德羅連同根源一起消滅了。大概是沒有本體就無法存在，作為祂影子的咒形神杜布瓦也同時消失。雖然話說得很拙劣，她們的戰鬥能力遠遠超乎常人。更何況在重疊彼此的意念、維持著一萬人份「聖域」的狀態下，尋常的神不可能與之抗衡。

在佩爾佩德羅消失之後，失去以多制少秩序的神的軍隊，在潔西雅們面前就等同是烏合之眾。

「為了……戰鬥……而誕生……」

「媽媽……哭了……」

「……潔西雅……想著……」

「要成為……最喜歡的媽媽……的助力……」

她們一面在轉眼間將敵人斬滅，一面拚命展示剛學會的話語。儘管在戰場上，她們好像早就決定好最先要說出口的話。

「……謝謝妳……媽媽……」

「潔西雅們……現在……過得很幸福……」

艾蓮歐諾露朝著與安妮斯歐娜連上「勇者部隊（asura）」魔法線的她們說：

『……大、大家……在戰場上，不能大意喔……』

艾蓮歐諾露斷斷續續的話語，絕不是源自根源瀕臨極限的痛苦，而是在拚命忍耐幾乎要落下的淚水吧。

『如、如果讓可愛的臉蛋帶著傷回來，我可不會原諒妳們喔。』

嘴角微微揚起的潔西雅們揮出劍。

「「「是的……媽媽………」」」

§ 50 【希望中的絕望，絕望中的希望】

那裡——是黑暗的天空。沒有一絲光明、封閉在黑暗之中的場所，是神族姊妹的內心深淵，兩人的心象風景。

發出的聲音落入黑暗之中，轉瞬即逝。我不斷重複呼喊，所發出的話語無法傳進兩人耳中。在黑暗的天空裡，她們孤零零地站著。深邃的黑暗深淵，悽慘的內心深處——名為絕望的轉輪在碾碎姊妹的心，響起「嘎吱嘎吱、嘎吱嘎吱」的沉悶聲響。

映入她魔眼（眼睛）的是——

映入她神眼（眼睛）的是——

世界瀕臨毀滅的瞬間。

「……對不起……」

米夏就像夢囈似的說。掠奪者的齒輪插在她心上，強行轉動著。令人毛骨悚然的「嘎吱……嘎吱……」聲響傳來，有什麼一點一點地毀壞了。

「……我沒有溫柔地創造出來……」

她的意念——曾是創造神米里狄亞的少女心願——灑落而出。

——世上沒有壞人。

——做出壞事的人，並非打從最初就帶有惡意。

——是什麼讓人改變了？是什麼改變了他與她？

——重要的是，改變的理由。

——重要的是，惡意的起源。

——戰爭、背叛、絕望、喪失、迫害、虐待……倘若要一一細數，怎麼也數不盡。

——我將這些稱為悲劇。

——沒有人打從最初就是邪惡的。

「……沒有一個人……」

——不論是誰、犯下什麼樣的惡行，我都有權利去審判他們嗎？

——毀滅掉二十萬餘人、被世人稱為惡鬼的男人，起因是童年時遭到朋友的背叛。

——然而那個朋友，是因為被惡魔般的雙親如人偶一樣地對待，才變得無法相信他人。

——儘管如此，就連他的雙親，也有成為惡魔的原因。

——惡意的連鎖無盡延伸，世界永遠都在邁向毀滅。

——惡意是他們的罪嗎？

——不，某處一定有源頭。

——我尋找起那個源頭。

——尋找罪的所在。

——我注視著世界。耗費漫長……非常漫長的歲月。

——不斷追溯、追溯，再追溯。

——最後我終於找到惡意的源頭了。

——是我創造的。

——是我創造了這個一點也不溫柔的世界。

——這是無法再追溯下去的世界起源。

——無可辯駁的罪之所在。

——只要追溯起惡意的元凶，結果都會是我。

——我有什麼資格審判人啊？

——明明是我將這顆心創造成那樣的。

——這個世界一直都籠罩在戰火之中，人人都在烈焰下高聲吶喊。

——在搖曳的火焰裡，總是盤旋著悲傷、憤怒與憎恨。

——殺害那個幼小孩童的人是誰？

——拆散那對戀人的人是誰？

——奪走那個孩子雙親的人是誰？

——答案始終只有一個。

——那就是我。

——對不起。

——對不起。

——對不起。

——不論怎麼不停地在心中道歉，創造出這些的我的話語……

——總是空虛地被黑暗吞沒。

——誰會原諒惡意的元凶啊？

——我明明繼承母親的遺志，發自內心地希望。

——為什麼世界會如此充滿惡意？

——是秩序的齒輪害的嗎？

——不，肯定不是。

——即使如此，創造的也是我。

——是我的心中某處……

「是我的心中某處，存在微小的惡意種子嗎？」

——喚來終結之光，如此殘酷地閃耀。

——毀滅世界的「終滅日蝕」。

——我的惡意竟然如此地大……

「要是我純白無瑕……」

——要是我擁有毫無陰暗面的美麗心靈……

——或許就不會引發這種悲劇了。

——沒有察覺到秩序的齒輪，是我的過錯。

——要是我更早發現到……

——要是我在創世之時就發現到……

——我就會創造出更加溫柔的世界。

——不對，就算我沒注意到……

——要是我希望著更加溫柔的世界……

——就誰也不會輸給齒輪了。

「對不起，莎夏。」

——對不起。

「我只是想要看著世界。就連妳的這種願望，我都無法為妳實現。」

——因為……

「世界是如此地悲傷，充滿著惡意。」

米夏轉頭看向莎夏。她抱著膝蓋，就這樣飄蕩在黑暗的天空裡。莎夏閉著魔眼（眼睛），就像在沉睡一樣。

「——不夠。」

米夏說。她以創造神的神眼，經由「終滅日蝕」看著地上。光——集結著全世界人們意念的「想司總愛」之光，正一點一點地聚集起來。

「毀滅大於創造，惡意與憎恨強過愛與溫柔，所以一直以來總是——」

淚水自米夏的眼中滑落。

「『想司總愛』無法阻止『不笑世界的終結』，此乃世界的秩序。」

接著，莎夏茫然地睜開神眼。

「……米夏……」

莎夏緩緩伸出指尖，拭去米夏的淚水。

「不要哭。」

「……嗯……」

「我作了個夢喔。」

莎夏緩緩起身。

「……什麼樣的？」

「奇怪的夢。我打破了命運的夢。只要不發生奇蹟，就不會實現的夢。」

莎夏有些自嘲地說。

「身為破壞神的我，卻要拯救地上的夢。這明明就不可能，還真是奇怪的夢呢……」

莎夏在左眼浮現「終滅神眼」，米夏則在雙眼浮現「源創神眼」，兩人凝視著彼此。

「助我一臂之力，米里狄亞。」

她帶著強烈的意志說：

「我已經受夠什麼絕望了。大家都在那裡奮戰。在我哭泣的時候，不論是雷伊、米莎，還是耶魯多梅朵老師，大家都沒有放棄。老是在這裡害怕哭泣的話，會被大家笑話的。」

彷彿在呼應莎夏的意志一樣，魔力聚集到神眼上。

「如果說想要打破命運，就必須引發奇蹟的話，那我引發給你們看。」

牽起米夏的手，破壞神的少女說：

「如果世界沒有在笑，我就強行讓它笑出來。所以我求求祢，米里狄亞。」

看到莎夏露出下定決心的表情，米夏露出淡淡的微笑。

「一起戰鬥吧。世界的秩序或許總是帶來相同的結果，但今天說不定會不一樣。雖然不清楚，雖然沒有保證，但我有這種感覺。」

「阿貝魯猊攸。」

讓手指深深交纏，米夏緊緊握住祂的手。

「謝謝祢。我也不會放棄。」

「去阻止『終滅日蝕』吧。」

莎夏凝視著米夏的神眼(眼睛)說：

「恢復原狀吧，米里狄亞。只要我們沒有同時存在，『終滅日蝕』就不會發生。或許不會立刻消失，但只要盡可能讓威力減弱，雷伊他們的『想司總愛』就一定能幫我們阻止。」

米夏眨了眨兩下眼，然後點了點頭。她們背對著背，在背後牽起彼此的手。

這是心象風景。實際上的兩人，此時正受到魔法陣的齒輪束縛。當她們正要注入魔力時，米夏忽然抬起頭來。

像是聽見了什麼。

『不論汝怎麼呼喚都沒用。汝的聲音已無法傳達給祂們。』

爆炸火焰遮住視野。混著雜訊的聲音響起，我朝落在眼前的神之烈火瞪了一眼。

「滅紫魔眼」將無數的神炎消除。

眾神的蒼穹——位在那裡的深淵之底，艾庫艾斯正飄浮在空中；一字排開的火焰大砲正瞄準我這邊。

『——米夏。』

我一面以「四界牆壁」擋住傾注而下的神炎，一面用魔眼（眼睛）窺看她們的內心深淵，以「意念通訊」不斷呼喚她們。

『——莎夏。』

「汝差不多該理解了吧，世界的異物啊？埋入我齒輪的破壞神與創造神，祂們無法認知到汝。」

火焰大砲的掃射中止。艾庫艾斯擺出十字架般的姿勢，發出「嘎吱嘎吱」的聲響轉動起身上的齒輪。

光是這樣，他龐大的魔力便再度提升起來。原本用在「遠隔透視」上的五個巨大齒輪排成縱列，瞄準我這一側。像在說他要將齒輪齒當作刀刃使用一樣。

「汝不可能喚醒祂們。」

「咯哈哈，這要是虛張聲勢，未免也太蠢了；但要是認真的，艾庫艾斯，就先幫你腦袋的齒輪上點油吧。都銹到轉不太動了啊。」

他將指尖朝向我。伴隨著駭人的聲響，一片巨大齒輪射出，我畫起用來迎擊的魔法陣。

「正巧莎夏很會賴床呢，很常怎麼都叫不醒。她那感情好的妹妹則是在陪著她吧。」

激烈旋轉的齒輪朝我撞來，一面將我發出的「獄炎殲滅砲」與「魔黑雷帝」碾碎，一面深深陷入我的體內。

「——就跟平時上學的時候一樣。」

根源被切開，溢出大量的魔王之血。我朝因此有些腐蝕的一處打進「焦死燒滅燦火焚炎」，從內側發射「灰燼紫滅雷火電界」。

伴隨龐大的紫電，齒輪化為灰燼。

「而且，她們好像也沒你說得那麼絕望喔。」

「汝不明白，齒輪早就開始轉動。絕望正因為在希望之中，才得以存在。」

二發、三發、四發，齒輪這次朝大地發射而出，帶著「轟轟轟轟轟！」的聲音挖掘著深淵之底。

埋在大地裡的火露附在齒輪上，使得魔力提高了。火露被奪走得越多，應該要循環的生命就越是減少。不能再讓他這麼做了。

「就持續守護下去吧，世界的異物啊。汝是那個賽里斯・波魯迪戈烏多的兒子，他拯救到什麼了嗎？那個男人不惜對自己的妻子見死不救也想要和平，結果守護到什麼了嗎？」

我衝向正在蹂躪大地的齒輪。在故意讓根源被打傷後，以魔王之血加以腐蝕，並且用

「焦死燒滅燦火焚炎」與「灰燼紫滅雷火電界」將齒輪化為灰燼。

「他守護了我，守護了和平。將那高貴的意志傳承下來，父親守護到最後——哪怕是現在這個瞬間。」

「汝錯了。失去力量的那個男人，什麼也無法守護。」

艾庫艾斯的背後充滿光芒，巨大齒輪再度出現。接著又一個、兩個，齒輪不斷出現。

「這就是他的下場。」

巨大齒輪上畫出「遠隔透視」的魔法陣。顯示在上頭的，是位在密德海斯的鐵匠・鑑定鋪「太陽之風」。

「那裡無人守護。汝要怎麼做，不適任——」

艾庫艾斯倒抽一口氣。我猛然飛起，雙手緊握紫電。藉由從左右手溢出的紫電，我畫出合計二十道的魔法陣。這些魔法陣連結起來，所形成的巨大魔法雙重疊起。

「『灰燼紫滅雷火電界』。」

雙重疊起的毀滅魔法，以紫電結界覆蓋住艾庫艾斯。紫電與紫電碰撞，在內側掀起壓倒性的破壞。狂暴的閃電與雷光，以紫色填滿了世界。

「——錯的人是你啊，艾庫艾斯。正因為在絕望之中，才會存在希望。」

巨大雷鳴響徹開來。最後，閃光漸漸退去。

可是——艾庫艾斯仍然健在。那個齒輪的神體一樣毫髮無傷。

「那就用汝的魔眼（眼睛）仔細看好吧——看好絕望轉動的瞬間。」

齒輪發出「嘎吱……嘎吱……」的聲響轉動。顯示在「遠隔透視」上的鐵匠．鑑定鋪，被竄起的烈火所籠罩——

§ 51　【最後的魔法】

密德海斯的市區裡，開始響起某首熟悉的曲子。

躲在家中瑟瑟發抖的魔族子民們抬起臉，聆聽那個旋律。耳熟能詳的那首曲子是首讚美歌，在讚揚統治當今迪魯海德的唯一王者。他們或許理解到戰爭即將告終了吧，緊張的表情忽然和緩下來。

『娜芙妲要宣告，封閉界門已完成。大樹母海消滅，能正常施展「意念通訊」。』

在魔王學院前，雷伊回應祂：

「了解。那就開始吧。」

熾死王、冥王以及緋碑王畫出「意念通訊」的魔法，將戰局傳達給其他部隊；於是，密德海斯各地開始接連畫出「意念通訊」的魔法陣。以魔眼（眼睛）能清楚看見的規模，那股魔力擴展開來。

地上的迪魯海德、亞傑希翁與阿哈魯特海倫；地底的吉歐路達盧、阿蓋哈與蓋迪希歐拉。以聚集在密德海斯的六國強者們的魔力，「意念通訊」之光朝著各自的國家連結而去。

『大家聽得到嗎？我是魔王聖歌隊的愛蓮。』

位於亞傑希翁的愛蓮經由「意念通訊」將聲音傳到全世界。她嚴肅且懇切地向人們說：

『我們的國家迪魯海德，目前正遭受浮現在空中的齒輪怪物——艾庫艾斯的襲擊。「終滅日蝕」要將我們的國家，要將世界燒灼毀滅。』

她同時也施展「遠隔透視」的魔法，顯示出地上的天空與魔王聖歌隊的模樣。

『自稱「全能煌輝」的艾庫艾斯宣稱這是秩序。兩千年前，迪魯海德的魔王結束了漫長的大戰，世界迎來和平，人們不再因為戰爭而喪命。』

愛蓮伴隨在身後響起的優美曲調說：

『艾庫艾斯似乎宣稱這次的戰爭是世界和平的代價。毀滅與創造要盡可能相等，然後世界必須漸漸邁向毀滅。兩千年間，人類、魔族、龍人與精靈，相對於要毀滅而沒有毀滅的數量，今日必須在這裡毀滅才行……』

她的聲音在顫抖。隨著每次開口，她壓抑的感情便漸漸顯露出來。

『哪有這麼蠢的事啊？說什麼人們必須在這個世界上一直戰爭下去，哪裡有這麼不講理的事啊？』

或許是安妮斯歐娜將在眾神的蒼穹得知的事情，告訴愛蓮了吧，這次是愛蓮將這些事傳達給全世界。

『神的軍隊前來侵略地上與地底，使得許多國家、許多城市陷入戰火之中。』

愛蓮帶著悲傷的表情靜靜地說：

『珍惜之人受傷、朋友倒下，還有不少人因此喪命。這種事，這麼過分的事，今後也要一直繼續下去——因為這個世界的秩序，那頭怪物是這麼說的！』

她倏地吸一口氣，以堅定的眼神直視前方。

『我們的魔王正在神界與艾庫艾斯交戰。確信這個世界的秩序、這個不講理的一方，正是應該要毀滅的存在，暴虐魔王應該絕對不會退讓吧。』

雷伊以自己為中心畫出魔法陣。那是「想司總愛」的術式。

『魔王總是守護許多事物。在兩千年前建立和平、轉生到這個魔法時代的他，阻止了亞傑希翁與迪魯海德的戰爭，守護了雙方國家；拯救了大精靈蕾諾與她的女兒，守護了阿哈魯特海倫；而在地底，則阻止了吉歐路達盧、阿蓋哈與蓋迪希歐拉的鬥爭，從落下的天蓋中守護了龍人們。』

愛蓮的呼吸聲經由「意念通訊」傳達出去，她的意念覆蓋住世界。

『人稱暴虐的魔王，如今也一面與艾庫艾斯交戰，一面在守護這個世界。那個「終滅日蝕」想要灼燒我們。只要利用兩千年前將世界分為四塊的牆壁，魔王說不定也能從那道終滅之光下守護住我們。』

愛蓮拚命且迫切地向世界說：

「儘管那個術式因為神的侵略遭到破壞，魔王肯定有辦法修復才對。就跟兩千年前一樣，以他的性命與這次要付出更多的犧牲為代價……』

她的決心表現在臉上，以撼動人心的聲音說：

『這次輪到我們守護他了！「想司總愛」——只要大家的意念、全世界的意念團結一心，就一定能阻止那個日蝕。就以我們的歌聲、我們的意念，展現給暴虐魔王看吧。』

她溫柔地充滿著愛。

『因為你一直守護的世界是如此美好。』

光芒開始靜靜地聚集。首先是從迪魯海德，然後是亞傑希翁。阿哈魯特海倫、阿蓋哈、吉歐路達盧與蓋迪希歐拉，人們的意念開始從世界各地慢慢聚集起來，化為白色的魔力粒子在雷伊的周圍閃閃發光。

『魔王讚美歌第九號——』

正當愛蓮要說出歌名時，強烈的噪音混入伴奏中。米莎抱著頭，整個人搖晃了一下。雷伊則抱住她的身體，對她展開了反魔法。

「……魔法遭到干涉了……」

冥王伊杰司這麼說的同時，獨眼亮了起來。「意念通訊」傳來的歌曲被擾亂，侵蝕著聆聽之人的身體。敵對神族還潛藏在某處。在這一瞬間，伴隨「轟隆隆隆隆隆隆隆隆」的聲響，市區竄起一道激烈火柱。

「……那裡是…………！」

伊杰司臉色大變並奔馳而出。雷伊尾隨在後，耶魯多梅朵則騎上變成狗的基里希利斯。

風景以高速流逝，噪音隨著距離逼近變得越來越強烈。那道聲音伴隨著魔力，就像詛咒一般滲入體內侵蝕著身體。然後，唱炎在伊杰司抵達的那個地方竄了起來。

鐵匠・鑑定舖「太陽之風」陷入了火海。發出「嗡嗡嗡」的聲響出現在那裡的，是無法以肉眼看見的聲音神——福音神杜迪雷德。

「紅血魔槍，祕奧之二——『次元閃』。」

紅槍一閃，唱炎遭到斬斷，被打飛到次元的另一端。儘管店舖燃燒崩塌，由於有「血界門」形成的次元結界，因此勉強保住了原形。伊杰司將魔槍指向杜迪雷德。

緊接著，他的獨眼一沉。守護著鐵匠・鑑定舖的四座「血界門」，被畫上了魔法文字。不知不覺站在門旁的，是一個衣衫襤褸的年幼男孩。祂緊握的鵝毛筆散發出的魔力，與畫在「血界門」上的魔法文字有著相同的波長。

狂亂神亞甘佐就像在發揮其竄改的權能一樣，令四道門不自然地彎曲，扭曲著次元結界。猙獰的咆哮從大大裂開的空間對面傳來，一頭遠比房子還要巨大的漆黑野獸，張大嘴巴出現在那裡。

「暴食神蓋魯巴多利翁……！」

伊杰司刺出魔槍，以「次元衝」在漆黑野獸身上刺出十個洞。然而，亞甘佐將鵝毛筆一揮，那些洞就被轉移到伊杰司眼前，要將他吸進去。

神劍羅德尤伊耶飛來堵住「次元衝」。十把劍被吸進十個洞裡，才想說沒釀成大事，就響起一聲巨響。

祂正在吃。暴食神蓋魯巴多利翁張開巨大嘴巴，連同地面一起將鐵匠・鑑定舖「太陽之風」整個吞進去。

「呀啊啊啊啊啊……！」

「——快抓住我——露娜——！」

爸爸和媽媽的聲音響起。沒有多久，整間店就被吞進暴食神蓋魯巴多利翁的肚子裡。

遲了一步趕到的耶魯多梅朵與雷伊，與那三位神對峙。演奏出來的讚美歌聲音遭到暴食神吞噬；福音神演奏新的曲子，製造出不協調的音調；然後經由狂亂神的竄改，在「意念通訊」中播放令人毛骨悚然的曲子。

蓋魯巴多利翁、杜迪雷德，以及亞甘佐。倘若不一起消滅這位三神，就無法施展「想司總愛」。之所以將爸爸和媽媽整個吞下去，大概是想讓人覺得他們說不定還活在肚子裡，打算藉此封住使出全力的攻擊吧。

『一切——』

亞傑希翁上空的齒輪發出「嘎吱、嘎吱」的聲響轉動，混著雜訊的聲音在遠方響徹。

『一切有如秩序的齒輪轉動。這樣汝等便失去對抗「終滅日蝕」的一切手段。距離莎潔盧多納貝的日全蝕完成只剩六十秒。被絕望壓垮吧，與世界的異物為伍的愚蠢人們啊。』

「終滅日蝕」一分一秒地持續進行。就在世界逐漸被黑暗籠罩的過程中，雷伊、伊杰司與耶魯多梅朵動了起來。神劍羅德尤伊耶射出，紅血魔槍的祕奧呼嘯；雷伊則竭盡最後的魔力，以「愛世界（raburu asuku）」衝過去。

然而為時已晚。只要作為聲音神的杜迪雷德、能竄改現象的亞甘佐與能吞噬萬物的蓋魯巴多利翁專心拖延時間，除非攻其不備，否則不可能在剩下的六十秒毀滅祂們。

姑且不論在萬全的狀態下，如今不論是熾死王、冥王還是雷伊，都早已精疲力盡。面對殘酷地不斷前進的時鐘指針，到底就連他們三人都露出焦慮的神色。

「——你在看著嗎，阿諾斯？」

伴隨著聲音，十道細微紫電朝天空奔馳而出。震耳欲聾的雷鳴，與足以覆蓋住暴食神蓋魯巴多利翁的紫電溢出。天空轟響、大地震撼，漆黑野獸的身體被撕裂開來。變得破破爛爛的房子從蓋魯巴多利翁裂開的肚子裡掉出，砸在地面上。下一瞬間，龐大的紫電劈下，將蓋魯巴多利翁燒成灰燼。

留在那裡的是萬雷劍。劈下的龐大紫電宛如天空支柱一般，附著在那把魔劍上。握著劍柄的人，是將媽媽抱在懷裡的爸爸。其長相雖然是這個時代的他，那股魔力確實是轉生前的賽里斯·波魯迪戈烏多的魔力。

「你在看著嗎，阿諾斯？這是兩千年前的我要送你的魔法。」

父親踏出一步。

「我人生最後的『波身蓋然顯現（buenejiara）』。」

是敗給格雷哈姆那時——

父親賽里斯在最後使出所有魔力，施展了「波身蓋然顯現」。緊接著，他就遭到格雷哈姆砍頭，魔法沒有發揮出任何效果。然而我錯了，「波身蓋然顯現」其實發動了。化為可能性的賽里斯，再度施展了「波身蓋然顯現」；而那個「波身蓋然顯現」的賽里斯，也同樣施展了「波身蓋然顯現」。

只要一直施展「波身蓋然顯現」，作為可能性的賽里斯就不會消失。當然，這麼做無法對外界造成任何影響，只是作為可能性存在著，僅僅如此而已。

然後，父親將可能性一直延續到今日。名副其實地淪為亡靈，那個魔法活了兩千年的歲月。倘若揮出可能性之劍，他就會立刻消失吧。他將那僅僅只有一次的機會，為了兒子而保留下來。

就在當下，冥王動了動。

「唔嗯！」

他將紅血魔槍刺出，以祕奧之一「次元衝」在亞甘佐與杜迪雷德身上各刺出一個洞。就算亞甘佐要竄改、杜迪雷德要化為聲音穿透過去，賽里斯染成滅紫色的魔眼（眼睛）也在阻礙祂們這麼做。祂們兩位的神體被吸入次元洞穴裡，宛如被拋出似的轉移到空中。

「幹得好，一號（杰夫）。」

化為巨大之劍的紫電，朝亞甘佐與杜迪雷德劈下。

「『滅盡十紫電界雷劍』。」

像要撕裂天空一般的雷鳴響徹到千里之外，毀滅朝神劈落。迪魯海德的天空染成紫色，狂亂神與福音神就連灰也不剩地毀滅殆盡。

父親一面發出毀滅魔法一面說：

「兩千年前——」

「我對你的母親見死不救。」

每當紫電退去，「波身蓋然顯現」便開始結束，那股魔力漸漸消失。

「但是——」

賽里斯·波魯迪戈烏多將媽媽緊緊抱在懷中說：

「這次守護住了。」

染成紫色的天空恢復原狀。

亞甘佐與杜迪雷德已不在那裡，祂們毀滅了。

「守護了你的父母，守護了你應該歸來的這個場所。」

父親將萬雷劍刺在地上，力量忽然開始從那個身體上流失。

「我守護到最後了喔…………」

伊杰司扶住要倒下的兩人。

「……你在看著嗎，阿諾斯……？」

最後的「波身蓋然顯現」漸漸消失。

父親的聲音漸漸消失。

「……你可是我的兒子，才不會輸給什麼世界的意志……」

在那個魔法眼看就要結束時，父親彷彿擠出最後的可能性一樣，把手放在伊杰司背上。

然後他說：

「……我在等著喔……阿諾……斯……在這個家……等你……回來。」

喪失意識般，父親無力地把頭垂下。已經再也無法聽到兩千年前的那個聲音了吧。

這是在短短一瞬之間所發生的事。儘管如此，那最後的瞬間，鮮明地超越時代而來的那道絢爛紫電，確實守護住我無可取代的事物。

§ 52　【重疊的意念，凝聚的力量】

聲音回來了——

福音神、暴食神與狂亂神的妨礙消失，「意念通訊」再度演奏出魔王讚美歌的優美音色。從亞傑希翁傳到密德海斯，再從密德海斯傳到阿哈魯特海倫、吉歐路達盧、阿蓋哈與蓋迪希歐拉，逐漸傳播開來的那首曲子響徹全世界。

光聚集起來。經由「意念通訊」，無數耀眼的光粒子以雷伊為中心不斷溢出。

「是我們贏了，艾庫艾斯。」

他一面將人們希望和平的意念纏繞於身，一面瞪著飄浮在遙遠上空的「終滅日蝕」與巨大的齒輪怪物。

「不論終滅之光要往世界的何處射出，人們希望和平的意念都會將它擋下。」

天空覆蓋著黑暗，那是莎潔盧多納貝的日全蝕。儘管遭到要將世界籠罩在黑暗之中的漆黑吞噬，迪魯海德並沒有失去光輝。不論是亞傑希翁、阿哈魯特海倫、吉歐路達盧、阿蓋哈，還是蓋迪希歐拉，人們的意念轉變為魔力，讓地上與地底充滿希望之光。

『汝以為意念能勝過秩序嗎？』

齒輪發出「嘎吱、嘎吱」的聲響轉動。混著雜訊的駭人聲響，無遠弗屆地響徹開來。

『以為帶著愛與溫柔，就能拯救世界嗎？』

「能拯救喔。」

雷伊以氣定神閒的語調說：

「我會拯救給你看。」

『汝等想拯救的世界正是我啊。世界(我)想要毀滅——想要汝等所有生命毀滅。此乃注定的秩序，是絕對無法顛覆的。』

覆蓋天空的暗與充滿地上的光——彷彿世界與人、暗與光在鬥爭一樣，雙方隔著遙遠的距離對峙著。

『為了拯救世界而要和世界交戰的矛盾會殺死汝等。絕望的轉輪將會碾碎這份意念的一切，並且踐踏過去。』

黑檀光芒開始朝空中的「終滅日蝕」凝縮起來。漆黑、不祥，同時仍舊神聖的力量——破壞神的毀滅權能，如今要向世界展露獠牙。

『時限已到。』

齒輪怪物從亞傑希翁的上空瞪著密德海斯。在這個瞬間，終滅之光鮮明閃耀。

『如今終滅之光就要將地上燒盡。』

無法與第一次相提並論的龐大光芒被射了出來。彷彿要將迪魯海德整個吞沒一般的終滅瞬間湧來，將地上之光漸漸塗改為黑檀色。就像要迎擊這道光一樣，純白之光宛如衝天之柱般從地上竄起。

顯現在雷伊手上的是一把純白聖劍，那是由人們的意念所凝縮、具像化而成的劍。緊握著這把意念聖劍，雷伊朝終滅之光蹬地衝出。宛如在推他一把似的，純白光芒眼看著將他的身體不斷往上推，讓他朝毀滅的中心飛去。

沒有靈神人劍的加護，如今的他無法引發奇蹟。只要稍微落於下風，雷伊這次就會確實消滅吧。儘管如此，他仍舊必須展現給地上的所有人們知道。

人們的意念絕對不會輸給什麼世界的秩序。只要看到他毫不遲疑地飛進終滅之光裡的身影，不論是誰應該都會如此確信，讓這份意念變得越發強大。他恐怕在害怕吧。他並非感受不到恐懼。可是雷伊還是竭盡一切的勇氣，朝黑檀光芒刺出白色的意念聖劍。

「『想司總愛』————————！」

終滅之光與「想司總愛」正面衝突。在激烈碰撞之下，捲起漩渦的黑檀與純白光芒震撼大氣，光是餘波就讓分裂的大地再度撕裂開來。以一己之身承受壓倒性的毀滅力量，纏繞著純白光芒的雷伊身體漸漸化為焦黑，緊握的純白聖劍上出現細小的龜裂。

『互相幫助並攜手合作——汝等自以為將希望延續下來了。挫敗世界的意志並擊退前來迪魯海德的眾神——汝等這麼相信。』

就像要挫敗人們的意念一樣，混著雜訊的聲音響起。

『一切都遵照秩序的齒輪發生，汝等一一失去對抗毀滅的希望。失去了靈神人劍伊凡斯瑪那、失去了不適任者格雷哈姆所準備的背理神，也失去了賽里斯・波魯迪戈烏多遺留下來的「波身蓋然顯現」。

齒輪發出「嘎吱、嘎吱」的聲響轉動。遭龐大的黑檀光芒擊中，聖劍的龜裂擴大開來。

『齒輪會轉動，世界會轉動，然後絕望開始轉動。早在失去能斬斷宿命、顛覆命運的唯一且最大的武器時，汝就已經敗北了，愚蠢的勇者啊。』

雷伊的身體與「想司總愛」的光芒遭黑檀吞沒，漸漸被推回地上。他早就被第一次的終滅之光擊中過，根源受到了重創，能活動到現在這件事本身，已經很不可思議了。勉強靠意念撐住的身體，也已經要迎來極限。

『世界（我）並不溫柔，也沒有在笑。』

終滅之光發出更大的閃光——正當此時，有人伴隨著光芒從地上飛來。被終滅之光推開的雷伊，經由那個人的手支撐著背部。

「真不像樣。你的力量就這點程度嗎？」

那個人是辛・雷谷利亞。他一面支撐著雷伊，一面將魔力注入流崩劍阿特科阿斯塔，朝黑檀光芒刺去。

「連世界都拯救不了的男人，我不會把女兒交給他。」

「……這樣可困擾了呢……」

他咬緊牙關，像在鞭策破爛不堪的身體般使出全身魔力。

「「命劍一願！」」

又有人影伴隨著光芒從地上飛來。他們是迪德里希、奈特和希爾維亞，阿蓋哈最強的子龍們。

「「「喔．喔．喔．喔喔喔喔喔喔喔喔喔喔喔！」」」

他們將坎達奎索魯提之劍刺向終滅之光。娜芙妲創造出來的理想世界，與那個毀滅展開對抗。

「去吧，狗！」

凝膠狀的狗衝向黑檀光芒，同時發出「唉嗚、唉嗚！」的大聲咆哮。儘管毀滅，也會以「根源再生」不斷復活，緋碑王基里希利斯在消耗終滅之光帶有的力量。

「咯咯咯，你可要當心啊。倘若打到不好的地方，會連同『根源再生』的術式一起毀滅掉喔。」

冥王伊杰司與熾死王耶魯多梅朵從地上飛來。兩人分別刺出神劍羅德尤伊耶與紅血魔槍迪西多亞提姆，對抗著終滅之光。

「大家上吧！『精靈們的軍隊』！」

大精靈蕾諾的六片翅膀閃閃發光，率領著翠綠閃耀的精靈們朝那裡飛去。集結起來的眾多精靈的力量，將閃耀的手掌伸向黑檀光芒支撐著。

「想司總愛」與集結了魔族、龍人和精靈之力所形成的那個純白魔力場，勉強擋住黑檀光芒。兩股力量衝突的那個地方有如暴風區般狂暴，迸發出無數的火花，使得黑與白的粒子大量灑出。

「好啦、好啦，儘管勉強擋住了確實很好，但要怎麼做？在莎潔盧多納貝的日全蝕結束之前，這道終滅之光可不會消失不是嗎？」

熾死王問。這種竭盡全力的狀況，頂多只能雙方膠著地再維持幾十秒吧。假如是這樣，遭到終滅吞沒只不過是時間上的問題。

「加隆，用那一招吧！就像兩千年前一起並肩作戰的時候一樣！」

蕾諾大聲說完，熾死王就接著說：

「這是個好主意不是嗎？只剩下斬斷那顆『破滅太陽』一路可走。就拿走我們的力量吧，吶，亞傑希翁的大勇者。」

「在過去見到的未來裡，我也曾與你同心協力過。我們的劍也託付給你吧！」

迪德里希高喊，雷伊點了點頭。他讓辛支撐背部，竭盡最後的力量畫出魔法陣。

「勇者部隊」——將夥伴們的魔力，集結在勇者一人身上的軍隊魔法。假如此時在場的眾人同心協力，這股力量將不是兩千年前雷伊率領人類們戰鬥的時候所能相提並論的。

「將大家的意念與魔力，集結在這把劍上。」

雷伊身上噴出龐大光芒，缺損的六個根源一口氣再生回來，響起潺潺水聲。在終滅之光與雷伊之間出現了一面薄薄的水鏡，而上頭浮現出波紋。

「那裡就是終滅之光的要害。」

辛一面支撐雷伊的背部，一面使出流崩劍的祕奧。

「如果那是劍，完全就是破綻百出的大動作揮擊。毀滅之力最為集中的一點，也會增強自身的毀滅。也就是說，斬斷『不笑世界的終結』的活路——」

在雷伊點頭的同時，辛將魔力分給他，盡全力推著他的背。

「——你不可能斬不斷！」

代替後退的辛等人，雷伊在身上纏繞起龐大的「勇者部隊」魔力，將「想司總愛」凝聚成一把劍。

「哪怕毀滅是注定的命運，哪怕靈神人劍不在手中，我們也會——！」

雷伊拖曳著一道純白光芒，將黑檀光芒斬斷開來。距離越是接近，「終滅日蝕」的威力就越加龐大，使得黑檀光芒凶猛襲來。凝聚的一切毀滅與「想司總愛」之劍激烈碰撞，將世界的天空染成黑白。

「這種宿命不論多少次，我都會斬斷給你看——！」

雷伊來到漆黑的毀滅太陽——「終滅日蝕」面前，將化為巨大光劍的「想司總愛」刺了出去。

「『總愛聖域熾光劍（ra senshia torearosu）』——！」

黑檀與純白撼動天空，掀起就像要覆蓋世界的光之大爆炸——

§ 53　【這個世界是……】

終滅之光閃爍。三角錐神殿內部，「破滅太陽」與「創造之月」相互重疊，引發「終滅日蝕」。破壞與創造的姊妹神在一旁受到齒輪魔法陣所束縛，刀刃刺穿她們的胸口，固定在魔法陣上。

「就要永別了呢……」

莎夏說。她們只要再度變回互為表裡的姊妹神，破壞神與創造神便不會同時存在，「終滅日蝕」應該會隨之消失。不過，這意味兩人即將別離。

「明明好不容易才見到面……明明總算想起來了呢……」

米夏點點頭。

「好寂寞。」

「吶，米里狄亞。」

在朝米夏看去後，莎夏向她說：

「命運一直以來都殘酷且無情，讓我最討厭了。明明是神，卻無法引發什麼奇蹟，只能一直注視逐漸毀壞的事物。」

米夏輕輕地點頭應和。

「被強加破壞的秩序，因此我只能破壞。用這雙神眼（眼睛）看到的事物，全部都在轉眼間就粉碎了。」

莎夏猶如要拋開悲劇般，正視著前方堅定地說：

「所以我不會將視線從這個命運上移開。如果我只能破壞，那就直視我最討厭的命運，將它破壞掉！」

身為破壞神的少女，就像要挑戰命運一般大喊。彷彿在回應她的決心，米夏開口說：

「我所創造的這個世界，其實既冰冷又殘酷。」

她帶著悲傷的神眼（眼睛）遠望某處。

「愛和溫柔總是輸給憎恨與惡意，鬥爭永無止息的一日。明明總算迎來和平，世界的意志卻想要毀滅。」

莎夏輕輕點了點頭。

「不過，我想要相信——相信並不是這樣。」

米夏正視前方溫柔地說：

「如果這個世界還留有一絲溫柔，就會為我們實現願望。」

淡淡光芒籠罩姊妹二人，她們的魔力發出閃耀的光芒。

「阿貝魯猊攸。」

米夏溫柔地說：

「我想讓他們勝利。至少一次，我想作為創造神，給予相信愛與溫柔的大家回報。人們凝聚意念，挺身對抗終滅之光，這不該是一個他們會落敗的悲傷世界。」

莎夏明確地點點頭。

「引發奇蹟吧，米里狄亞！如果是我們兩人，一定會成功才對！」

米夏面露微笑。

「我會一直陪在祢身旁。」

「嗯。」

「我即是祢。」

「祢就是我喔。」

雪月花在兩人身旁閃亮飛舞。

「一直在一起——」

隨著米夏的話語，白銀光芒籠罩姊妹兩人的身體。創造神米里狄亞的權能，將一分為二的她們再度重新創造為一體，恢復成互為表裡的姊妹神。

她們的神眼（眼睛）裡，映著目前正爆發激烈衝突的「想司總愛」與終滅之光。

迪德里希、希爾維亞，以及奈特。

耶魯多梅朵、伊杰司，以及基里希利斯。

辛、蕾諾，以及雷伊。

他們相信眾人的意念，挺身對抗結束一切的光芒。

——要給予他們奇蹟。

——想相信這個儘管不溫柔的世界，仍舊留有一絲溫柔。

——哪怕秩序的齒輪轉動著絕望的轉輪。

——在我所創造的世界裡……

——在我所期望的世界裡……

——充滿許多的希望，應該能阻止那道光……

——我如此相信著。

——如果世界的溫柔不足……

——我會成為代替……

——所以，拜託了。

——求求你、求求你，只要今天就好……

——但願這個世界能隨著愛轉動。

還不夠。儘管受到刀刃固定，莎夏與米夏還是拚命地朝彼此伸出手。鮮血滲出胸口，姊妹兩人一面忍受痛苦，一面盡全力挺出身體。然後，兩人的指尖稍微碰觸到了。

「「『分離融合轉生（deino jikusesu）』。」」

兩人分別畫出半圓的魔法陣連結起來。米里狄亞的神體與阿貝魯猊攸的神體——她們要讓過去曾為一體的兩個神體再次重疊，恢復成原狀。藉由並用創造神的權能與涅庫羅的魔法「分離融合轉生」這兩種力量，兩人就要再度化為互為表裡的姊妹神。

兩人受到光芒籠罩的輪廓微微晃動，在即將交會的瞬間——光之齒輪出現在兩人的心臟上。埋入神族體內的那個秩序宛如要挫敗兩人的意志般，阻礙「分離融合轉生」的發動。

「……我才不會輸呢……這次……這次一定……！」

「大家都在戰鬥。為了守護迪魯海德、守護這個世界，我也要戰鬥。」

兩人為了抵抗齒輪，儘管表情因為痛苦而扭曲，還是更加地伸出指尖。刺在身上的刀刃陷入她們體內，齒輪就像要撕裂心臟一般轉動——然而即使如此，兩人的意念也沒有受挫。

——我想看到笑容。

——不會要求太多，就算受傷也無所謂。

——就算悲傷也無所謂。

——我想看到即使如此，最後大家也會一起歡笑的世界。

——在努力、努力、再努力之後，好不容易才迎來和平。

——居然要我破壞掉這種和平，我才絕對不要呢。

——我要破壞那個命運。

——我要破壞那個秩序。

——哪怕我會再次失去笑容……

——所以，拜託了。

——求求你、求求你，只要今天就好……

——但願這個世界能隨著笑容轉動。

「消失吧……！」

莎夏的五指碰觸到米夏，「終滅日蝕」在她們頭上暗暗地閃爍。

「給我消失……！」

兩人竭盡所有魔力，就像要混合一樣，讓魔力在彼此的體內循環。

日蝕——沒有消失。

在地上的天空中，刺出「想司總愛」之劍的雷伊朝著黑檀光芒衝去，一臉拚命地吶喊。

已經不能再拖延下去了。

「拜託了……！」

莎夏也跟著雷伊一起大喊。

「拜託了，只要今天就好！我不需要明天了！喂，我的力量、破壞神的秩序，就只是為了破壞而存在的嗎！為了破壞而生，因為誕生所以再度破壞，這種事我已經受夠了！扯掉這種齒輪吧！我也要……我也想要和大家一起守護這個世界！」

「讓我作夢吧……只要今天就好。請讓我相信一切都還不遲。希望能再給創世失敗的我一次機會。這次我一定會以純白無瑕的心靈，帶著愛與溫柔創造妳。拜託妳，請還——」

米夏大喊：

「不要結束……！」

心臟上的齒輪出現裂痕。她們一面粉碎齒輪，一面將兩人的手緊緊握在一起。兩人以神眼（眼睛）對望彼此。

「最後也無所謂。讓你們見識一下……」

「神的奇蹟吧！」

「分離融合轉生」的魔法陣發出更強烈的光芒，她們的輪廓扭曲變形。就在這一瞬間，能聽到齒輪發出「嘎吱……嘎吱……」的轉動聲響，混著駭人雜訊的聲音響徹開來。

『「不笑世界的終結」。』

黑檀光芒閃耀，她們眼前掀起足以覆蓋住整個地上天空的驚人大爆炸。

「分離融合轉生」的光芒緩緩退去——

照亮神殿內部的耀眼光芒消失，而在那裡有兩名少女。

她們有如被孤零零地遺留下來一樣，依舊被束縛在齒輪的魔法陣上。

失敗了。她們沒能恢復成互為表裡的姊妹神。

「……為……什麼……」

在莎夏的眼前，「終滅日蝕」正在閃耀。

「不行……嗎……」

伴隨著愕然的話語，眼淚潸然落下。

——沒錯，這個世界是如此殘酷地遵循著秩序……

——奇蹟……並不會發生……

——無法引發。

「……對不起……」

由於神眼（眼睛）滿盈著淚水，悲傷自米夏的口中流洩而出。

——為了拯救這個世界……

——大家明明這麼努力了……

——儘管如此……

「……這個世界，一點也不溫柔……」

——破壞總是強過創造。

——憎恨與惡意總是讓愛與溫柔漸漸消失。

——人們會死去，希望會破滅。

「……是我創造的……」

——啊啊，果然……

——我在一開始就犯了錯。

——因為在我心中的某處……

——存在微小的惡意種子。

『別說傻話了。』

對於響起的聲音，兩名少女做出反應。

她們臉上充滿驚訝。不可能有聲音之類的物質傳達得到她們這裡，不可能有人向她們搭話——她們就像在這麼想的樣子。

『是妳創造的？這個悲傷且充滿惡意的世界？』

兩人瞪圓神眼傾聽著聲音。

『就好好睜大神眼，更加地豎起耳朵吧。有聽到什麼嗎？』

米夏正要詢問，卻閉上了嘴。

不知從何處傳來音樂。

傳來充滿溫柔的歌曲。

——有朝一日如果見到這個世界的創世主，我想跟祂說聲謝謝。

——雖是充滿悲傷與痛苦的人生……

——儘管如此，卻在任何時候都為我們留下大大的希望。

——睜開眼睛、豎起耳朵吧。

——妳看，有眾多的人們在一同歌唱。

——大家每天都在一起歡笑……

——在我就要灰心的時候，向我伸出手喔。

——啊啊，這個世界肯定始於一顆美麗無瑕的心靈。

——所以，妳看……

——世界是如此溫柔，在向妳展露笑容。

『咯哈哈，瞧妳那是什麼臉。妳在哭什麼啊，莎夏？哪裡會毀滅啊？這個世界可沒脆弱到不過是被妳瞪一眼就會壞掉。』

莎夏豎起耳朵倒抽一口氣。

『妳在道歉什麼啊，米夏？妳說破壞會強過創造？惡意會勝過愛與溫柔？那就用妳的神眼（眼睛）好好看清楚。』

純白光芒耀眼閃爍。「終滅日蝕」——比黑暗還要深沉的黑檀色莎潔盧多納貝上，閃過一道純白劍光。

「啊…………」

斬斷終滅之光、從「終滅日蝕」中現身的，是緊握意念結晶聖劍的一名勇者——他從地上斬斷絕望，來到了這裡。

「雷伊……」

『愛與溫柔很強大。』

強而有力的聲音響起。

就像要撼動她們的靈魂一樣。

『不是沒辦法恢復，而是沒有恢復。妳們的心還記得與我的約定——不論是世界還是妳們，全都要救的約定。相信全世界人們一起唱出的歌曲，絕對能抵消那道終滅之光。』

維持從地上衝來的力道，雷伊直接撞破神殿牆壁；少女們則看向那個特別大的破洞。

『在妳的心裡，就連個微小的惡意種子都沒有。』

之前無法認知到的那個背影，她們清楚地看在眼裡。

我回過頭注視兩人的臉。艾庫艾斯的齒輪從破綻百出的背後襲來，不過雷伊讓「想司總愛」之劍伸長、變大，橫掃掉這一擊。

「這是妳創造的世界，是妳給予我們的世界。聽聽吧，米夏。這首獻給妳的歌。」

束縛住她們的魔法陣齒輪出現裂痕。

「這個世界是如此充滿溫柔。」

——啊啊，我想起來了。

「看看地上吧，莎夏。妳所期望的這個世界是如此富有笑容。」

——對了。

——正是這樣。

——雖然奇蹟一次也沒發生過……

——但我們身旁一直都有無敵的魔王大人陪伴。

「要賴床到什麼時候？天馬上就要亮了。不趕快收拾掉那傢伙，上學就要遲到嘍，米夏、莎夏。」

此時雷伊大喊：

「阿諾斯……！」

射出的複數齒輪中，有一個穿過他的聖劍，逼近到我的背後。然而我看都不看一眼，只是敞開雙手迎接姊妹兩人。

回到我身邊吧。

束縛住兩人的魔法陣齒輪瞬間粉碎四散。她們就像彈開似的，以「飛行」筆直飛來。

「不准對我的魔王大人出手！」

「終滅神眼」瞪著齒輪，將它撕成碎塊。

「冰世界。」

「源創神眼」眨了一下。一顆小型的玻璃球體當場出現，齒輪被構築出來的冰世界吞沒進去。

她們就這樣順勢撲進我懷裡。

「唔嗯，還是一樣這麼會賴床啊。」

兩人在我懷裡泛起淚水。儘管淚水盈眶，還是像要回應我一般露出微笑。

「……因為就是起不來嘛……」

「……睡過頭了……」

雷伊飛來守護我的背後，朝艾庫艾斯舉起「想司總愛」之劍。

「好啦——」

我緩緩轉身，瞪著齒輪的集合神。

「守護好要守護的事物了。雖然你給我恣意妄為了好一陣子——」

我自全身解放出漆黑魔力，同時說：

「但這樣就能盡情消滅你了。」

§ 54 【毀滅逼近時】

鎖定我的四個巨大齒輪回到艾庫艾斯身旁，就像盾牌一樣覆蓋住他的四方。

「以為贏了——」

艾庫艾斯以混著雜訊的聲音說：

「——汝等以為這樣就贏了嗎？渺小的異物就算聚集了四個，也無法阻止巨大的齒輪轉動，只是讓絕望稍微遠離了而已。」

「都失去難得收集到的神力了，你還真會說呢。」

莎夏浮現「破滅魔眼」，狠狠瞪著齒輪的集合神。

「你送到地上的眾神毀滅了。」

米夏淡然地說：

「經由扭曲的選定審判，祂們成為了你的手腳。祂們即使毀滅，只要你安然無事，那個秩序就不會消失，你能夠讓手腳再生。然而——」

米夏以那雙神眼（眼睛）窺看艾庫艾斯的深淵。

「你所失去的神的權能並沒有回來。」

「才不是沒有回來呢。是招不回來對吧？」

「祂們也在戰鬥。眾神在瀕臨毀滅之際，拒絕一直作為世界的齒輪。」

靜謐的聲音在神界之底響起。

「戰勝『不笑世界的終結』的人們意念，以及拒絕作為你的齒輪的眾神意念。」

米夏以平靜但堅定的視線凝視艾庫艾斯，同時明確地斷言：

「這才是真正的世界的意志，而不是你。」

「分出勝負了喔，艾庫艾斯。」

雷伊將純白聖劍指向艾庫艾斯說：

「究竟是你能將我們逼入絕境，還是阿諾斯能將我們守護到底——就是這樣的勝負。」

米夏、莎夏與雷伊從全身發出魔力粒子。

「他守護住一切，你已經毫無勝算了。」

「守護住了？」

發出令人毛骨悚然的「嘎吱……嘎吱……」聲響，齒輪轉動起來。艾庫艾斯說：

「世界（我）並不這麼覺得。」

艾庫艾斯大大敞開雙手，讓周圍的齒輪猛烈地轉動起來。莎夏狠狠瞪著那些齒輪，她魔眼（眼睛）所浮現的魔法陣發出超乎常軌的魔力。轉生後的莎夏，她的魔族肉體上寄宿著「破滅魔眼」，與她原本擁有的魔眼是不同的東西。是因為我取得了「破滅魔眼」，而在莎夏的根源進入作為我子孫的容器裡時，所誘發且覺醒的力量。

當然，在取回的阿貝魯猊攸神體上也有「破滅魔眼」。「破滅魔眼」原本是將「終滅神眼」分割成兩份所產生的魔眼，如今在阿貝魯猊攸的神體與魔族的莎夏融合後，兩個「破滅魔眼」重疊在一起。也就是說，就算我不將「破滅魔眼」還給莎夏，如今的她也能施展近乎完整的「終滅神眼」，就像方才保護我不受齒輪傷害的時候一樣。

「那個齒輪還真讓人不爽耶。」

在莎夏的魔眼（眼睛）裡，兩個魔法陣重疊在一起，變化為闇色太陽。黑陽循著她的視線射出，連同周圍的齒輪一起灼燒艾庫艾斯。

「消失吧！」

莎夏的視線貫穿齒輪，讓它們在光線的灼燒之下消滅。然而，艾庫艾斯無畏「終滅神眼」迎面衝來，他「嘎吱」一聲轉動齒輪，指尖襲向莎夏；而雷伊以意念聖劍擋下這一擊。

「不會讓你得逞喔。」

「不論缺少多少神力，齒輪都不會停止轉動。」

艾庫艾斯以齒輪手指一把抓住「想司總愛」之劍，就這樣以非比尋常的力量揮打雷伊，轉向背後。

「汝只會理解到這一點而已，世界的異物啊。」

艾庫艾斯將雷伊的身體砸向逼近到背後的我，我不以為意地刺出「焦死燒滅燦火焚炎」的指尖。就在閃耀的黑炎之手要貫穿雷伊的身體前，他放開純白聖劍，從我眼前錯身而過。

「焦死燒滅燦火焚炎」直接打在艾庫艾斯的肚子上，卻無法對他造成任何傷害。艾庫艾斯將奪走的「想司總愛」之劍直接朝我揮下。可是，那把純白聖劍忽然消失，使他的手撲了個空。

「世界可不會協助你喔，艾庫艾斯！」

雷伊已完全掌控「想司總愛」。不論是消失還是出現，都能夠隨心所欲。他將全世界的意念再度化為聖劍後，從下方刺向艾庫艾斯的身體。

刺耳的「嘎嘰嘰嘰嘰！」聲劇烈地響徹開來，艾庫艾斯身上的齒輪開始轉動。齒輪一面發出「嘎吱嘎吱」的沉悶聲響，一面將「想司總愛」的劍身吞入、壓斷。

就在這時，天空化為一片雪景。

「冰光。」

米夏在眨了兩下眼後，翩翩飛舞的雪月花綻放光芒，將艾庫艾斯的齒輪凍結起來。然而，他還是沒有停下。

「『斷裂缺損齒輪』。」

艾庫艾斯在四面八方畫出魔法陣，缺損的小齒輪從他的全方位發射出去。雷伊、米夏以及莎夏就像在空中盤旋一樣，避開這些齒輪。

我以「破滅魔眼」與「四界牆壁」擋住飛來的「斷裂缺損齒輪」，齒輪卻輕易貫穿漆黑極光，直到我用「焦死燒滅燦火焚炎」之手抓住才總算停住。儘管緊緊握住，齒輪卻沒有化成灰，仍然保有原形。

「世界至今也仍然遵循著秩序在不停轉動。」

艾庫艾斯胸部的齒輪發出「嘎吱……嘎吱……」的聲響，在轉動後開啟。他的胸口裡有個空洞，裡頭放著一個木造的陳舊轉輪。艾庫艾斯將那個轉輪拿出體內。

「靜靜地——沒錯，靜靜地。」

九個巨大的齒輪魔法陣伴隨著光芒出現，包含那個木造的齒輪在內，各自複雜地相互齧合在一起。艾庫艾斯從身體中心伸出魔法線，在與魔法陣的齒輪連結後，開始轉動起自己的齒輪。連動後跟著旋轉起來的九個齒輪，甚至散發出神聖的魔力。

難以理解。最巨大的齒輪轉動著小齒輪，而那個小齒輪連結著陳舊轉輪。儘管小齒輪以令人眼花撩亂的速度轉動，那個轉輪卻一動也不動。也就是說——要讓那個陳舊轉輪轉動，就是需要如此強大的力量嗎……

「溫柔地碾碎異物，邁向絕望。」

轉瞬間，陳舊的轉輪開始緩緩轉動。轉輪的速度不斷加快，以高速轉動起來。其發出的銅色魔力，讓那個轉輪看起來比原先還要巨大許多，是無法讓人一眼看穿的力量。

「『古木斬轢轉輪（borosu heteusu）』。」

有別於激烈飛散的魔力，轉輪緩緩地發射出來，筆直朝著大地前進。

「你這傢伙！才不可能讓你這麼做……！」

莎夏飛到「古木斬轢轉輪」前方，以「終滅神眼」瞪著。在總算看見那個魔法的深淵後，我大聲喊道：

「快避開！」

莎夏瞪圓神眼（眼睛）。因為「古木斬轢轉輪」將黑陽斬斷了。就在她因此分心的瞬間，遭到從其他方向飛來的「斷裂缺損齒輪」直擊，撕裂全身上下。

「……啊…………」

「古木斬轢轉輪」慢慢逼近無法動彈的莎夏。

「不准傷害她。」

以「創造建築」創造的冰盾出現在莎夏面前。在「古木斬轢轉輪」立刻碾過去後，米夏就接連不斷地創造出冰盾阻擋。

「喝啊啊啊啊！」

雷伊從空中迴旋飛來，以「想司總愛」之劍斬向那個陳舊轉輪，然而斬不斷。意念聖劍被彈開，「古木斬轢轉輪」壓進雷伊體內。

「……嘎啊……！」

每當轉輪發出「嘎吱嘎吱」的聲響轉動一圈，雷伊的根源就會遭到碾碎。就在他的根源被碾碎兩個、三個、五個時，我衝去擋在他面前，把手伸向那個轉輪。帶著「焦死燒滅燦火焚炎」的雙手被輕易彈開，轉輪壓進我的體內。可是就算被彈開，我還是持續伸出閃耀著黑炎的手，強行壓制那個轉輪。在旋轉的轉輪與我的雙手之間，激烈的魔力火花迸發。

「離我遠一點。」

我的身體被轉輪壓住，往地面墜落而去。就像要乘勝追擊一樣，「斷裂缺損齒輪」有如雨點般傾注而下。

「看來這還真不是尋常的轉輪哪。」

全身鮮血四溢，「古木斬轢轉輪」深深壓進根源之中。魔王之血激烈溢出，噴濺在陳舊轉輪上。在「古木斬轢轉輪」受到腐蝕的同時，我的根源也被激烈撕開，使得毀滅的力量失去控制。我將這股力量直接砸在轉輪上。

「『波身蓋然顯現』。」

接著再將可能性的「焦死燒滅燦火焚炎」打過去，壓制住那個轉輪。假如只是要避開，那麼很簡單；但要讓這個轉輪壓進大地裡的話，神界不可能承受得住。我的身體就像被轉輪拖走一般撞破三角錐神殿，然後雙腳踏在大地上。兩個、三個、四個，我將可能性的雙手不斷打在「古木斬轢轉輪」上，轉輪才總算停了下來。

「唔嗯，就沒有射出第二發的情況看來，就算是他，同時操控一個『古木斬轢轉輪』，就已經是極限了吧。」

或者說，這個陳舊轉輪就只有一個嗎？

「『終滅神眼』居然連道傷痕都無法留下，那個齒輪到底是什麼做的啊……？」

米夏、莎夏與雷伊從上空降落到我身旁。

「艾庫艾斯是世界本身。不論真相為何，那股力量……」

米夏說：

「不是毀滅世界的力量，是打倒不了的。」

「……也就是沒有『不笑世界的終結』級的威力就不行呢……雖說現在的我們或許辦得到，但這麼做的話，就算能打倒艾庫艾斯，世界也會毀滅耶……」

「理解了嗎？」

混著雜訊的聲音響起。我們轉頭看去，發現艾庫艾斯站在十多公尺外的距離上。

「只要停下絕望，世界就會停止。汝等異物能做到的，不是破壞齒輪讓世界毀滅，就是自己被消滅之前一味地爭取時間。」

艾庫艾斯雙腳併攏、雙手伸直，擺出十字架一般的姿勢轉動自己的齒輪。

「毀滅會靜靜地前進，什麼都沒有改變。」

他的前方畫出魔法陣，出現無數缺損的轉輪。

「打從一開始，沒錯，打從與這個世界對峙開始，汝等的命運就已經決定好了。汝等能改變的，就只有循著哪一條道路抵達絕望而已。」

「好啦，你就再好好地想一想吧？你這個齒輪以為是渺小異物的東西——」

我向前踏出一步，將陳舊的木造轉輪用力捏碎。

「意外地是巨人之手也說不定喔。」

我看向米夏，而她點了點頭。

「『斷裂缺損齒輪』。」

缺損的轉輪接連射出。我衝進這波攻擊之中，並一面以「破滅魔眼」、「四界牆壁」與「焦死燒滅燦火焚炎」防禦，一面在空隙之間前進。

「雷伊、莎夏，讓阿諾斯全力戰鬥。」

米夏說。莎夏與雷伊立刻反應過來。

「也就是防禦交給我們對吧？了解！」

「阿諾斯，神界之底就交給我們——」

我一面前進，一面畫出一百門魔法陣。

「就交給你們了。把流彈擋下。」

我疊起「獄炎殲滅砲」與「魔黑雷帝」，朝艾庫艾斯射出。漆黑太陽拖曳著黑色閃電，如流星般接連擊中艾庫艾斯。他的齒輪在轉動之後展開反魔法，將這些攻擊彈到遠方。

光是一發，威力就足以刨開神界大地的攻擊，莎夏以「終滅神眼」瞪著，雷伊則將「想司總愛」作為魔法屏障擋下。就算有攻擊逃過攔截，受創的神界也會立刻由米夏重新創造。

「『波身蓋然顯現』。」

我在可能性的右手上利用發出的「獄炎殲滅砲」，施展出「焦死燒滅燦火焚炎」，並在重複疊上七層之後，刺向艾庫艾斯的腹部。齒輪發出「嘰嘰嘰嘰嘰嘰嘰」的刺耳摩擦聲，他的神體到底還是輕微凹陷了。

「這一擊沒有傷到世界的根源。」

「就算是世界，也無法一直承受下去。」

他手臂的齒輪就像刀刃一樣旋轉，朝我襲來。我在蹲低身姿避開這一擊後，再度刺出重疊七層的「焦死燒滅燦火焚炎」。閃耀著黑炎的手指，不偏不倚地刺中同一個部位。

「沒用的。」

艾庫艾斯一面大大跳開，一面對自己施展恢復魔法。在我用「破滅魔眼」讓效果延遲後，他就射出無數的「斷裂缺損齒輪」。

「別想逃。」

我以凝縮在右手的紫電畫出十道魔法陣，迎擊缺損的無數齒輪。

「灰燼紫滅雷火電界」發出的紫光撼動神界，就像要將其破壞似的閃爍。在我一口氣穿過那裡、接近艾庫艾斯之後，他就創造出九個巨大的齒輪魔法陣。他的齒輪之手握著方才被我捏碎的轉輪木片。

「『焦死燒滅燦火焚炎』。」

我朝艾庫艾斯正在恢復的傷口，再度刺進重疊七層的「焦死燒滅燦火焚炎」，艾庫艾斯的身體凹成了弓字形。

「絕望會靜靜地轉動。」

艾庫艾斯手中的木片逐漸恢復原狀，陳舊的木頭轉輪再生回來。九個齒輪相互齧合在一起，並且開始旋轉。

「遠迅於汝貫穿世界的速度。」

「你是這麼想的嗎？」

我就這樣用打在他肚子上的「焦死燒滅燦火焚炎」，使勁將艾庫艾斯的身體高高舉起。畫出的多重魔法陣，有如砲塔般層層疊起，漆黑粒子以魔法陣砲塔為中心畫出七重螺旋。艾庫艾斯的身體像在慘叫一般嘎吱作響。

「這次過去的，會稍微大一點喔。好好擋下吧。」

「……你開玩笑……的吧……這是……」

莎夏瞪大了神眼（眼睛）。

光是發出的魔力就讓神界之底發出「嘎吱嘎吱」的聲響出現裂痕，天空彷彿地裂似的撕裂開來。

「『極獄界滅灰燼魔砲（egiru gurone angudoroa）』。」

魔法陣的砲塔發射出終末之火。與過去對格雷哈姆施展的時候不同，我沒有貫穿他的根源，所以無法讓這股威力保留在艾庫艾斯的內側。毀滅一面燃燒齒輪身體，一面緩緩地將他推向空中。

雷伊、莎夏與米夏以全速飛上天空。

「老實說，我曾經想過只能這麼做了。」

雷伊來到能在上空與「極獄界滅灰燼魔砲」對峙的位置上。意念聖劍激烈閃耀，巨大地膨脹開來。雷伊一臉就算是終滅之光也能確信勝利地衝進去，可是在這道毀滅之前，他到底還是露出赴死覺悟的表情。

然而，越是窮途末路就越是耀眼，正是過去人稱大勇者的這名男人。雷伊緊緊握住純白聖劍，竭盡自己的一切意念，然後解放魔力的同時發出吶喊：

「『總愛聖域熾光砲（ra senshia toraiasu）』！」

從他刺出的純白聖劍中釋放出龐大的光粒子。其將艾庫艾斯吞沒之後，與「極獄界滅灰燼魔砲」爆發衝突，世界被染成純白一片。戰勝「不笑世界的終結」的眾人意念與七重螺旋的黑暗之火互相撞擊，漆黑灰燼與純白閃光飛揚起來。這是要藉由抵消滅世魔法的威力，將對外界的影響控制在最低限度。

而「總愛聖域熾光砲」與「極獄界滅灰燼魔砲」的衝突點，也就是艾庫艾斯的神體，將會受到毀滅世界以上的力量吧。那個齒輪神體遭到純白光線擊穿，被終末之火化為灰燼。

「……唔……！」

雷伊咬緊牙關。果然還是無法完全抵消吧。畢竟「極獄界滅灰燼魔砲」比「總愛聖域熾光砲」來得強大，要是繼續這樣下去，終末之火就會獲勝，這個神界將會瓦解。倘若是這樣，地上也不會沒事。

「……這種流彈……是要我怎麼辦啦……真是受夠你了……！」

莎夏以「終滅神眼」狠狠瞪著「極獄界滅灰燼魔砲」。其視線發出的毀滅之光，像是要支援雷伊一般抵消終末之火。然而，毀滅仍舊沒有停止。狂暴的火星即使是「終滅神眼」與「總愛聖域熾光砲」也無法完全抵消，朝著神界之底傾洩而下。

「冰光。」

翩翩飄落的雪月花一齊綻放光芒，凍結住終末之火。飄散的火星凍結，受損的神界經由她的創造魔法重新創造。米夏、莎夏與雷伊三人使出所有魔力，勉強擋下我發出的「極獄界滅灰燼魔砲」。

「……等……等……阿諾斯……已經夠了吧！不要這麼認真，給我多保留一點威力啦！那傢伙絕對早就消滅了啦！」

「抱歉。」

對於我的道歉，莎夏露出就像在說「該不會」的表情。雷伊則使勁地咬緊牙關。

「根源有點傷得太重了。這已經是手下留情的極限。」

「總愛聖域熾光砲」再度被「極獄界滅灰燼魔砲」推開。神界之底開始化為灰燼，就算憑藉米夏的力量，也無法在瞬間重新創造回來。

「你說極限……是騙人的吧……？再這樣下去……」

「這邊早已經很普通地達到極限了呢……」

「……毀滅……好快……」

三人壓制毀滅魔法的同時，感到越來越焦急。

「米夏。」

我向正在一面凍結終末之火，一面重新創造神界的她說：

「妳曾經說過，想要回報受我幫助的恩情吧？妳當時說，儘管想要幫助我，什麼都辦得到的我卻不需要妳。」

米夏點了點頭。

「我記得。」

「我現在需要妳的幫助——需要妳的創造魔法。幫我守住吧，米夏。守住這個世界。」

我向她說出發自內心的願望。

「我辦不到。」

她眨了兩下眼，然後說：

「交給我。」

就像要竭盡意念一樣，她以「源創神眼」注視整個神界。那道溫柔的視線，逐漸將毀滅的裂痕修補起來。

「雷伊。」

我向緊握意念聖劍的他說：

「格雷哈姆在最後說了呢──沒有人抵達我所在的高度。說什麼儘管身旁有許多部下，我依舊是孤獨的怪物。」

我壓抑眼看就要失控的毀滅根源，盡可能抑制「極獄界滅灰燼魔砲」。

「別讓我孤獨一人。阻止我吧，朋友啊。」

縱然露出苦澀的表情，他還是向我露出微笑。

「我知道了，阿諾斯。」

純白之光膨脹開來。「總愛聖域熾光砲」上飛舞著純白的秋櫻花瓣，「愛世界」重疊在上頭。他將那份意念灌注進去。

「莎夏。」

我的視線對上在上空拚命阻止毀滅的少女。

「可別讓我毀滅世界了啊。」

莎夏瞬間啞口無言，之後眼中帶著堅強的意志。

「……這是當然的吧！這種手下留情的魔法，你開玩笑放出的一、兩道毀滅，我會統統幫你毀滅掉！」

莎夏以「終滅神眼」狠狠瞪著終末之火。她的激情釋放出大量黑陽，燒灼步步逼近的毀滅。於是，三人竭盡超越極限的魔力與意念。

我相信著──

他們就連這道毀滅的力量都能阻止，守住世界。

絕對會。

神界的一切瞬間被黑炎所覆蓋——

§ 55　【三面世界】

並列在神界之底的無數神殿在熊熊燃燒。天空燒成一片漆黑，地面被燒得黯淡無光，終末之火將一切化為漆黑灰燼。假如神界之底毀滅殆盡，毀滅就會立刻波及樹理迴庭園，將世上的一切統統化為灰燼吧。

不過——

儘管神界之底遭到漆黑灰燼所覆蓋，依然沒有崩塌。倘若是平時，應該早就化為灰燼的那個場所，完美地保住了原形。這是因為方才的衝突，使得「極獄界滅灰燼魔砲」被抵消掉大半威力了。

「這東西——」

莎夏飄浮在空中，俯瞰神界之底。

「——快給我消失啦！」

「終滅神眼」注視天空與大地上所有毀滅的事物，讓它們邁向終滅。終末之火眼看著逐漸消失無蹤。

雷伊將「想司總愛」之劍指向裂開的天空與龜裂的大地，純白粒子接二連三飄進神界的傷口，填補失去的魔力。

米夏一面撒落雪月花，一面緩緩降落到三角錐神殿上。她畫出的軌跡發出閃閃發亮的冰光，將漆黑灰燼重新創造成天空、大地與神殿。

「真是的……」

莎夏一副精疲力盡的模樣垂下肩膀，就這樣開始緩緩降落。

「為什麼阻止自己人的流彈，會比阻止即將毀滅世界的『終滅日蝕』還要辛苦啊……」

雷伊和莎夏一樣靜靜降落，並且露出苦笑。

「很普通地覺得會死呢。」

「我不會再做第二次了……」

雷伊同意似的點點頭。

「就結果來說，艾庫艾斯這是招惹到絕對不能招惹的對象了吧。」

他遠望幾乎恢復原狀的神界之底。

「即使那個齒輪真的是世界的意志，在能毀滅世界的魔王面前也和常人無異。」

雷伊邊說邊環顧四周。

「怎麼了嗎？」

莎夏一臉疑惑地詢問。

「事情還沒結束喔。艾庫艾斯是多神的集合體，假如毀滅了，秩序就會無法維持，世界會崩壞。所以，阿諾斯在施展『極獄界滅灰燼魔砲』時，抑制了威力。」

「……與其說秩序會無法維持……」

莎夏一副想說：說到底，如果沒抑制，就根本無法抵消。

「……嗯，好吧。那也就是說，那傢伙在吃了那一招後還活著嗎？」

朝著瞪圓眼睛的莎夏，雷伊微笑起來。

「要是沒活著，可就傷腦筋了啊。妳究竟是懷著什麼樣的想法，把黑陽打在艾庫艾斯身上的啊？」

她一臉尷尬地低下頭。

「……就……就想說要把他打爛啊……」

雷伊帶著笑容僵住，以不知該說什麼才好的眼神看著莎夏。

「我、我會這麼想，是想說阿諾斯會想辦法搞定啊。因為一直都是這樣嘛……！」

莎夏的辯解令雷伊露出苦笑。

「唉，是這樣沒錯啦。再來就是看要怎樣不毀滅世界地毀滅艾庫艾斯了。雖說只要找到那個方法，但阿諾斯很可能已經有想法——」

微弱的「沙沙」雜訊聲響徹天際。

「——我應該說過了。」

雷伊朝那道聲音轉頭看去。

「只要汝等還想守護世界，汝等就不可能毀滅世界。汝等的戰鬥，打從最初就與秩序相互矛盾。」

從地面射出的無數「斷裂缺損齒輪」朝雷伊與莎夏逼近。兩人立刻左右分散，避開攻擊。艾庫艾斯從積在大地上的漆黑灰燼中現身，飛向空中。發出「嘎吱嘎吱」聲響轉動齒輪的他速度極快，轉瞬間就擋在雷伊的面前。

早在純白聖劍揮下之前，零距離射出的「斷裂缺損齒輪」就撕裂著雷伊的全身上下。

「……騙人……的吧……？」

莎夏以「終滅神眼」瞪著艾庫艾斯並喃喃自語：

「吃了那一招，居然只有燒焦的程度，別開玩笑了……！」

黑陽灼燒著艾庫艾斯。然而，在那具身體的齒輪猛烈轉動後，終滅的視線眨眼間就被碾碎了。

「世界還保有原形，即意味著我還保有原形。不論是用什麼方法，只要這個世界沒有毀滅，我就不會毀滅。」

儘管莎夏以「飛行」不斷改變方向，避開射來的無數「斷裂缺損齒輪」，還是讓艾庫艾斯趁隙接近到她附近。

「這傢伙——」

「這即是秩序。」

齒輪指尖貫穿莎夏的胸口。

「……唔……啊……！」

神體噴出大量鮮血，她痛苦地扭曲表情。即使如此，那雙神眼(眼睛)還是狠狠瞪著艾庫艾斯，燒灼著他的身體。

「這次就在祢體內埋進更強大的齒輪吧。」

她的左胸上出現三重的魔法陣齒輪。彷彿要碾碎她的心靈與心臟一樣，發出「嘎吱嘎吱」的聲響開始轉動。

「……啊、啊、啊啊啊啊啊啊！」

莎夏的口中發出慘叫。埋進體內的三個齒輪上，帶有更加龐大的魔力。

「祢將會再度化為世界的齒輪，破壞神阿貝魯猊攸。」

「唔嗯，居然讓神眼(視線)從我身上離開，未免太狂妄了。」

我以重疊七層的「焦死燒滅燦火焚炎」一把抓住他那顆齒輪機關的腦袋，把他從莎夏身上扯下來。

「捏碎你吧。」

那顆齒輪的腦袋發出「嘰吱嘰吱」的擠壓聲；與此同時，我以「滅紫魔眼」瞪著埋進莎夏心臟裡的齒輪。這與魔眼(眼睛)所無法看見的秩序齒輪不同，因為力量強大而無法隱藏。假如是這種齒輪，應該要毀滅多少都行吧。

「汝以為耗費兩千年，才建立了和平嗎，世界的異物啊？」

艾庫艾斯的指尖貫穿我的腹部，讓旋轉的齒輪不停挖掘根源。

「這不過是齒輪轉動的結果。倘若只有汝一人，或許能與這個世界的意志正面對抗吧。然而，汝獲得了應當守護的和平。這是幸運？還是汝的力量所致？都不是。是無論如何都要避免危險的不適任者覺得就算毀滅世界也無所謂，秩序的齒輪才讓世界和平的。」

艾庫艾斯以「飛行」把我壓向地表。我沒有放開他的頭，在手指上灌注力氣，用力勒緊他。我這麼做的同時，依舊持續瞪著莎夏；必須讓埋進去的齒輪停下來才行。

「世界的異物啊，汝用那雙手懷抱和平。懷抱那個脆弱易碎、有如玻璃工藝品般虛幻的夢想。假如你想為了毀滅我而握緊拳頭，那個夢想就會立刻在手中粉碎。」

艾庫艾斯發出驚人的魔力，更加地把我壓向地表；神聖光芒在空中拖曳著一道尾巴。

能在大地上看到九個齒輪魔法陣與一個陳舊的木頭轉輪。只要窺看深淵，便知道那以魔法線與艾庫艾斯的齒輪連結在一起。轉輪激烈地旋轉，朝我落下的身體碾去。其發出的魔力，比那個小巧的木頭轉輪還要大上數十倍。

「汝將會懷抱世界（我）給予的一時性和平毀滅。」

「古木斬轢轉輪」朝我的背部猛烈射出。在這種與艾庫艾斯零距離對峙的姿勢下，想要迎擊十分困難。再加上，莎夏就在我、艾庫艾斯以及轉輪連成的直線上。

她還無法動彈。假如避開，轉輪就會將莎夏碾碎吧。艾庫艾斯逼迫我瞬間做出判斷，而我毫不遲疑地做出決斷。我以「滅紫魔眼」瞪著埋進莎夏體內的齒輪，使其毀滅。突然間，「古木斬轢轉輪」碾碎我的背部；在發出「嘎吱嘎吱」的聲響旋轉後，那個魔法撕肉、斷骨，開始削掘根源。

而艾庫艾斯還使勁抓住我的身體，往「古木斬轢轉輪」上頭壓去。魔力粒子飛散，魔王之血大量噴出。我體內的毀滅根源開始失控，本來壓抑的力量洩露到世界上。

我咬緊牙關，盡全力將這股力量保留在體內。

「怎麼了，世界的異物啊？只要解放力量，汝應該能輕易驅趕『古木斬轢轉輪』。」

「……連同世界一起哪。」

就像在嘲笑我般，艾庫艾斯的齒輪發出「嘎吱嘎吱」的聲響旋轉。

「汝就儘管明白無法守護，依舊一直守護下去吧。守護世界、夥伴，以及這份和平。世界的異物啊，汝的選擇錯了。汝應當獨自一人來到這裡——沒錯，沒有獲得和平、孑然一身地來到這裡。」

轉輪高速旋轉，深深壓進我的根源中削掘，噴出漆黑的火花。毀滅的力量眼看就要滿溢出來，對世界留下深刻的傷痕。我以自己的身體與根源代為承受這股傷害，因此傷勢變得越來越嚴重。一滴抑制不住的不祥之血滴落在地面上，大地瞬間潰爛，化為漆黑灰燼。

「轉動吧、轉動吧。」

伴隨艾庫艾斯的聲音，「古木斬轢轉輪」旋轉得越發激烈。

「世界啊，轉動吧——」

「還真是抱歉。」

莎夏總算用右手拔出埋進胸裡的齒輪，在上空亮起「終滅神眼」。她收到米夏發出的「意念通訊」。

「不論是世界，還是和平，都會由我們守護。而你則會被阿諾斯毀滅。」

莎夏的「終滅神眼」將視線所及的一切消滅殆盡。

「因為我會讓你見識，我的魔王大人的真正實力！」

黑陽閃耀之後，三角錐神殿遭到灼燒、毀滅。在顯露出來的那個場所，則飄浮著米夏與隨後出現的「終滅日蝕」。

就像圍繞那顆太陽一般，她以雪月花畫出魔法陣。

「就和莎夏說得一樣。」

米夏把手伸向「終滅日蝕」。

「我會創造的，阿諾斯。」

深邃黑暗的太陽反轉，轉變為銀紅色的光芒。米夏眨了眨兩下眼，她的月瞳也同樣變為銀紅色。

「——一個讓你全力遊玩也不會壞掉的世界。」

莎潔盧多納貝的日全蝕轉變成亞蒂艾路托諾亞的月全蝕，銀紅閃耀的創世之光絢麗照耀著我與艾庫艾斯。

「『溫柔的世界自此而始（aru anto erutonoa）』。」

轉瞬間，圍繞著我與艾庫艾斯的世界改變了。天空高得無窮無盡，「創造之月」亞蒂艾路托諾亞與「破滅太陽」莎潔盧多納貝相互依偎般高掛在空中；地面廣大得無邊無際，白銀之冰構築出森林、草原、山脈與城市。

除了我與艾庫艾斯之外，沒有任何人。

這裡是創造神米里狄亞創造出來，屬於祂的神域——

「三面世界『魔王庭園』。」

「魔王庭園」才剛完全化為實體，壓進我根源裡的「古木斬轢轉輪」就粉碎崩落，化為漆黑灰燼。從毀滅根源溢出的漆黑粒子，以我的身體為中心畫出七重螺旋。

「……唔呃……！」

我將艾庫艾斯刺在我腹部的手折斷，將手指掐入他的頭蓋骨裡。他任由頭部的齒輪被我捏碎，同時大步退開，但我比他還快地用手掌打穿他的臉。

一陣「轟隆隆隆隆隆」，他撞倒一片冰之樹林後，整個人陷進地面中。我將手輕輕一揮，就出現一座魔法陣的砲塔，將七重螺旋聚集在上頭。

那是「極獄界滅灰燼魔砲」。

終末之火擊中艾庫艾斯，使得世界的一切漆黑燃燒。剎時間，縱然有神域似乎化為漆黑灰燼的感覺，天空與地面都沒有化為灰燼，眼前是一望無際的冰之大地。

結合創造神米里狄亞與破壞神阿貝魯猊攸的權能創造的三面世界——在這個「魔王庭園」裡，「破滅太陽」會施放毀滅掉毀滅的光芒。只要神域受到致命威力的攻擊，就會在那個瞬間以莎潔盧多納貝的力量抵消。就算神域即將受到嚴重的損傷，「創造之月」也會立刻重新創造世界。

最重要的是，這個世界是三層重疊在一起。即使有力量能超越莎潔盧多納貝的抵消與亞蒂艾路托諾亞的再生，想要讓第一個世界毀滅，只會讓重疊的第二個世界顯現。

然後在這一瞬間，毀滅的第一個世界就會被重新創造。也就是如果無法阻止我的毀滅，那麼只要不停創造出新的世界就好吧。就算我要釋放出足以毀滅數百、數千世界的力量，世界也會源源不絕地持續被創造出來。這是米夏為我創造，名副其實的魔王庭園。

「唔嗯，還真是不錯的世界。」

我緩緩降落在大地上，折著手指發出聲響。從根源滿溢而出的魔力，在我身上畫著不祥的螺旋。

「……嘰……嘰…………」

艾庫艾斯倒在地上，以齒輪的神眼（眼睛）朝我看來。

「你要躺到什麼時候？快點讓什麼絕望的齒輪轉動吧。我會從現在開始，溫柔地刻印在你那顆生銹的頭蓋骨上。」

我慢慢往前走，同時向他說：

「——何謂真正的絕望。」

§ 56 【矛盾】

可以聽見齒輪緩慢轉動的聲音。艾庫艾斯才剛聚集神聖的魔力，他就像若無其事般猛然起身。

「——汝什麼都不知道。」

他的手上拿著一塊破爛的木片。在上頭畫出魔法陣後，再次再生成老舊的木頭轉輪。

「哦？」

「擾亂世界秩序的意志、世界在失去秩序後的下場——這個齒輪究竟是多麼精密、多麼巨大，以及多麼廣闊的存在，渺小的汝永遠無法得知。」

艾庫艾斯的齒輪發出「嘎吱、嘎吱」的聲響轉動，胸部打了開來。他將老舊的木頭轉輪放回去，與身體結合。

「世界在追求適任者，而汝偏離了那個架構，世界的異物啊。因此汝要遭到齒輪擊潰後粉碎，即是這個世界的秩序。要知道就憑汝那渺小的存在，根本連要理解都不可能啊。」

「嘎噔、嘎噔」的聲音響起，木頭轉輪與他全身的齒輪齧合起來。

「在毀滅你之前，我先問你一件事。」

我以指尖輕輕畫圓，以漆黑粒子畫出七重螺旋。

「你把奪走的火露藏到哪裡去了？」

艾庫艾斯只是亮起神眼，不斷將全身的齒輪齧合在一起。

「光是米里狄亞的世界就有七億年，祂的母親艾蓮妮西亞的世界，以及祂母親的世界，還有祂母親的母親的世界，創造神的祖先們，一代接著一代地重新創造這個世界；與此同時，火露每次都會被你奪走。儲藏在神界之底的火露數量，怎麼算也對不上。」

「愚蠢的世界的異物啊，汝難道以為取回火露，就能讓失去的生命回來嗎？」

「天曉得呢。然而，那是我部下的祖先們，一面希望和平一面傳承下來的東西，不是你能隨便動用的事物。我要將它們全部奪回，還給作為萬物之母的世界。」

齒輪就像在嘲笑似的發出「嘎吱嘎吱」的聲響轉動。

「我應該說過，我就是世界。」

艾庫艾斯大大敞開雙手。

「轉動吧。轉動吧，絕望啊——」

神體上的所有齒輪開始激烈轉動，迸散出大量火花，連結在他胸上的轉輪開始跟著緩緩轉動。

「轉動吧。」

老舊轉輪發出的銅色光芒傳到艾庫艾斯的全身上下。

伴隨「轟、轟轟、轟轟轟轟轟」的聲響，米夏創造的「魔王庭園」撼動起來。他的背後瀰漫著光，從中顯現出銅製的齒輪。齒輪散發出褐色光芒，同時數不勝數地接連出現，甚至遮蔽住高聳的天空。

銅製齒輪互相齧合，構築成一個球體，彷彿一顆齒輪太陽。

「汝就看好吧，世界的異物啊。」

艾庫艾斯說：

「這正是世界（我）奪走的火露末路。從起始的世界到今日的世界，所有被齒輪吞噬的人們，如今所具備的模樣。」

艾庫艾斯大大高舉雙手，發出混著雜訊的聲音。

「『命運齒輪』貝爾特克斯芬恩布萊姆。」

當這些數不勝數的齒輪開始發出「嘎吱嘎吱」的聲響轉動後，艾庫艾斯的魔力就猛然提升，遭到破壞的頭、手臂與燒焦的神體，一下子就再生回來。光是神聖的光芒噴出，就削掘「魔王庭園」的地表，撼動著冰造的樹林與山脈。

「現在，偉大的命運齒輪轉動，汝將會被絕望的轉輪碾碎。」

「那你就試試看吧。」

艾庫艾斯的視線與我的視線相交，周圍忽然變得一片寂靜。

「『極獄界滅灰燼魔砲』。」

我構築魔法陣的砲塔，發出終末之火。艾庫艾斯則將手臂對準終末之火，畫出齒輪的魔法陣。魔法陣內部的無數齒輪轉動，一個銅製轉輪出現；與魔法陣連結在一起的那個轉輪開始猛烈旋轉。

「『神世齒輪支配轉輪（borosu hetero abuisu）』。」

閃耀褐光的轉輪眼看變得巨大，在捲起魔力漩渦的同時，以驚人的速度旋轉。這個轉輪朝終末之火猛烈射出，就像分別從左右畫出直線一樣，轉輪與火焰對撞。世界的一切燃燒，無數的裂痕出現。假如不是在三面世界裡，早就毀滅世界好幾次都還有剩吧。「極獄界滅灰燼魔砲」將神的轉輪化為灰燼，「神世齒輪支配轉輪」碾碎終末之火。

「——以為只有汝嗎？」

就在毀滅魔法之間爆發出激烈撞擊聲時，艾庫艾斯發出混著雜訊的聲音。

「反抗世界意志的人，汝難道以為就只有自己一個嗎？無論是艾蓮妮西亞的世界，還是之前的世界，甚至是更早以前的世界，都曾經存在不適任者。像汝這種渺小的異物，至今被『命運齒輪』吞噬的數量可是不計其數。過去被稱為不適任者的人們，如今無一例外都已然成為秩序——成為這個齒輪。」

艾庫艾斯轉動自身的齒輪，纏繞上神聖的魔力。銅色與漆黑迸散著火花，以神聖與不祥塗改三面世界。

「倘若不抑制魔力，世界就會毀滅——這點我也一樣。」

艾庫艾斯將「極獄界滅灰燼魔砲」完全抵消後，像在鄙視我一般這樣說。

「咯哈哈。」

「假如不是，那可就掃興了啊。」

艾庫艾斯的齒輪神眼（眼睛）充滿驚愕之情。第二發「極獄界滅灰燼魔砲」早已來到他眼前了。

終末之火伴隨「轟隆隆隆隆隆隆隆隆隆隆」的聲響，籠罩住他的神體。

「好啦，這可是難得不會毀滅的遊樂場啊。」

我彈了彈手指，緩緩畫出魔法陣，出現七座「極獄界滅灰燼魔砲」的砲塔。

「我們來更大膽地玩吧。」

終末之火連續發射，接連射向艾庫艾斯的神體。當他的神眼（眼睛）看到猛然襲來的七道毀滅，下一瞬間他就當場消失了。

「秩序是由世界（我）所決定的。汝就在過去曾是不適任者的齒輪之下毀滅吧。」

混著雜訊的聲音響起。

「時間的齒輪開始轉動。如同過去與未來不會交會，被遺留在過去的汝，永遠無法趕上未來的我。」

艾庫艾斯以跳過時間一般的速度避開「極獄界滅灰燼魔砲」後，便繞到我的背後，並且高舉右手。那隻手上的齒輪以高速旋轉，就像要碾碎我的臉一般朝我撞來。我以左手抓住這一拳，將其輕而易舉地擋下。齒輪儘管在手中旋轉，我還是使勁一壓，讓它停了下來。

「……嘰……！」

「你難道以為你的未來，能追得上我的過去嗎？」

「命運齒輪」貝爾特克斯芬恩布萊姆轉動起來，使得他的魔力再度提升。每當齒輪轉動一圈，他的臂力就隨之增強，將我接住他拳頭的手推回來。

「上限的齒輪開始轉動。極限會由於齒輪而獲得提升，汝與我之間將會以力量的次元相隔開來。」

艾庫艾斯打算以超過秩序上限的力量將我碾碎。或許在過去的世界裡，曾經存在臂力能超越秩序的不適任者吧。他這是想要誇耀自己就連這種人都能消滅，將他變成秩序的齒輪。

儘管如此，我的左手就連動都沒動一下。

「怎麼啦？超過世界上限的力量，只有這種程度嗎？」

「汝將會被上限的齒輪碾碎——」

艾庫艾斯的轉輪激烈轉動，「命運齒輪」賦予他力量。盡全力跳開的他，將腳上的齒輪與大地緊緊齧合在一起。就像被彈射出去，他一面以齒輪削掘地面，一面朝我猛烈撞來。

「——如同被世界的重量壓碎一樣。」

他的體重在轉眼間不斷增加。在將世界的重量放在那個小小的身體上後，他朝我撞來。

「你的世界很輕。」

艾庫艾斯使盡全力的衝撞，被我用一根小指停住了。

「是沒有伴隨生命的重量，空洞的世界。」

「砰」的一聲，我的小指貫穿艾庫艾斯的右手。

「你要玩到什麼時候？給我認真地轉動齒輪吧。」

我就這樣捏爛他的手，把手臂扯斷。

「……嘰…………嘰嘰嘰嘰……！」

「你發出銹蝕得很嚴重的聲音呢。」

我以「根源死殺」的指尖貫穿他的臉，再用雙手打破他胸前的齒輪，用力抓住裡頭一個較大的齒輪。那個齒輪與上限的齒輪連動在一起。

「如果你沒辦法好好轉動，我就來幫你轉吧。」

在我使勁讓那個齒輪猛烈旋轉後，艾庫艾斯全身的齒輪就一口氣轉動起來。他朝我抓來的左手力量，更加突破了極限。我一面握住他的手，一面把他推回去。

「咯哈哈，力氣變得挺大的呢。好啦，你還能再轉吧？那就再多轉幾圈。」

為了賦予他更多臂力，我使勁轉著艾庫艾斯的齒輪。被強行施予極限以上速度的齒輪，全都在發出「嘎吱嘎吱」的擠壓聲後，讓齒輪齒斷裂、出現裂痕。

「不滅的齒輪開始轉動。充滿不滅秩序的神體不會毀滅，我將會與死亡相隔開來。」

「命運齒輪」賦予艾庫艾斯力量，使得眼看就要崩毀的齒輪保住了原形。

「好啦，世界的秩序也許存在矛盾喔？」

我抓起他的喉嚨問。

「世界（我）不存在矛盾。一切都照著秩序的齒輪在轉動。」

「我可不這麼認為。」

就像要圍住艾庫艾斯的周圍一樣，我畫出一百門魔法陣。

「『獄炎殲滅砲』。」

我用指尖掐破艾庫艾斯的喉嚨，同時集中射出漆黑太陽的砲火。火焰從破洞的神體侵入，燃燒著他的根源。

「『魔黑雷帝』。」

漆黑閃電奔馳，射穿艾庫艾斯，電流竄上了他的根源。

「『焦死燒滅燦火焚炎』。」

我以閃耀著黑炎的手，貫穿艾庫艾斯的根源。

「『四界牆壁』。」

漆黑極光化成球體，包覆住齒輪的集合神。

「『極獄界滅灰燼魔砲』。」

我朝他根源的中心打入終滅之火，使得艾庫艾斯遭到毀滅吞噬。「極獄界滅灰燼魔砲」就像要從內側將他撕裂般橫衝直撞，將承受不住的他轟飛開來。他在冰之大地上滾動的神體，在毀滅之火的燃燒下漸漸化為漆黑灰燼。「命運齒輪」貝爾特克斯芬恩布萊姆隨著「嘎吱」一聲轉動後，艾庫艾斯的毀滅停了下來。

他在眨眼間讓身上的齒輪再生回來。艾庫艾斯猛然站起，故作從容地敞開雙手。

「即使用盡全力，汝也無法消滅我呢，世界的異物啊。這樣就很清楚了，汝沒有能消滅我的手段。」

「哦？不愧是齒輪，就連在地上打滾也在秩序的範疇啊？到底讓我怎樣也猜不著呢。」

齒輪發出「嘎吱、嘎吱」的聲響轉動。大概是惱羞成怒了吧，他的臉在微微震動。

「別得意忘形了，渺小的混帳異物。汝的力量終究只是受惠於這個三面世界的假貨。在真正的世界裡，汝就連要使出全力都辦不到。」

「咯哈哈！還以為你要說什麼，原來是要訴苦啊？因為在這裡打不過我，想求我放你出去的話，就老實這麼說啊。只要你在這裡磕頭求饒，我也不是不會答應。」

「以為自己占上風了嗎？汝的力量會受到周圍環境影響，搖擺不定——也就是受到秩序支配。而支配那個秩序的人，就是我。」

艾庫艾斯在全身聚集魔力。

「就從這個三面世界『魔王庭園』上，將賦予汝力量的秩序奪走。」

齒輪機關的集合神籠罩起銅色光輝。

「看好吧，世界的異物啊。『命運齒輪』早已經開始轉動，不論是誰，都無法逃離這個命運。貝爾特克斯芬恩布萊姆將會強制汝接受一個命運。」

「命運齒輪」散發出褐色光芒。

「——那就是敗北。」

銅製齒輪埋進三面世界的各個地方。在天空、地表、冰之城市、森林與群山的各個地方上，那個「命運齒輪」開始轉動。

「汝只要稍微動一下，三面世界『魔王庭園』便會連同創世的秩序一起脆弱粉碎。這正是貝爾特克斯芬恩布萊姆在方才所決定，絕對無法逃離、絕對無法顛覆的命運啊。」

一股異質的秩序籠罩住我，「命運齒輪」帶著令人毛骨悚然的聲音轉動。艾庫艾斯大大地高舉雙手。

「『命運是為了世界而轉動（beruda raze fuemburemu）』。」

銅製齒輪發出「咯吱、咯吱、咯吱」的聲響，打算強行扭曲米夏所創造、屬於三面世界的秩序。

「被『命運齒輪』壓碎吧，世界的異物啊。」

他畫出齒輪的魔法陣，讓連結起來的銅製轉輪開始轉動。那些齒輪一面激烈地粉碎地表，一面眼看變得越來越巨大。

「『神世齒輪支配轉輪』。」

銅製轉輪響起令人毛骨悚然的聲音，同時碾碎冰之大地，朝我緩緩逼近。每當轉動，捲起的褐色火花就會鮮明地渲染三面世界。神的轉輪就像要碾碎我般壓來，我伸出雙手抓住那個轉輪。

「——來吧，是遵從『命運齒輪』滅亡的時候了，創造神創造的一時性世界啊。」

艾庫艾斯就像確信勝利一般說道。我就這樣把「神世齒輪支配轉輪」砸在地上，狠狠地一腳採爛。

撼動大地的激烈聲響響起。

「魔王庭園」——沒有毀滅。

「……什麼……」

我朝艾庫艾斯踏出一步。

「…………為……什麼…………？」

艾庫艾斯茫然低語。

「……為什麼……汝在走動……？在『命運是為了世界而轉動』發動的途中……」

「假如是『魔王庭園』，我就能稍微睜開這雙魔眼（眼睛）。」

我一面這麼說，一面筆直地朝他走去。我的左眼染成滅紫色，並在那個深淵裡浮現闇色十字。

那是「混滅魔眼」。這個魔眼毀滅了「命運是為了世界而轉動」的秩序。

「在我眼前，一切都會毀滅，不論是秩序還是道理。就連你也一樣啊，艾庫艾斯。」

「……這種秩序並不存在……」

他的齒輪神眼滿是驚愕，彷彿陷入混亂似的忍不住說：

「……不論要施展何種魔眼，命運都已經注定。在汝要做什麼事之前，『命運是為了世界而轉動』便會發動，讓『魔王庭園』毀滅……」

「我說過，我是毀滅了那個『命運是為了世界而轉動』的道理。」

「……才不可能毀滅。這不是快慢的問題，命運早已注定好了。就算汝回溯到創世之前的過去施展力量，『命運齒輪』也會在那之前毀滅『魔王庭園』……」

「咯哈哈！太過盲信秩序，就連眼前發生的事都無法相信嗎？你就用你那開了洞的齒輪神眼，更加仔細地窺看深淵吧。」

我突然停下腳步。

「決定命運的你，以及毀滅道理的我。這兩種力量矛盾了，所以是我贏了。」

我輕輕抬起腳，用力踩在大地上。在這一瞬間，埋入地表的銅製齒輪一齊粉碎。

「矛盾即是混沌，也就是我的地盤。」

假如「混滅魔眼」與要毀滅的道理矛盾，便會是我單方面獲勝。

其道理很簡單。相對於必須讓現象固定下來的道理，只要不讓這個現象發生就好的「混滅魔眼」要遠遠來得有利許多，外加上矛盾還會化為「混滅魔眼」的力量。當我再踏出一步時，艾庫艾斯就讓時間的齒輪轉動，出現在我的面前。

「『神世齒輪支配——』」

艾庫艾斯想在極近距離下將毀滅魔法打進我體內，不過在那之前，我帶有「根源死殺」的指尖就先貫穿了他的肚子。

「……唔……嘰、嘰……！」

「你難道以為連個矛盾都無法容納、不知變通的死板齒輪，能擅自決定我的命運嗎？」

§ 57 【獻給部下的魔王的行進】

艾庫艾斯的齒輪轉動，雙手使勁抓住我的肩膀。

他在地面踏穩腳步，噴出銅色的魔力。在時間與上限的齒輪迸散著火花一起轉動後，我的身體被稍微抬了起來。

「哦？還有這種餘力啊？」

「……我就承認吧，世界的異物啊。汝比至今世界吞噬的任何一個不適任者，都還要來得強大……」

艾庫艾斯以讓神體出現裂痕的高速轉動齒輪，將我的身體完全抬起。

「然而，汝的弱點依然存在於此。」

齒輪的腳猛力蹬向地面，艾庫艾斯以時間的齒輪讓上限的齒輪加速，簡直就像化為一道光矢，抱著我衝向形成球體的無數齒輪——貝爾特克斯芬恩布萊姆。

「那個『命運齒輪』即是絕望。一旦被吞噬進去，就連世界都會遭到碾碎。」

「原來如此。我要是甩開你，你就會直接衝進那個齒輪裡。而你要是被碾碎了，秩序就會消失，世界就會毀滅。」

在我對艾庫艾斯的身體展開「四界牆壁」後，他就得意地說：

「沒錯。結果還是一樣，汝不得不去守護世界。汝就守護世界（我），被絕望的齒輪咬碎吧，渺小的異物啊！」

緊接著，我與艾庫艾斯衝進「命運齒輪」貝爾特克斯芬恩布萊姆之中。震耳的巨大噪音響徹，魔力粒子激烈迸散。

「嘰、嘰機，嘰哈哈哈哈！」

艾庫艾斯發出生銹的聲音笑著。為了保護他不被吞噬進去，以至於只有我被貝爾特克斯芬恩布萊姆吞沒，使得無數的齒輪齒壓進身體裡。

「理解了嗎，阿諾斯·波魯迪戈烏多？世界今日也在正確地轉動——伴隨著絕望一起。現在的你，名副其實只是個齒輪的異物。」

「……的確呢。」

就像嘲笑一般的齒輪「嘎吱嘎吱」聲響響起。

「『命運是為了世界而轉動』。」

艾庫艾斯轉動自己的齒輪，激烈旋轉壓進我體內的「命運齒輪」。我的全身被壓上「命運齒輪」的強大力量，「啪滋」一聲，響起某個重要事物斷裂的聲音。

龐大的魔力忽然開始消失。

「…………怎…………可…………………」

要將我的身體捲進去的幾個「命運齒輪」，就像承受不住混入的異物一樣斷裂，伴隨著「嘩啦嘩啦」的聲響往地面落下。

「…………怎……麼……會……那是……那個齒輪是…………轉動絕望的命運…………」

「看來轉得挺好的啊。」

我用力抓住一旁的巨大轉輪，讓它停下。

「──你的絕望哪。」

伴隨著「嘰嘰嘰嘰嘰」的聲響，轉動的力量無處可去，使得整個貝爾特克斯芬恩布萊姆嘎吱作響。連動的所有齒輪都傳出異聲，眼看著一一停住。

「……汝知道……汝抓住了什麼嗎……世界的異物啊……」

「你是指這個齒輪玩具嗎？」

我稍微逆向轉動停住的齒輪。

「住……手……！立刻放開汝那隻愚蠢的手……！貝爾特克斯芬恩布萊姆轉動著世界的命運……假如破壞了，汝所愛的世界也不會平安無事……」

「你注意到自己的矛盾了嗎，艾庫艾斯？」

他一面因為貝爾特克斯芬恩布萊姆的嘎吱聲瑟瑟發抖，一面朝我看來。

「宣稱邁向滅亡正是秩序的你，為何會這麼害怕世界滅亡？」

巨大齒輪裝置的球體出現無數的裂痕。

「……快住……手……」

「只要這個『命運齒輪』一直旋轉下去，最終將會讓世界毀滅吧？就只是早晚的問題不是嗎？」

無處可去的轉動力道施加在所有齒輪上，絕望襲向貝爾特克斯芬恩布萊姆。

「……快住手……！」

「不准動。」

我一在手上施力，正要撲來的艾庫艾斯就突然停住。

「如果想要毀滅，應該有更好的方法才對。為何要用奪取火露這種拐彎抹角的方法？」

「對於渺小的異物來說，汝無法理解。這只是世界按照秩序轉動的結果。」

「是為了什麼的秩序？為何要制定這種秩序？是為了什麼？」

位在齒輪上的裂痕越來越多，整個貝爾特克斯芬恩布萊姆開始發出「喀答喀答」的危險聲響。

「製造一隻手就能破壞的玩具，需要用到這麼多火露嗎？實在不覺得奪走的火露全都在這裡。」

我將魔眼看去，注視著他。

「……汝所期望的回答並不存在。我應該說過，火露早就為了維持『命運齒輪』消耗掉了。世界在追求適任者，為此才緩慢毀滅，為此才會絕望。」

「適任者是什麼？」

「進化的證明。不斷重複許多毀滅，迎來適任者的世界將會進化。」

「進化後會變得怎樣？」

「猿猴能理解人類的事嗎？世界（我）還尚未進化。」

他以齒輪的神眼（眼睛）朝我直瞪而來。

「只要你老實說，我就放手。」

我拋出「契約」的話語，他回以簽字作為答覆。

「之所以懷疑我說的話，是因為汝是有生命之人。世界只是因為是這樣的存在，所以這樣存在；因為追求進化，所以追求進化。問世界理由乃是愚昧之舉。一切都照著秩序的規定啊，渺小的異物啊。」

「唔嗯，我很清楚了。」

染成滅紫色的左眼浮現闇色十字。我一面發出「混滅魔眼」，一面在我抓住的齒輪上猛然使力。

「看來你真的是個齒輪哪。」

我猛力讓齒輪逆向轉動。突然受到逆向轉動的力道，原本緊密齧合在一起的齒輪就像互相抵抗一般發出「喀答喀答」的聲響，開始崩塌下來。

「怎……！……啊……啊……啊……」

大概是超乎想像的事態讓腦袋混亂了吧，艾庫艾斯發出不成話語的喊叫。

「……你……你……你在做什麼……！」

「我依照契約放手了。順時鐘會轉動絕望的轉輪吧？既然如此，只要逆時鐘轉動，我想就會變成希望吧。」

「……多……多麼……多麼愚鈍、蒙昧的想法……這種秩序不可能——」

艾庫艾斯瞠圓齒輪神眼（眼睛）。在發出刺耳的噪音後，有一部分「命運齒輪」開始逆向旋轉了。當然，因為是我強行轉動的，所以有半數左右碎裂、凹折以及切斷，發出「嘩啦嘩啦」的聲響往地面落下。

「咯哈哈！還剩下一半嗎？好啦，要連續轉動嘍。」

我向上飛去，用力抓住剩下來的巨大齒輪。艾庫艾斯驚慌失措地追了上來。

「——世界的異物啊，汝知道自己在做什麼嗎……！」

艾庫艾斯用超過極限的高速轉動自己的齒輪，將有如火花一樣迸散的銅色魔力附加在拳頭上。

「來得正好。」

我避開打來的拳頭，抓住艾庫艾斯的手臂。

「來幫忙轉吧。」

「住手——」

我在他的魔力上追加我的魔力，讓他揮出的拳頭狠狠地朝齒輪打去。被打中的「命運齒輪」開始逆向旋轉，周圍的齒輪因為相反的力量裂開，就像斷裂似的開始崩塌起來。

「你還真的很擅長轉動齒輪哪，艾庫艾斯。」

「……蒙昧的異物！汝的『混滅魔眼』無法將絕望轉為希望！汝是只能毀滅的存在！將絕望視為混沌，然後加以毀滅！這樣能拯救什麼？『命運齒輪』要是消失，世界也會跟著毀滅嗚嗚喔喔……！」

我用力踢飛艾庫艾斯，以踢出去的威力讓遠處的齒輪逆向旋轉。原本緊密齧合的齒輪同樣出現裂痕，發出「嘎啦嘎啦」的聲響接連損壞。

他在被「命運齒輪」反彈回來後，我就一把抓住他的腦袋接下。由於貝爾特克斯芬恩布萊姆本身早就支離破碎，哪怕被齒輪捲進去，艾庫艾斯依然活著。

「……愚蠢的……傢伙……讓腦子……清楚……一點……假如破壞掉……齒輪……靠齒輪……轉動的……世界也會……」

「大家為了和平，不惜犧牲自己的性命。抵達這裡之前，你知道有多少人毀滅了嗎？」

「啪嚓」一聲，我的手指刺穿他頭部的齒輪。

「我們當時以為這是逼不得已的戰鬥。仇恨引發仇恨，促使我們互相殘殺。在無法逃避的悲劇中，大家仍舊追求和平，最後壯烈犧牲。同時確切地相信，沒有人是真正的壞人，相信我們應該能互相理解。」

我將「四界牆壁」纏繞在他身上，用一隻手舉起他的頭。

「你就是元凶。是你和這個無聊的齒輪玩具，在玩弄我部下的命運、嘲笑我子民的絕望，甚至奪走了他們的性命。父親與母親都死了，也有人無法歸來。就算歸來了，那場悲劇、那種痛苦，以及那個不講理的戰爭，都不會因此而消失。」

我用力握緊右手。

「你的神眼（眼睛）看不到吧？他們在拚命地活著喔。在將後事託付給我後，大家都死了。我必須回報他們，無法將這個、將這種東西，在這裡置之不理。如果是無法成為希望的命運，那就乾脆毀滅吧——將所有的一切。」

被我拋出的艾庫艾斯有如閃光般飛向「命運齒輪」，在裡頭不斷反彈，讓所有齒輪開始逆向旋轉。

貝爾特克斯芬恩布萊姆開始瓦解、崩塌。

再早一點。

要是能再早一點抵達——

應該就會有更多人在我身旁一起歡笑。

「原諒我吧。竟然讓你們為了這種無聊的東西犧牲了。」

我以「森羅萬掌」之手，用力抓住無數的齒輪。

一口氣將它們統統逆轉。

耳邊響起一道震耳的破裂聲，粉碎的齒輪碎片飛散開來。

「……住手——」

艾庫艾斯拖著傷痕累累的身體張開雙手。七個勉強還保有原形的貝爾特克斯芬恩布萊姆齒輪，與他的身體結合在一起。

「汝以為這是區區異物能碰觸的東西嗎？『命運齒輪』是世界的根本，宛如蟲子般湧出來的魔族，就算犧牲幾億個也無法相提並論。聽好了，汝等是世界的糧食啊。是為了讓世界生存的生命啊。」

「區區齒輪，不准談論我的部下。」

我在接近他後，將右拳打在他的神體上。他散落著碎片飛走，摔在地面上滾了好幾圈。

「……嘰……嘰……」

艾庫艾斯僵硬地轉動齒輪，同時站起身，瞪著我所在的上空。或許是判斷距離拉得夠開了吧，他的背後散發光芒，顯現出一道三角錐門。

「一絲的鬆懈——」

「嘰」的一聲，界門開啟。在門後漏出的神聖光芒對面，顯示著地上的風景。

「一絲的鬆懈，將會帶來絕望。汝太過得意忘形了，世界的異物啊。只要我離開這裡，世界就會再度一如既往地開始轉動。沒錯，靜靜地、悄無聲息地。」

我用「混滅魔眼」稍微瞥了一眼，界門就「砰」的一聲用力關上了。

「……怎麼……可……能……」

我緩緩降落在地面上，將界門納入視野裡。當我朝著艾庫艾斯走去時，他一副想把門敲開的模樣，正敲打著界門。

「開門！」

他手掌上的齒輪轉動，畫出魔法陣。

「快開門！受秩序支配的門啊！命運啊，轉動吧！」

門沒有開啟。

「轉動吧、轉動吧，世界啊。」

他轉動與神體結合的貝爾特克斯芬恩布萊姆，同時總動員所有齒輪，然後就像懇求一般地說：

「轉動吧。」

「嘰」的一聲，界門緩緩開啟。就在艾庫艾斯咧嘴一笑、把腳踏出的瞬間，門就被漆黑火焰籠罩，燒成了灰燼。

「……嘎……………嗚…………啊…………」

霎時間，他的動作完全停住了。

「絕望的滋味如何啊，艾庫艾斯？」

我從艾庫艾斯背後溫柔地抓住他的肩膀。

「你強加在我部下身上的不講理，可不只有這種程度喔？」

我就這樣隨手舉起艾庫艾斯，狠狠地砸飛出去。他一頭撞上貝爾特克斯芬恩布萊姆的殘骸堆起的小山，讓齒輪的碎片飛散開來。

「那裡就是你的墓地。」

我蹬地衝出，追擊艾庫艾斯。

「——選擇了。」

混著雜訊的聲音響起。

貝爾特克斯芬恩布萊姆的殘骸上構築起一道巨大的魔法陣。

「——縱然不想扭曲秩序，我別無選擇了！」

「命運齒輪」的碎片與殘骸，經由艾庫艾斯的魔法陣重新構築。將齒輪作為動力源、轉輪作為劍刃，變成一把寬長的巨劍。

「汝明白嗎？我將不適合戰鬥的『命運齒輪』變成了武器。汝至今只不過是單方面破壞只會轉動的齒輪罷了！」

「命運齒輪」開始旋轉，絕望的轉輪轉動起來。

「轉輪劍貝爾特克斯芬恩布萊姆！」

轉輪劍朝逼近他的我身上橫揮過來。我用左手擋住後，鮮血猛烈噴出，轉輪削掘骨頭。

「『命運齒輪』轉動，絕望將會斬斷汝。這就是世界展示的意思，愚蠢的異物啊！」

他就像確信獲勝一般地說。

我不以為意地向前進。

「『涅槃七步征服(giririamu nabuiemu)』。」

在魔法發動的瞬間，不祥的魔力在我全身上下捲起漩渦。

轉輪劍粉碎四散，化為漆黑灰燼。

「……怎麼會……………！……都將……世界的命運……變成劍了……居然還是……化為灰……燼………」

「涅槃七步征服」將在根源凝縮的毀滅魔力一步步解放開來，瞬間增強我的力量。

我朝艾庫艾斯踏出一步。

第一步——

「只要沒有命運，兩千年前我與雷伊就不會進行沒有勝者的死鬥。」

我以「飛行」的魔法飛起。在順勢用指尖輕輕撫過埋在艾庫艾斯神體裡的「命運齒輪」後，那個齒輪輕易粉碎了。

「……什麼……只靠飛……『飛行』的……力道——！」

第二步——

「只要沒有秩序，艾蓮歐諾露就不會屢屢看著她為了戰鬥而生的孩子們死去。」

我施展「成長（kurusuto）」、垂直劃下指尖後，碰觸到的部位異常地快速成長，同時腐蝕。艾庫艾斯的神體有如被劈成兩段一樣裂開，一個「命運齒輪」粉碎四散。

「……竟是……會讓世界腐爛的……異常成長——！」

第三步——

「只要沒有齒輪，辛與蕾諾就不會因為死別而悲傷落淚。」

我用「拘束魔鎖（gijieru）」綁起其中一個分成兩半的艾庫艾斯。魔力鎖鍊拘束住世界的意志，正要轉動的一個「命運齒輪」粉碎四散。

「……動不……了……居然用鎖鍊……綁住了……世界……！」

第四步——

「只要沒有愚蠢的神，米莎就不會成為虛假魔王，背叛自己的信念。」

我把手伸到他耳邊，讓「音樂演奏」響起。毀滅之聲震撼艾庫艾斯的全身，一個「命運齒輪」粉碎四散。

「……不……可能……光靠聲音……就讓……我……」

第五步——

「只要沒有世界的意志，亞露卡娜就能當一個普通的少女。」

我施展「解鎖」的魔法，強行撬開艾庫艾斯的胸口。一個「命運齒輪」粉碎四散，露出連結在上頭的老舊木頭轉輪。

「……怎麼了……為何會……打開……？為何會擅自打開？住手……快……住手……那是……只有那個……是……」

第六步——

「只要沒有絕望，莎夏就不會因為強加在自己身上的毀滅而哭泣，米夏就能看著溫柔的世界。」

我朝老舊的木頭轉輪施放「火炎」的魔法。轉輪一面燦爛地火紅燃燒，一面以那毀滅的熱度融化艾庫艾斯。

「……我的……力量……融化……了……世界的命運……在……燃燒……」

第七步——

「只要沒有你，就不會有人被迫忍受毫無意義的不講理。」

當我打算踩碎地面上唯一剩下的齒輪頭蓋骨時，我突然停住腳步。

到底就連「魔王庭園」也達到極限了。

我解除「涅槃七步征服」，把腳輕輕踏在地上。「火炎」的火勢延燒，連同周圍化為殘骸的「命運齒輪」也一起澈底融化。艾庫艾斯就像嚇壞了一樣，以呆滯的神眼（眼睛）仰望我。

「向我求饒吧。如果沒有能令我落淚的理由，就懺悔自己的罪過吧。只要你說得好，我就讓你的下場好一點。」

「……汝……明白嗎……？異物……區區世界的異物……假如……毀滅我……汝應當守護的世界……就會毀滅……」

我一腳踩碎剩下的頭蓋骨。

「零分。」

§ 終章　【世界的黎明】

「阿諾斯！」

空中傳來莎夏的聲音。我抬頭望去，看見月光從「創造之月」亞蒂艾路托諾亞灑落而下，有三個人影浮現在那裡。他們分別是米夏、莎夏和雷伊。

「神界已經撐不住了……！由於艾庫艾斯毀滅，以至於秩序消失，要崩潰只是時間上的問題！我們必須趕緊想個辦法！」

「別這麼著急。這傢伙還勉強活著。」

我把腳抬起，那裡有粉碎的齒輪殘骸。

「哪裡活著啊！」

「妳更仔細地窺看深淵吧。」

莎夏用她那雙魔眼看向殘骸的根源。隨後，她聽到像是微弱呻吟一般的聲音。

『……嗚……………啊……啊…………』

「也就是所謂的奄奄一息。」

「……意思是能治好他嗎？」

「已經太遲了哪。他直接中了我的毀滅魔力，毀滅只是時間上的問題。」

「果然是這樣不是嗎！」

莎夏一副「方才的對話是怎樣啦」的感覺大喊。

「地上也受到影響了。分裂成四塊的大地已完全分離，數分鐘內就會崩塌。」

米夏說。

「也就是說我們還有時間。『想司總愛』呢？」

「魔法線還勉強連著喔。」

雷伊回答後，莎夏就像在催促一般大喊：

「現在該怎麼辦？」

「能阻止世界毀滅的方法只有一個。那就是以『源創月蝕』重新創造這個世界。」

「可是……」

莎夏轉身看向米夏。

「……有辦法做到嗎？」

「『源創月蝕』原本是我毀滅時，才能施展的最後的創造。之所以能以那道光創造『魔王庭園』，是因為『終滅日蝕』已經存在的緣故。」

米夏淡然地說明：

「總而言之，『源創月蝕』是創造神發揮相對應的毀滅力量時，才能夠施展的權能。只具備創造秩序的米里狄亞，本來只能在毀滅的瞬間才能施展這個權能。」

越接近毀滅，「創造之月」的魔力就會越強。那顆月亮會在毀滅的瞬間，釋放出與「破滅太陽」同類型的力量。追根究柢，創造神與破壞神本就互為表裡，在達到毀滅時，兩者之間的分界恐怕就消失了吧。

「那麼……？」

對於莎夏的詢問，我點了點頭。

「如今妳們姊妹已經能同時存在，就算米夏沒有毀滅，也一樣能夠施展『源創月蝕』。只要讓破壞與創造重疊在一起就好。」

「光是這樣還不夠。」

「如米夏說的，雖然只要讓破壞與創造重疊，就會形成『源創月蝕』，這樣到底還是無法獲得等同創造神毀滅的龐大魔力。」

只是堅固的「魔王庭園」，還創造得出來，但這裡並不是能供人生活的環境。

「那麼以『魔王軍』借用阿諾斯的魔力呢？」

「姑且不論一般的魔法，這樣會讓世界太過傾向毀滅。『源創月蝕』的權能要在創造神與破壞神的秩序達到平衡之後，才有辦法實現。使用從他處借來的魔力，很可能會導致失敗，更別說是獲得自己應付不來的魔力。」

莎夏就像在苦思一樣抱著頭。

「……可是，光靠現在的米夏，就算再加上我的力量，也沒辦法進行足以將瀕臨毀滅的世界重新創造的創世吧？」

米夏直眨著眼。

「增加材料呢？」

「……這樣啊——如果增加『想司總愛』。」

雷伊恍然大悟般說。

「想司總愛」也在地底成為了支撐天蓋的支柱。只要以創造神的力量將意念的魔力重新創造，就甚至能對抗要讓地底毀滅的秩序。

既然如此，應該就能充分作為重新構築世界的材料吧。「想司總愛」將會形成大地、形成天空、形成森林、形成群山，以及形成嶄新的秩序吧。剩下就是規模的問題了。

「秩序就要從世界上消失，大地與天空也分裂成四塊。正因為即將結束的世界剩下的魔力不多，才會連『源創月蝕』都無法重新創造。也就是說，只要讓世界的魔力增加就好。哪怕就這樣邁向毀滅是世界所定下的秩序，愛與溫柔也能夠加以顛覆。」

雷伊點點頭。

「我這就去通知大家——通知全世界。」

他以「意念通訊」向世界說明。

「米夏，也順便把這傢伙加進材料裡。」

我以魔力飄浮起踩碎的齒輪殘骸。

『……汝……要做……什麼……異物啊……？』

「哦？還能說話啊？根據方才的求饒，你的下場已經決定好了哪。時機正好，至少就讓你選擇想要轉生成哪一個吧。」

『……汝說……轉生……？』

「如果世界會被重新創造，那麼齒輪會轉生也是理所當然的。」

我對澈底融化的「命運齒輪」施展「創造建築」的魔法，修整他的形狀。於是在流過冰之地面的河川旁，建起了好幾間水車小屋。而在稍微遠離的山丘上，則建起大量的風車。

「好啦，艾庫艾斯。你喜歡哪一個？」

我碰觸齒輪的殘骸，與他共享我的視野。

『……汝想……做……什麼？』

「咯哈哈，遲鈍的傢伙。你的齒輪具有轉動命運的力量——主要是絕望呢。這股力量讓眾神遭到支配、秩序受到操弄，使得地上戰火不斷。然而，既然能干涉絕望，也就表示能遭到絕望干涉。只要改造成葉輪，便會在承受絕望之後成為旋轉的動力。絕望越是強大，就越能轉動加以對抗的希望轉輪吧。」

艾庫艾斯啞口無言，發出像在倒抽一口氣的聲音。

「只要讓河川流過絕望之水，水車就會被水流推動而旋轉，將絕望轉變為力量；只要讓山丘吹起絕望之風，風車就會被風力推動而旋轉，一樣會將絕望轉變為力量——對抗絕望的力量哪。」

『……汝該不會……要把我……把世界的意志……扭曲……成為……希望……？』

「世界的意志？你在說什麼啊？」

我握著化為殘骸的那傢伙，同時畫出魔法陣。

「你只是個齒輪。既然是齒輪，那就變成對人們生活有幫助的葉輪吧。要順便也成為爐灶嗎？你就轉動水車，將愛與溫柔的小麥磨成麵粉，烤出希望的麵包吧。」

『……住……手……不准將希望……強加在我……強加在世界上……』

「別擔心，你很快會上癮的。和平可是很棒的喔。充滿愛與溫柔、田園風光般的水車或風車，這比什麼『命運齒輪』要來得對人們有益多了。從今以後，你將會被眾多的笑容圍繞喔。」

『……怎麼會……快毀滅我…………異物啊……』

「這是你的作風吧？不會立刻毀滅，而是讓人緩慢地邁向滅亡。別擔心，你至今轉動過多少絕望，只要轉動同等次數的希望，我就會放你自由。」

我詢問他：

「好啦，你喜歡水車還是風車？」

『…………毀滅我吧……』

「嗯？」

我帶著滿面笑容，看向手中的殘骸。

「要是有話想說，就講清楚一點。」

在經過數秒屈辱的沉默後，艾庫艾斯說：

『……毀滅我吧……我是世界的意志……假如要淪為為了人們工作的齒輪，不如……』

我默默注視著他，在握起的手上注入魔力。

「住手——」

「你可曾聽進過人們的祈禱？」

我施展「創造建築」的魔法，將艾庫艾斯的殘骸變成水車小屋。

「少說廢話，像座水車一樣勤奮工作吧。」

米夏凝視艾庫艾斯水車，歪頭表示困惑。

「水車就好了嗎？」

「唉，風車也是必要的吧。而且也想要個爐灶。反正就算弄成其他東西，也不會有什麼損失，齒輪要多少有多少。我的創造魔法只能改變外表，然而如果是妳，就能把他重新創造成對世界有幫助的命運葉輪吧。」

米夏點點頭。

「創造各種東西。」

「可是，這個齒輪會消耗火露不是嗎？」

莎夏提出疑問。

「別擔心，會把這一點除掉的。」

「讓妳自由。」

米夏這麼說完，向莎夏伸出手，兩人輕輕握住彼此的手。

米夏的神眼裡有亞蒂艾路托諾亞，莎夏的神眼裡有莎潔盧多納貝，月亮與太陽在互相凝視。飄浮在「魔王庭園」空中的「創造之月」與「破滅太陽」開始交疊在一起，月亮漸漸出現缺損。

最後，亞蒂艾路托諾亞引發月全蝕。「源創月蝕」散發出銀紅光芒，溫柔地照耀著「魔王庭園」。

「三面世界『創世天球』。」

冰世界開始消失。地面、群山、森林與城市接連消失，最後飄浮在空中的「源創月蝕」也跟著消失了。

那裡是分辨不出上下左右，一整面染成純白色的空間。在這個連自己是站著還是在飄浮都無從分辨的奇異世界裡，綿延著無邊無際的白。

「這裡是……？」

對於莎夏的詢問，米夏點了點頭。

「是『源創月蝕』之中。『創世天球』會俯瞰世界。」

位在腳邊的白色世界正在融解，宛如雪一樣溫柔且柔和。然後下方，漸漸顯示出分裂成四塊後邁向毀滅的地上，以及即將崩塌的神界。

「源創月蝕」現今在神界與地上的天空同時升起；我們則在這裡頭俯瞰著兩邊的大地。

「阿諾斯。」

米夏說：

「你想要什麼樣的世界？」

我稍微思考了一下，但很快就改變主意。

「就交給妳了。」

米夏眨了眨眼，圓圓地睜著神眼（眼睛）。

「妳所希望的世界才是最適合的。」

她一臉開心地害羞起來，向我點了點頭。在這七億年間，她一直在懊悔世界並不溫柔。比誰都還要一直在為這個世界著想的創造神少女，想必能創造出比以前更加溫柔且充滿希望的世界吧。事到如今，已經不需要我多說什麼了。

「——啊啊，不過，也是呢。如果要奢求——」

米夏微歪著頭。

「要是有個愉快的遊樂場就好了。」

「又在強人所難了……」

莎夏一面握著米夏的手一面抱怨，一道傻眼的視線刺在我身上。

「我會加油。」

銀紅光芒照耀世界。

神界與地上都被美麗的光芒溫柔地染上色彩。

「阿諾斯，向大家說話吧。」

雷伊這麼說，同時高舉純白聖劍。為了能夠連上他的魔法線，我也畫出「想司總愛」的術式，手中出現與雷伊一樣的純白聖劍。

我緩緩地開口說：

「聽得見嗎，全世界的人民啊？」

我從「創世天球」俯瞰地上時，發現有許多民眾在傾聽我的發言。

「我是魔王阿諾斯・波魯迪戈烏多。自稱是世界的意志的齒輪集合神艾庫艾斯，已經落入我的手中。」

話一說完，聲音的暴雨就像要震破耳朵一樣，沿著「想司總愛」的魔法線傳來。

歡呼勝利的聲音、喜悅的聲音與安心的聲音，各種感情交織在一起，也有人不禁落淚。

明明世界正在邁向毀滅，不論是誰都在盡情揮舞著手，大聲發出歡笑。

我接著說：

「他長年以來支配著這個世界；轉動『命運齒輪』、掌管秩序，強迫我們經歷爭鬥與絕望。世界的常理傾向毀滅，縱然我不會說是全部，有許多不講理是由他所導致的。不論是這次的戰鬥，還是兩千年前的大戰，有許多爭鬥的遠因，都來自名為秩序的齒輪。」

無力之人就連要察覺他的存在都沒辦法吧。他甚至騙過米里狄亞、迪爾弗雷德、父親賽里斯，以及我的魔眼（眼睛），被巧妙地隱藏到現在。

眾神的蒼穹——在那個深淵之底，我終於找到世界的瑕疵。和平會因為一點小事就瓦解。然後，那個齒輪不為人知地破壞些許的平衡，使得世界一直陷入戰火之中。

「然而，這個世界的人民不會輸給絕望。在齒輪轉動、遭到絕望的轉輪碾碎的大地上，希望之光確實存在，而且還無以數計。」

瀕臨崩潰的世界被銀紅色的光芒籠罩，充滿了寂靜。

「亞傑希翁的勇議會，還有勇者學院的勇者們啊。」

能看到位在密德海斯的雷多利亞諾他們，以及位在蓋拉帝提的艾米莉亞他們，正眺望著天空。

「你們願意挺身對抗艾庫艾斯的決斷值得讚賞。倘若沒有你們的勇氣，前往密德海斯的救援就趕不上。兩千年前一直與我們爭鬥的亞傑希翁，願意承認魔族的艾米莉亞是勇議會真正的一員，為了我國迪魯海德挺身而出，讓人有種難以言喻的感慨。我要由衷表示感謝。」

「……要感謝的人是我們，魔王阿諾斯。」

雷多利亞諾說。

「多虧如此，我們這些半吊子也能做出一點像是勇者該做的事啦。」

萊歐斯這麼說後，海涅接著說：

「應該說，我們只是稍微努力一下，把表現機會拿走了而已。」

這是他們掩飾害羞的方法吧，他們的表情充滿了自豪。

「真想再舉辦一次學院對抗測驗哪。」

雷多利亞諾他們發出「哈哈」苦笑。

「這件事還是別了吧。」

「艾米莉亞。」

在圓桌議場眺望窗外的她做出反應，遵從迪魯海德的禮儀跪下。我朝那張就像在說這是工作的冷淡表情說：

「我以妳為榮。」

她的肩膀微微一震。

「刻在圓桌議場上的血之『契約』，我這一生都不會忘記吧。妳做到除了妳以外，沒有其他人能做到的事，妳做得很好。」

「……這是我的榮幸……」

大概是因為全世界都聽得到吧，艾米莉亞以嚴肅的語調回答。理應儀式性的那張表情，卻流下了一行淚水。她自己對此也很驚訝的樣子。

「阿哈魯特海倫的精靈之母蕾諾，以及根據傳聞與傳承誕生、無數的精靈們啊。」

位在密德海斯的辛早已跪下，蕾諾則在他身旁朝天空揮手。他們身後有眾多的精靈，然後還能看到米莎的身影。

「迫使不好爭鬥的阿哈魯特海倫子民參與戰爭，我十分抱歉。在精靈的救援下，成功化解了我部下們的危機，感謝你們。」

「這個國家可是我丈夫與女兒的故鄉呢。而且精靈們是根據傳聞與傳承誕生的，如果說世界上的人們有危險，我們隨時都會趕去救援喲。」

蕾諾露出燦爛的笑容。

「辛。」

「在。」

辛仍跪在地上，簡短地回應了一聲。

「你守護得很好，多虧你推了雷伊一把。你的忠義總是拯救了我。」

「小的愧不敢當，吾君。」

辛垂著頭，以感動不已的聲音說。

「阿蓋哈的劍帝迪德里希、王妃娜芙妲，以及阿蓋哈龍騎士團的精銳們啊。」

在密德海斯眺望「創造月蝕」的騎士們將長劍舉到胸口中心，做出阿蓋哈式的敬禮。

「倘若沒有阿蓋哈的龍騎士團，密德海斯的天空將仍舊受到黑暗所支配吧。你們的劍，開拓了迪魯海德的未來。」

「不，魔王阿諾斯。這是你讓娜芙妲看見的未來。在那一天獲救的我國，會來到今日這個理想乃是必然。」

娜芙妲笑了笑。

「肯定是的。」

並在最後補上這句模稜兩可的話。

「魔王啊，讓我們再像上次那樣一塊兒喝酒吧。」

迪德里希說：

「配著魔王聖歌隊的歌哪。」

他豪放地笑了起來。

「那還真是讓人受不了啊。」

「吉歐路達盧的教皇戈盧羅亞那，以及吉歐路達盧教團的信徒們啊。」

他們就像要獻上祈禱一般交握雙手，同時跪下。

「正因為信仰神的你們斷定艾庫艾斯是虛偽的神，地底龍人們的不安才得以消除。就連地上也有不少能毫不迷惘戰鬥的人吧。我要向你們的神與你們的信仰由衷地表示敬意。」

戈盧羅亞那緩緩抬頭，以清澈的眼神仰望月亮。

「魔王阿諾斯，你並不信神吧？可是，我在你的話語中看見了天啟。神有時會借用人們之口，向我們傳達意思。你偶爾說出的話語中，也許就包含了真神的意思。」

「咯哈哈，別戲弄我了。我可不是這麼高尚的人啊。」

「假如你要這麼說，就表示我的迷惘還很深吧。」

戈盧羅亞那露出微笑，彷彿在祈禱般再度閉上雙眼。

「蓋迪希歐拉的背理神──我的妹妹亞露卡娜，以及一同奮戰的禁兵們啊。」

或許才剛恢復意識吧，亞露卡娜仰躺在大地上，愣愣地看著「源創月蝕」，周圍還有蓋迪希歐拉的禁兵們。

「祢回到我國迪魯海德，解救我們危機的行動值得讚賞。真虧祢能趕來支援。要是妳們沒能即時趕上，我們就無法施展『意念通訊』，世界各地人們的意念會持續遭到隔絕吧。」

「……我幫上忙了嗎……？」

「是不負吾妹之名的出色戰鬥。」

聽到我這麼說，亞露卡娜微笑起來。

「我或許覺得很高興吧。」

「四邪王族──耶魯多梅朵、伊杰司、凱希萊姆，以及基里希利斯。」

在魔王學院的校地內，他們懷著各自的想法仰望天空。

「儘管我們有許多合不來的地方，我相信在迪魯海德面臨危機時，你們絕對會趕來救援。你們打破艾庫艾斯企圖的表現值得讚賞，我要由衷感謝你們這些兩千年前的戰友。」

「吾輩沒有受汝道謝的理──汪！」

基里希利斯才剛開口，立刻被熾死王變成一條狗，猛搖著尾巴。汪汪叫的他，怎麼看都像是高興的樣子。

「好啦、好啦，我不需要你的道謝，相對地讓我問你一件事吧。」

耶魯多梅朵把雙手擱在手杖上問：

「你是覺得留校的所說的話，能打動本熾死王的心嗎？還是說，你有其他辦法？」

「沒什麼，只是相信你的愛國心罷了。」

耶魯多梅朵瞬間露出錯愕的表情後，咧起嘴巴愉快地笑了笑。

「哎呀哎呀，原來如此、原來如此。原來是這麼一回事啊？沒想到我心中，居然還沉睡這種愛國心，還真是連我自己都完完全全沒注意到這點啊。」

「在全世界面前，鬧劇就先到此為止吧。」

伊杰司說：

「余跟往常一樣，不過是順勢而為。剛好目的一致罷了。」

「本大爺只是在守護故鄉。」

凱希萊姆與伊杰司兩人並肩站在一起，以很有他們風格的笑容向我回禮。

「艾蓮歐諾露。」

我向位在眾神的蒼穹與潔西雅一起盯著月蝕發呆的她說：

「假如沒有妳，神界與地上的聯絡就會斷絕。妳連結起我們的生命線，奮不顧身持續維持的表現值得讚賞。」

艾蓮歐諾露豎起食指，嘻嘻笑著同時說：

「謹遵魔王大人的吩咐喔。」

接著，潔西雅直直注視天空。

「……潔西雅……有稱讚的話嗎……？」

「妳守護住母親的表現值得讚賞。妳和妳在地上的姊姊們勇敢且憑著彼此的牽絆英勇奮戰，全員都做得很好。」

潔西雅一臉開心地露出微笑，像在裝大人一樣地跪下。地上的姊姊們也不知為何地聚集起來，就像在表示喜悅一般跪下。

「魔王聖歌隊。」

在蓋拉帝提近郊搭建的舞臺上，她們跪在那裡。

「愛蓮、潔西卡、麥雅、諾諾、希亞、西姆卡、卡莎，以及謝莉亞。」

每當我一個個呼喚她們的名字，她們的身體就跟著顫抖。

「妳們的歌打破埋在米夏與莎夏體內的秩序齒輪。這次又是一首更加打動人心，美好的歌曲。」

「「「感謝您的稱讚，阿諾斯大人。」」」

她們齊聲說道。

「然後，最重要的——」

我懷著巨大的感謝向他們說：

「活在這個世界上的所有人們啊，縱使你們沒有力量擺脫絕望，還是攜手合作、團結一心，挺身對抗巨大的不講理。以意念之力抵消終滅之光的你們，正是這個世界的希望——這個世界的意志不是玩弄命運的艾庫艾斯，而是你們每一個人。」

全世界的人們都在仰望閃耀銀紅光芒的月蝕。人人臉上都帶著自豪，充滿了愛與溫柔。

「最後一步了。『源創月蝕』會創造新的世界，已不再需要『命運齒輪』。有太多的絕望與不講理了。下一個世界會由活在這裡的人們，以一切的愛與溫柔脫胎換骨，然後伴隨著希望開始轉動。因為世界會從艾庫艾斯的支配下解放，由你們每一個人來創造形象。」

地鳴響起。

溫柔且溫暖，無遠弗屆地傳開——那是世界的胎動。

「來吧，唱歌吧。這將會是新世界的黎明。」

音樂開始流淌。

伴隨著溫柔的歌聲，世界各地升起純白光芒。

這些光芒像是要將分裂成四塊的大地連結起來一樣，架起好幾座橋，籠罩住整個世界。

銀紅光芒溫柔照耀。

亞蒂艾路托諾亞的月光混入「想司總愛」，以愛與溫柔讓一切脫胎換骨。

取回的無數火露有如螢火蟲般閃耀起來；「想司總愛」的白光輕輕包覆著火露。

這些火露創造起嶄新的秩序。

最初誕生的生命是樹理四神——誕生神溫澤爾、深化神迪爾弗雷德、終焉神安納海姆，以及轉變神蓋堤納羅斯。

祂們籠罩著耀眼光芒，連同陸續脫胎換骨的無數眾神一起返回新的神界。

「這次會是更加溫柔的世界。」

米夏說。

「這次會是擁有更多笑容的世界。」

莎夏說。

我與雷伊的視線相交，彼此交織著笑容，將雙方手中的純白之劍相互交疊。

「想司總愛」的光芒更加閃耀，一切都在創世之光的照耀下脫胎換骨。

這個世界開始轉生。

能看見綠意盎然的大地與蔚藍的海洋。

就像夜晚過去一樣，太陽升起。

能聽見歌聲。

象徵和平的世界之歌。

——比起憎恨，愛更加強大。

——我們應該能互相理解，將希望託付給未來。

——為了守護執起長劍，染上鮮血的雙手，緊握著生命。

——被這個不美好的世界擊垮。

——不論祈禱多少次，悲傷只會越來越深。

──兩千年的意念，一定會改變世界。

──我如此相信。

──為了與你一同歡笑，等待了兩千年。

──為了與你攜手合作，等待了兩千年。

──夜晚即將過去。

──魔王從孤獨的沉睡中甦醒。

──他懇求的願望只有一個。

──請讓我看到耀眼的朝陽。

──他懇求的願望只有一個。

──願世界充滿愛。

後記

雖然這句話真的已經說過很多次了，第十章有許多我想寫的故事。因為想要寫出過去章節裡登場的各個角色，他們一路走來的道路有個抵達某種目標的瞬間，所以寫了第三十三節的〈血之契約〉與第五十一節的〈最後的魔法〉，以及其他故事。

就像上一集也提過，我想讓這一集成為本作集大成的故事，講述至今與阿諾斯相遇的人們，在因為與他相遇之後有了何種改變，想說要是能呈現這樣的內容不是很好嗎？

有人與最初相遇的時候變得判若兩人，有人愚直地一步步向前邁進，也有人正要出現某種蛻變。

他們全都是曾經遭遇過巨大不講理的人們。在地上面臨前所未有的危機時，他們究竟會做出何種行動呢？不論是有能力的人，還是沒能力的人，大家全都竭盡全力，為了守護自己重要的事物挺身奮戰。我或許想寫出每一個活在這個世界的人們所得出的答案吧，在完成這一集之後，我現在是這麼想的。要是能讓各位讀者看得高興，就沒有比這個還要更令人高興的事了。

雖然是以最後一集的感覺寫下本集的內容，本作的故事還會繼續下去。從下一章開始，將會是與那個男人留下的話有關的新發展，因此各位讀者如果能夠期待，我會非常高興。

那麼，這次也擔任插畫的しずまよしのり老師再次幫本作繪製了非常精彩的插畫。封面畫成上下集能拼成一副畫的形式，兩集擺在一起的效果真的很棒，謝謝老師。

這次也再次承蒙責任編輯吉岡大人諸多關照，謝謝您。

然後，儘管放到最後，也要由衷感謝看到這裡的各位讀者，真的非常感謝你們。

下一章開始，我會用心寫出阿諾斯他們邁向大海的故事，如果能繼續支持我，我會感到非常開心。

二〇二一年八月四日　秋

國家圖書館出版品預行編目資料

魔王學院的不適任者：史上最強的魔王始祖,轉生就讀子孫們的學校. 10/秋作；薛智恆譯. -- 初版. -- 臺北市：臺灣角川股份有限公司, 2023.04
冊；　公分. -- (Kadokawa fantastic novels)

譯自：魔王学院の不適合者：史上最強の魔王の始祖、転生して子孫たちの学校へ通う. 10,(下)
ISBN 978-626-352-439-2(下冊：平裝)

861.57　　112001581

Kadokawa
Fantastic
Novels

魔王學院的不適任者~史上最強的魔王始祖，轉生就讀子孫們的學校~ 10〈下〉

（原著名：魔王学院の不適合者～史上最強の魔王の始祖、転生して子孫たちの学校へ通う～10〈下〉）

2023年4月26日　初版第1刷發行

作　者：秋
插　畫：しずまよしのり
譯　者：薛智恆

發行人：岩崎剛人
總編輯：蔡佩芬
副主編：林秀儒
美術設計：吳佳昫
印　務：李明修（主任）、張加恩（主任）、張凱棋

發行所：台灣角川股份有限公司
地　址：104台北市中山區松江路223號3樓
電　話：（02）2515-3000
傳　真：（02）2515-0033
網　址：www.kadokawa.com.tw
劃撥帳戶：台灣角川股份有限公司
劃撥帳號：19487412
法律顧問：有澤法律事務所
製　版：尚騰印刷事業有限公司
ISBN：978-626-352-439-2

MAOH GAKUIN NO FUTEKIGOUSHA Vol.10 <GE>
~SHIJOSAIKYO NO MAOH NO SHISO, TENSEISHITE SHISONTACHI NO GAKKO HE KAYOU~

Edited by 電擊文庫
First published in Japan in 2021 by KADOKAWA CORPORATION, Tokyo.
Complex Chinese translation rights arranged with KADOKAWA CORPORATION, Tokyo.